Pavel Kohout
Tango mortale

PAVEL KOHOUT

TANGO MORTALE

Roman

Aus dem Tschechischen
von
Silke Klein

OSBURG
MURMANN PUBLISHERS

Titel der tschechischen Originalausgabe:
Tango mortale
Pistorius & Olšanská 2012

www.osburg-verlag.de
Lektorat: Bernd Henninger, Heidelberg
Umschlaggestaltung: Rothfos & Gabler, Hamburg
Druck und Bindung: CPI books GmbH, Leck
Printed in Germany
ISBN 978-3-95510-073-5

Der tschechisch-deutsch-italienischen Schauspielerin
und leidenschaftlichen Tangotänzerin
Jitka Frantová-Pelikánová gewidmet.
P. K.

Die Stufen des Dramas nach Aristoteles:

Die Personen werden vorgestellt.
Die Personen treffen aufeinander.
Die Personen machen sich schuldig.
Die Personen beschuldigen sich.
Die Personen werden verurteilt oder sittlich gereinigt.

Dann bekommt das Drama einen Sinn.

EXPOSITION

Kap. I.–VII.

I. Giulietta

Mit einem Schluck Single-Malt-Whisky begann sie jeden ihrer Flüge, denn sie hatte sich ihr ganzes langes Leben nicht damit abfinden können, dass ein Haufen Metall, der sehr viel schwerer war als Luft, fliegen konnte. Auch diesmal füllte sie sich rechtzeitig aus der Hausbar ihren silbernen Flachmann, den ihr Vittorio geschenkt hatte, wann? zum Fünfzigsten, und der war schon lange im Nebel der Zeit verschwunden. Aus der gecharteten Cessna stieg ihr Lieblingspilot aus, den sie sich rechtzeitig bei der Firma hatte bestellen können.

»Hallo, Michal!«

»Ich grüße Sie, Fürstin! Wir haben uns ja lange nicht gesehen.«

»Eben. Also sind Sie schon wieder geschieden?«

»Irgendwie habe ich das bisher nicht geschafft.«

»Nein! Immer noch die Australierin?«

»Neuseeländerin.«

»Ja … da hat Sie wohl endlich eine wirklich gekapert?«

»Es sieht so aus. Wir erwarten bald ein Kind.«

»Soweit ich weiß, ist es das dritte!«

»Ja, soweit ich weiß.«

»Allerdings hat Sie das, wie wir alle wissen, noch nie daran gehindert, auszufliegen.«

»Zum ersten Mal droht eher, dass sie ausfliegt.« Er grinste und wollte ihr die Treppe hinaufhelfen, doch wie immer wehrte sie ab und stieg selber hoch.

Mickel Comar, entgegen seinem ursprünglichen tschechischen Namen Komár, also Mücke, ein zwei Meter großer junger Mann, war ein Kosmopolit, der drei Weltsprachen beherrschte, doch mit ihr sprach er nur in der gemeinsamen Muttersprache – Mährisch, wie sie stolz das Tschechische in der Region Haná bezeichnete. Michal, der zum ersten Mal im franko-kanadischen Montréal das Wort »Mama« von sich gab, hatte das kleine Einmaleins im anglo-kanadischen Vancouver gelernt und im italo-schweizerischen Locarno Technik studiert, wo sein Vater Vorlesungen über Völkerrecht hielt, und er hatte sich seine Muttersprache perfekt in Wort und Schrift erhalten, wenngleich seine Eltern, die nicht an die Dauerhaftigkeit der politischen Erwärmung der sechziger Jahre glaubten, sofort nachdem sie ihren ersten Reisepass erhalten hatten, emigrierten. Was sie während der komplizierten Anfangsjahre bei seinen zwei Geschwistern in Amerika nicht geschafft hatten, kompensierten sie bei ihrem Jüngsten, der schon in Kanada zur Welt kam und der dann nach der Rückkehr normaler Verhältnisse in seiner freien Heimat der King war, als er seinen auf ihn eifersüchtigen Brüdern ihre Flirts übersetzte. Giulietta hatte ihn kennengelernt, als er sie, damals noch zusammen mit Vittorio, von Cannes zurückflog, wo sie der Jury bei einem Wettbewerb junger Balletttänzerinnen vorgesessen hatte; während er Vittorio die Treppe hinabhalf, rief er seinem vorbeigehenden Kollegen »Ahoj!« zu. Michal war anscheinend beliebt und als Pilot zuverlässig, denn man musste ihn bei der Gesellschaft Aviatica mindestens einen Monat im Voraus buchen. In den zehn Jahren, in denen sie ihm mindestens einmal in drei Monaten begegnet war, hatte er es zweimal zum Vater gebracht und sich zweimal scheiden lassen, wenngleich er die Christusjahre, also dreiunddreißig, noch nicht erreicht hatte. Die offensichtliche Unbeständigkeit war eigentlich das Einzige, was störend an ihm war, um als Hauptkandidat in ihrem immer dringlicher werdenden Plan zu gelten; lange hatte sie sich auf Anraten ihres Rechtsanwalts angeschickt, ihn bei der nächsten besten Gelegenheit für ein paar Tage zu buchen, um Zeit zu haben, ihn ordentlich zu durchleuchten, doch gerade heute hatte sie dazu nicht die geringste Lust.

Zu ihrem runden Geburtstag unternahm sie eine Reise, die sie vierzig Jahre lang aufgeschoben hatte. Michal wunderte sich, dass niemand mit ihr »dorthin« flog. Deshalb war seine nächste Frage für sie keine Überraschung.

»Prinzessin, ist dies heute das erste Mal oder waren Sie schon einmal mit jemand anderem dort?«

»Das könnte ich Ihnen nicht antun, Michal.«

»Und wie kam es dazu … so auf einmal?«

»Familienangelegenheiten. Ich kann sie nicht länger aufschieben.«

»Wartet jemand auf Sie?«

»Peppino mit seinem Wagen.«

»Ich meinte jemand, der sich auskennt.«

»Nein, ich habe dort niemanden mehr.«

»Schade, dass ich weitere Kunden habe, ich würde für Sie gern den Reiseführer durch Prag spielen.«

»Mein Fehler, dass mir das nicht eingefallen ist, aber ich will eigentlich woanders hin.« Sie hatte keine Lust, sich ihm anzuvertrauen, und er war zu gut erzogen, als dass er sie weiter ausgefragt hätte, so stellte er nur noch eine Frage:

»Und in welchem Hotel wohnen Sie?« Sie sagte ihm den Namen, den sie selbst erst seit gestern kannte.

»Das ist Extraklasse. Zuletzt hat Obama dort residiert.« Dann wechselte er das Thema. »Haben Sie mich auch für den Rückflug gebucht?«

»Ich habe leider keine Ahnung, wann ich zurückkommen werde.« Er nahm es zur Kenntnis, wünschte ihr wie immer »happy landing« – worauf sie ihm wie immer antwortete, dass dies ganz an ihm liege – und überließ sie dem Steward. Diesen älteren Italiener musste sie logischerweise schon irgendwann an Bord einer der Aviatica-Maschinen getroffen haben, doch der hatte sich nicht in ihr Gedächtnis eingeprägt, was, wie sie meinte, nur daran liegen konnte, dass er keine Persönlichkeit hatte. Sie hegte keinen Wunsch, und so verließ er mit einer Verbeugung die Kabine, schob die Verbindungstüre zu und zog sich ins Cockpit zurück.

Der Salon für die Reisenden war in den teuersten Cessnas individuell eingerichtet, in diesem war sie schon mehrmals geflogen, ihn schmückten Reproduktionen von Gemälden aus der Sixtinischen Kapelle. Sie wusste längst, dass diese Maschine gern von Diplomaten des Vatikans genutzt wurde, deshalb befand sich hier auch ein altertümlicher Betstuhl. Der kleine, aber elegant eingerichtete Raum war für sechs Reisende bestimmt, von denen jeder seinen Ledersitz in eine Liege verwandeln konnte. Wie immer küsste sie ihr Medaillon, nahm den Flachmann aus der Handtasche, schraubte den Verschluss mit dem kalibrierten Kelch ab und trank ihr obligatorisches »Hütchen«, wie sie sagte, Malt-Whisky, den Vittorio direkt von einer irischen Schnapsbrennerei bezogen hatte, wo sie ihn gemeinsam auf der Hochzeitsreise gekostet hatten. Sofort spürte sie jene Leichtigkeit, die sie an die drehenden Hebefiguren des Pas de deux in den Armen eines perfekten Partners erinnerten. Als Michal an den Anfang der Startbahn gerollt war und der Düsenflieger wie ein Rennpferd aus der Box startete, hatte sie sich mit dem Gedanken angefreundet, dass diese Tonnen Masse wirklich in die Luft aufsteigen können.

Sie wusste, dass die Reise gegen den Strom so vieler Jahrzehnte knapp zwei Stunden dauern würde, trotzdem war sie überrascht, wie schnell ihr Michal über das Bordtelefon mitteilte, sie würden gerade die Grenzen ihrer alten Heimat überfliegen. Seit dem Start waren achtzig Minuten vergangen, und sie wurde sich bewusst, dass sie die ganze Zeit halb sitzend, halb liegend verbracht hatte, völlig »abgeschaltet«, reglos und ohne einen einzigen Gedanken. Sicherheitshalber hatte sie sich noch ein zweites Hütchen genehmigt, auf dass es sie auch weiterhin nicht nur vor Erinnerungen, sondern auch vor der Versuchung bewahren möge, aus dem Fenster zu schauen. Sie hielt es erst nicht mehr aus, nachdem die Maschine schnell an Höhe verlor und Michals Stimme sie fragte, ob er über der Stadt kreisen solle.

»Müssen Sie das?«

»Nein, ich kann auch gleich über Kladno zur Landung ansetzen.«

»Dann tun Sie das, ich will keine Zeit verlieren.« Sie gab nicht zu, wegen der Silhouette des »Radschin« feuchte Augen bekommen zu haben. Nun nahm sie zum dritten Mal einen Schluck, versteckte den zugeschraubten Flachmann in der Handtasche und richtete entschlossen ihren Blick auf den nahenden Erdboden.

Sie überflogen ein paar verbliebene Fördertürme, die ihr im Gedächtnis geblieben waren, als sie das letzte Mal von hier aus gestartet war. Von Ruzyně bis fast zu ihnen hatte damals die Sowjetarmee sämtliche Wiesen besetzt, am gesamten Horizont entlang parkten Hunderte Panzer und Militärlaster. »Eklig wie Gewürm!«, hatte Viktor gesagt, und sie hatte den Rest der Strecke nach Rom durchgeweint. Die ehemaligen Felder waren nun unter zahllosen Bauten verschwunden, die für alle Vorstädte westlicher Metropolen typisch waren und die Prag offensichtlich einholen wollte. Da hatte sich auch schon – dafür war Michal besonders bekannt! – die Cessna weich an die Landebahn geheftet, die die Okkupanten 1968 vorzeitig geöffnet hatten, doch die Maschine bog nicht zu dem modernen Komplex ab, der mit Dutzenden Armen ausgestattet war, sondern rollte weiter, von ihnen weg, so als wollte sie sie bis zur Stadtmitte bringen. Erst nach einer Weile erinnerte sie sich an die Information ihres Reisebüros, dass man ihr das bezahlt hatte, was man als »Regierungsflughafen« bezeichnete. Nachdem Michal die Motoren ausgeschaltet hatte, meinte sie, das Flughafengebäude aus ihrer Jugend zu erkennen, wo man seine Bekannten noch direkt bis zu den Flugzeugen begleiten und sie dort auch wieder hatte begrüßen dürfen. Nun parkten hier ein paar kleine Maschinen und vor ihnen ein weißer Rolls-Royce Ghost, neben dem mit Mütze ihr Chauffeur, Kellner, Bodyguard und Mann ihrer Köchin und Zofe, Peppino, stand. Wieder küsste sie das Medaillon und betrat die Vergangenheit.

II. Leo

Dieser Freitag war schon seit Mitternacht schwarz. Die Milonga im Prager Stadtteil Karlín endete für ihn mit einem Fiasko, wie er es nie zuvor erlebt hatte. Die hässliche Engländerin, die ihm dreißig Pfund Sterling versprochen und ihn dann dreimal eine Dreiviertelstunde lang mit ihren Knochen durchbohrt hatte, war endlich austreten gegangen, und so konnte er sich wenigstens etwas erholen, doch sie war recht lange dort, also schickte er eine Garderobendame zu ihr. Durch sie erfuhr er, dass von der Toilette ein weiterer Zugang ins Lokal und von dort aus auf die Straße führte; die Nacht war so warm, dass die Betrügerin keinen Mantel brauchte. Seine Stimmung wurde auch dadurch nicht besser, dass ihn seine Erfindung, »der große Topf«, vor einem totalen Minusgeschäft bewahrte. Den Topf hatte der Rest der Truppe schon im Frühjahr als gute Art einer Kollektivversicherung akzeptiert, er machte mühselige Konkurrenzkämpfe und Betrügereien überflüssig; er bekam aus diesem Gemeinschaftstopf wenigstens sechshundert Kronen, weil die anderen ein anständiges Geschäft gemacht hatten, doch sie verdarben es ihm mit gepfefferten Kommentaren.

Auf dem Weg nach Hause wurde er unverfroren von einem Taxifahrer betrogen, doch angesichts dessen Bizeps wollte es Leo nicht auf eine Konfrontation mit ihm ankommen lassen. Auf dem Bett fand er einen Brief seiner älteren Schwester

Věra, in dem sie ihn recht unsanft aufforderte, endlich die zwanzigtausend Kronen rauszurücken, die sie ihm für einen neuen Laptop geborgt und die er bis Ende vergangenen Jahres versprochen hatte, zurückzuzahlen. In einem Anflug von Hoffnungslosigkeit surfte er im Internet und wollte riskanterweise sein gesamtes Bargeld im Hasardspiel einsetzen, doch zum Glück wusste er sich zu beherrschen. Und beim späten Frühstück rauschte er wieder mit seiner Mutter zusammen. Es war nicht das erste Mal, dass sie ihm vorhielt, die gut laufende Firma, in der er Karriere hätte machen können, verlassen zu haben, doch nie zuvor hatte sie das Wort verwendet, das ihn umso mehr in Rage brachte, als er es schon lange erwartet hatte. Das Gespräch hatte dabei ganz unschuldig begonnen.

»Robert hat dich angerufen.« Das war sein bester Freund aus der Hochschulzeit.

»Was wollte er?«

Noch drei Jahre nach Studienabschluss hatten sie zusammen in der Firma Sonnymat gearbeitet, ehe er gegangen war. Robert hatte nie aufgehört, ihm dies vorzuhalten, und Leo hatte sich deshalb allmählich von ihm zurückgezogen.

»Dich auf ein Bier einladen.«

Jetzt freute ihn dies, denn die neue Truppe ging ihm langsam aber sicher auf die Nerven. Robert war ein Grübler, man konnte sich mit ihm immer intelligent unterhalten, außerdem sagte er nicht dreimal in jedem Satz »Spacko« wie Kája, Míra und Láďa ohne Unterschied; Leo deprimierte am meisten, dass er unwillkürlich selber mit diesem Spacko-Geschwätz begonnen hatte.

»Hat er mir eine Nachricht hinterlassen, wo und wann?«

»Du sollst ihn anrufen.«
Darauf nahm das Gespräch eine jähe Wende: »Er hat mich gefragt, was du jetzt machst.«
»Und was hast du ihm gesagt?«
»Was hätte ich denn sagen sollen?«
»Na, dass ich auf Bestellung Webseiten kreiere!«
»Und tust du das?« Er wurde langsam wütend.
»Das tue ich!«
»Und was ist das eigentlich?«
»Mama, du hast dich während meines gesamten Studiums nicht dafür interessiert, jetzt wirst du das kaum mehr verstehen!«
»Und Papa versteht das?«
»Papa weiß das!«
»Und weshalb fragt er mich dann, womit du dein Geld verdienst?«
»Er fragt dich? Warum?«
»Wahrscheinlich deshalb, weil ich tagsüber mit dir zu Hause bin.«
»Dann musst du doch auch am besten wissen, womit ich mein Geld verdiene.«
»Na, mit diesen Seiten wahrscheinlich nicht.«
»Wie willst du das wissen?«
»Weil du immer, wenn ich in dein Zimmer schaue, schläfst.«
Er geriet in Rage.
»Du spionierst mir also hinterher?? Meine eigene Mutter?«
»Und wer anderes sollte dich warnen?«
»Wovor denn bitte schön!!«
»Leo, was soll eine Mutter machen, die auf ihren Sohn stolz war, weil er mit lauter Einsen sein Studium absolviert hatte, wenn er jetzt mit Tanzen sein Geld verdient?« Das traf ihn.

»Wer hat dir das gesagt?«
»Ich bin dir gestern hinterhergegangen.«
»Wohin …?«
»Nach Karlín.«
»Wie bist du, bitte schön, auf die Idee gekommen, mich in Karlín zu suchen?«
»Das stand in deinem Kalender …«
»Mama, ich verbitte mir, dass du meine Sachen durchsuchst, als wäre ich in der Pubertät, ich bin ein erwachsener Mann!!«
Und dann fiel das Wort.
»Wie kann ein erwachsener und studierter Mann einen Gigolo abgeben …?«
Er schaute sie an und konnte nicht antworten, deshalb tat er das Einzige, wozu er in diesem Moment in der Lage war: er rannte aus der Küche, knallte die Tür zu, holte sein Sakko und den Beutel mit den Tanzschuhen aus seinem Zimmer und warf anschließend auch noch laut die Wohnungstür hinter sich zu. Ja, das Wort hatte sich ihm schon lange in sein Gehirn gegraben wie ein Wurm in einen Apfel, doch erst ausgesprochen bekam es die abstoßende Form, die auch ihn schreckte. Es stimmte, sämtliche Bemühungen, vom Computer unbeleckten Senioren die Verwaltung von Webseiten anzubieten, waren ohne Reaktion verhallt. Es stimmte auch, dass er seit dem Moment, in dem sein Sozialversicherungsanspruch erloschen war, nur von dem gelebt hatte, was er sich »ertanzt« hatte. Es stimmte, dass er sich in gefährlicher Weise daran gewöhnt hatte. Es stimmte sogar auch, dass dies von Anfang an recht viel Geld abwarf, denn der argentinische Tango war gerade »in«, öffentliche und private Milongas kamen in Mode und fanden in Prag und der weiteren Umgebung jeden zwei-

ten Tag statt. Es stimmte aber auch, dass die Einkünfte nicht ausreichten, um bei seiner Schwester die Schulden zu bezahlen und nach einem halben Jahr wieder seinen Beitrag zum Haushalt zu entrichten, wenn er schon dort lebte, ohne Wohnung und Verpflegung bezahlen zu müssen. Und vor allem stimmte es, dass er spürte, wie er sich langsam aber sicher erniedrigte und dabei wahrscheinlich nicht mehr in der Lage war, diesen Prozess irgendwie aufzuhalten.

In diesem Zustand ratloser Gereiztheit streifte er ein paar Stunden ziellos durch die Straßen, bis ihm die Füße wehtaten. Bis zur heutigen Milonga dauerte es noch ein Stück des Nachmittags, das er am liebsten verschlafen hätte. Da er nicht wusste, wo und wie er für den Abend Kraft schöpfen konnte, kam er auf den Gedanken, sich im Multikino am Anděl eine Karte für die nächsten zwei Vorstellungen zu kaufen, und er hatte Glück: beide Filme waren so langweilig, dass es ihm wirklich gelang, auch mit der notwendigen Pause, zweimal für neunzig Minuten einzuschlafen. Anschließend stellte er fest, dass er sogar Verspätung hatte und die Truppe ohne ihn beginnen würde, was ihn mit seinem heutigen Pech bei der Auswahl der »Süchtigen«, wie sie die begierigen Damen bezeichneten, um die sie am Anfang losten, benachteiligen würde, denn er hatte meistens das Glück des »ersten Abfischens«. Als er auf dem Jirásek-Platz aus der Straßenbahn ausstieg und zum Lokal Mánes spurtete, wurde er beinahe von einem so herrlichen Auto überfahren, dass er auf dem Bürgersteig stehen blieb und mit den Augen die weißglänzende Limousine der Marke Rolls-Royce verzehrte, die die höchste Typenbezeichnung Ghost, also Geist, trug und die Prager Kreuzung wirklich wie eine Erscheinung passierte. Er lief ihr ein Stück hinterher und sah von Nahem, wie der Chauffeur die hintere Tür öffnete und sich die hohe Mütze vom Kopf zog. Eine alte Dame in jugendlichen Jeans stieg aus.

III. Prag

Prag zeigte ihr sein freundlichstes Gesicht und begrüßte sie mit dem schönen Wetter des bevorstehenden Sommers. Signore Bartolo, der Direktor ihres Lieblingsreisebüros in Rom, der sich wie ein hoher kirchlicher Würdenträger bewegte und auch so sprach, hatte zweifelsohne die Leitung des Prager Grandhotels mit seinen Mails, Anrufen und Interventionen über Skype so gedrillt, dass diese sich auf sie ebenso vorbereitet hatte wie auf Obama. Als Peppino, der schon einen Tag zuvor mit den Koffern angekommen war und im Flughafenhotel geschlafen hatte, vor dem Haupteingang vorfuhr, so als sei dort eine weiße Yacht gelandet, öffneten die Boys in Livree gleichzeitig beide Flügel der Eingangstür, und der Hoteldirektor sprach sie, eine Rose in der Hand haltend, in englischer Sprache mit dem richtigen Titel an – »Serene highness!« – also »Prinzessin«. Natürlich hatte er für sie dieselbe Suite wie für den amerikanischen Präsidenten hergerichtet, denn Bartolo hatte sicher auch nicht versäumt anzudeuten, dass sie als Witwe eines Mannes, der darüber hinaus viele Jahre Senator war, auch weiterhin Mitglied des Klubs führender italienischer Politiker und vor allem des europäischen Hochadels sei. Allerdings wusste er nicht und konnte deshalb das Personal nicht darauf aufmerksam machen, dass sie Tschechisch sprach, somit sprachen anfangs alle mit ihr Englisch, während sie das Vergnügen hatte, solche Aufforderungen zu ver-

stehen wie »Franta, du sollst ihr die Aufzugtür aufhalten!« oder »Idiot, zerkratz den teuren Koffer nicht!«. Sie wollte nicht, dass sich daraus ein riesiger Skandal entwickelte, deshalb gab sie ihr Geheimnis schnell preis und betonte, die paar Bemerkungen überhört zu haben. Wiederum amüsierte sie, dass der »Idiot mit dem Koffer«, als er sich für das reichliche Trinkgeld mit einem Diener bedankte, sie mit »Frau Prinzessin« ansprach. Im selben Augenblick stellte sich die Hoteldame mit ihrer Assistentin ein, unter ihrer Leitung wurden alle Sachen aufgehängt und verstaut. Aus ihrem Gesichtsausdruck schloss sie, dass selbst die schöne Frau Obama keine drei Paar Tanzschuhe mit sich geführt hatte.
Dann nahm sie einen weiteren Schluck irischen Whisky, legte sich in die Wanne für zwei, schaltete Whirlpool und Fernseher gleichzeitig ein und sah die ersten tschechischen Nachrichten seit den letzten vierzig Jahren, in denen dem Idol des Prager Frühlings, Alexander Dubček, Tränen in den Augen standen, nachdem die erschöpften Reformatoren und zufriedenen »Konservativen« aus Moskau zurückgekehrt waren, wo man gerade den »vorübergehenden Aufenthalt der Bruderarmee« in der Tschechoslowakei, die somit zum sowjetischen Gubernium wurde, unterschrieben hatte. Ihr Viktor bezeichnete den Versuch, den Totalitarismus zu demokratisieren, von Anfang an als kindlich naiv. »Ein Hase bringt dem Bären nicht bei, Gras zu fressen!« Das Ergebnis des Eintauschs des bösen Fridolin Novotný gegen den braven Pierrot Dubček kommentierte er mit einem Bonmot: »Ein alter Saustall mit neuem Personal«. Und das Weinen des Ersten Sekretärs über das Ergebnis der Moskauer Gespräche, dessen Kern den Bürgern verborgen blieb, widerte ihn förmlich an. »Die Unterstützung von

fünfzehn Millionen im Rücken zu haben, in denen sich die Okkupationsarmee wie Zucker auflöst, und alles derart zu vergeigen, dafür müsste sich jeder ehrliche Politiker erschießen!« In Rom konnte man kein tschechisches Fernsehen empfangen, und nach Viktors Tod begann sie, die Zeitungen, die ihnen Bekannte aus Prag über verschiedene Boten geschickt hatten, ungelesen wegzuwerfen. Die Exilzeitungen lasen sie schon seit längerer Zeit nicht mehr, denn den eingefleischten Demokraten Viktor hatten ihr primitiv radikaler Antikommunismus und auch die Kleinkriege der verschiedenen Emigrantenwellen abgestoßen. »Im Totalitarismus Winzlinge, in der Freiheit Riesen!« Was sie jetzt von der Badewanne aus sah, waren die Bilder des Lebens eines unbekannten Landes, wo sich selbst die Sprache verändert hatte, an eine so nachlässige Aussprache konnte sie sich nicht erinnern. Von allen Gesichtern sprach sie nur das von Präsident Havel an, der gerade seinen ersten Film drehte.

Als er im ersten Jahr seines Präsidentenamtes während eines Staatsbesuches auch nach Capri gekommen war, hatte sie dort gerade, schon mit Giorgio, die traditionellen Ferien im Quisisana verbracht, und für das Bankett in dem berühmten Hotel erhielt sie natürlich eine Einladung. Kaum hatte sie Havel tschechisch begrüßt, gab er ihr den Vorzug vor seinem eigenen Dolmetscher. Und als er festgestellt hatte, wer sie war, wich er nicht mehr von ihrer Seite und verbrachte entgegen dem Protokoll mit ihr den größten Teil des Abends. Er habe sie zwar nie, entschuldigte er sich, im Nationaltheater tanzen sehen, doch er habe sie als Star verehrt, der alle großen Diskussionstribünen des damals weltbekannten politischen Prager Frühlings geziert habe. Er habe auch Viktor gekannt, doch er war zu gut erzogen, als dass er die Witwe gefragt hätte, warum der große Dichter damals nirgendwo teilgenommen habe, somit sei er dann nur ihretwegen emigriert. Ein bisschen hatte sie sich in Havel auf Capri verliebt, er war damals ein faszinierender Mann auf dem Höhepunkt seiner Kräfte, vergöttert von der freien Welt. In dem TV-Spot erinnerte er sie jetzt in fast erschütternder Weise an den ermatteten Viktor und auch an Vittorio in den letzten Monaten ihres Lebens, und sie wurde von Traurigkeit übermannt. Ehe diese jedoch sich in ihr festsetzen konnte, stieg sie aus der Wanne, trank ein weiteres »Hütchen« und setzte sich an den Computer.

Fünf Minuten später wusste sie, dass der Argentino heute in dem guten alten Restaurant Mánes getanzt würde, fast erschrak sie ob dieses schicksalhaften Refrains. Zehn Minuten später zog sie Sportkleidung an, und nach einer halben Stunde hatte sie mit Make-up neben Dutzenden von Falten auch ein paar Jahrzehnte mit weggewischt. Sie wagte es nicht, gleich beim ersten Mal durch diese ihr fremd gewordene Stadt zu Fuß zu gehen, und so fuhr Peppino sie ins Slavia. Am Nationaltheater zitterten ihr vor Erregung die Knie. Sie gab ihm die Anweisung, genau um acht wieder hier vorzufahren, und sie versuchte, schneller ins Café zu gelangen, als die an der Straßenbahn wartenden Gaffer die Aufmerksamkeit von der weißen Limousine auf sie übertragen hatten. Eine Sekunde später fühlte sie sich so, als hätten Engel sie nun kopfüber in die Stadt ihrer Jugend getragen.

Sie konnte nicht beurteilen, ob sie die ursprüngliche Möbelgarnitur sah, doch sie glaubte daran, als sie die durchsichtige grüne Muse sah, die auf dem Tisch eines Absinth-Trinkers saß, das berühmte Bild hing schon dort, als sie das erste Mal

nach Prag gekommen war, und zwar gleich mit dem festen Entschluss, die Aufnahmeprüfung für das Konservatorium zu absolvieren. Damals hatte sie allein dagesessen – die Eltern waren längst tot, bis auf ihren »Fast-Vater«, wie sie ihn nannte, dem sie es dann stolz heimzahlte, dass er sie völlig verleugnete, nachdem er der Mutter weggelaufen war –, wie auf ein Märchenschloss hatte sie von hier aus bei Sodawasser auf die beiden Trigen geschaut, die sich über dem Nationaltheater erhoben, und sie träumte einen unerfüllbaren Traum. Diese Erinnerung wurde aus dem Meer von Applaus hervorgespült, den sie sieben Jahre lang als Coppélia, Odetta und Odile oder Julia, ihre Namensvetterin, auslöste. Auf diesen Namen verzichtete sie dann in Italien aus nüchternen Gründen durch die Annahme der italienischen Variante Giulietta, der sich dort besser aussprechen ließ. Im Unterschied zu den meisten Leuten, die in Form von Fotografien oder Filmausschnitten in die Vergangenheit reisen, waren ihr Stimmen und Klänge im Gedächtnis geblieben. Und so hörte sie auch jetzt die bedrohlichen Eingangstöne zu Prokofjew, die schon von Beginn an den Tod ankündigten – Tjamtadamta tjamtadamta tjamtadamta tiidaa, tjamtadamta tjamtadamta tjamta …
»Womit kann ich dienen?« Der Kellner vermutete in ihr eine deutsche Touristin, und sie übernahm diese Rolle.
»Haben Sie türkischen Kaffee? Aber nicht den orientalischen …«, erinnerte sie sich, »ich meine den, Sie nennen ihn hier doch turek …« Das wusste er zu schätzen.
»Sie waren schon in Prag!«
»Ja, aber das ist schon lange her!«
»Macht nichts, den turek machen wir immer noch!« Statt eines Glases mit einer aromatisch duftenden schwarzen Flüs-

sigkeit, die so dick war, dass der Löffel darin stand, brachte er eine Tasse irgendwas, das an zusammengegossenes Wasser aus Kartoffelschalen erinnerte. Als sie jedoch davon trank, war auch ihr Magen sofort wieder zu Hause, der hier und im gegenüberliegenden Gebäude jahrelang dreimal während einer Probe und dreimal während einer Vorstellung nach dieser Brühe verlangt hatte. Seltsam, dachte sie, der Magen und die Sprache sind eigentlich eine übertragene Heimat, die den Menschen nie verlässt. Am Klavier, das zu dieser Zeit noch stumm war, lagen Zeitungen, deren Namen sich verändert hatten, einige waren länger, einige kürzer geworden. Was sie las, vergaß sie gleich wieder, sie nahm nur das Ambiente des Cafés wahr. Fort war die Horde von ausgelassenen Studenten der Filmakademie der musischen Künste, die direkt über dem Café ihren Sitz hatte, verschwunden waren auch die einsamen Rentner, die hier bei Sodawasser ihre Zeitungen lasen, schämten sie sich nun vor den Ausländern oder können sie sich nicht mal mehr das Wasser leisten? Es überwogen hier die fast einheitlich gekleideten Tschechen in Krawatten, die ernst über auf dem Tisch ausgebreiteten Dokumenten diskutierten, sie tippte auf Manager. Ihre Rührung wich, als sie merkte, dass von dieser fast unveränderten Kulisse eine Kraft ausging, die der durchsichtigen Muse ähnelte, die sie auch einst vor ihrer schicksalhaften Aufnahmeprüfung und später fast vor jeder Vorstellung im Nationaltheater ergriffen hatte. Das Klavier ertönte und servierte Musik, die sie schon längst als globalisiert bezeichnete, weil diese sie fast in allen Cafés des Westens sowohl betäubte als auch langweilte, die schon lange ihr einstiges Flair verloren hatten. Sie schaute auf die Uhr, es war fast acht, sie legte eine etwas größere Banknote

auf den Tisch, die sie zusammen mit dem Flugticket bereits in Rom bekommen, aber noch nicht gründlich angeschaut hatte, und sie schaffte es gerade in dem Moment auf die Straße, als Peppinos weißer Schoner anlegte. So wie sie es abgemacht hatten, öffnete er nicht die Tür, um nicht den Verkehr zum Erliegen zu bringen, sie sprang behände selbst in den Wagen und wies ihn an, vor der Brücke nach links abzubiegen. Der Fahrzeugplebs stand für den Ghost wie üblich Spalier, alle bremsten, um ihn sich anzuschauen, und nach nicht ganz einer Minute war sie am Mánes, konnte gerade so ihre Stadt- gegen die Tangoschuhe mit einem ordentlichen hohen Absatz eintauschen, Peppino hielt in einer Ecke des Bürgersteigs vor der Abfahrt zum Kai und bekam von ihr die Anweisung, um Mitternacht wieder zu erscheinen, er konnte seine Verwunderung nicht verbergen, dass er so früh kommen sollte, doch sie wollte sich für morgen richtig ausschlafen, wo sie mit dem Prager Genius loci zusammenzutreffen beabsichtigte.
Im Mánes war sie in ihrem Leben oft gewesen, auf Partys und bei den schicksalhaften Versammlungen des Jahres achtundsechzig, doch vor allem: im Mánes hatte sie zum ersten Mal ihr Viktor der Erste angesprochen, wie sie ihn bezeichnete, um ihn von Vittorio zu unterscheiden; sie war fest entschlossen, gerade heute in allerreinster Form ihre Sehnsucht nach beiden auszutanzen. Wo hier das Tanzparkett war, davon hatte sie keine Ahnung, doch sie bemerkte einen jungen Mann, der wahrscheinlich auch stehen geblieben war, um das beste Auto der Welt in der luxuriösesten Version zu sehen, und sie fragte ihn.
»Wissen Sie, wo hier heute getanzt wird?«

Er wusste es: »Unten.«
»Eine normale Milonga?«
»Ja.«
Erst jetzt bemerkte sie, dass er Schuhe im Beutel dabei hatte.
»Gehen Sie hin?«
»Ja …«
Nach dem Gesetz aller Milongas auf dieser Welt duzte sie ihn sofort. »Und, hast du eine Partnerin?«
»Nein …«
Zufrieden hakte sie sich bei ihm ein. »Jetzt hast du eine.«

Leo kam sich vor wie jemand, der urplötzlich von einem Fluch befreit war. Eine tschechischsprachige Millionärin aus Italien, wie das Kennzeichen des göttlichen Wagens verriet, die hier in Jeans einen Partner für einen Tango argentino suchte – davon hatte er bis jetzt nur träumen können. Tschechinnen zahlten selten mehr als einhundertfünfzig Kronen für eine Tanda, bei den Touristinnen überwogen speckige Rucksackträgerinnen, die einen Gegendienst in ihrem Hotel anboten, doch für Sex hatte Leo immer genug Gelegenheit, und vor allem konnte man nicht davon leben. Ein Glücksgriff waren deshalb die Ehefrauen der Prager Diplomaten, die sich wahrscheinlich untereinander geeinigt hatten, dass sie pro Tanda fünfzehn Euro zahlen würden, leider nicht einen Cent mehr, aber glücklicherweise auch nicht weniger, also musste man nicht um sie losen. Die Streichhölzer, das hatte Kája so ausgedacht, wurden auf vier unterschiedliche Längen gestutzt, wenn unter den Süchtigen kein bekanntes Gesicht war und man »blind« wählen musste, dann loste man zumindest um die Hübscheste der Hässlichen.

Auf dem kurzen Weg, als er sie über die Treppe ins untere Restaurant führte, an die das Tanzparkett angrenzte, überlegte er, wie alt sie wohl sein könnte. Wenn er das stark mit Make-up bearbeitete Gesicht hinzurechnete und den unglaublich schwungvollen Schritt abzog, ergab das ein Mittel von plus minus sechzig. Beide hatten nichts aufzuschieben, und so begleitete sie ihn sofort aufs Parkett, wo bereits getanzt wurde, und gleich fasste sie ihn bei beiden Armen. Ehe sie sich bewegte, forderte sie ihn noch auf: »Sag Julia zu mir. Und du bist wer?«

»Leo.«

»Aha. Dann zeig mal, was für ein Löwe du bist!«

Die Zahlungsmodalitäten erwähnte sie nicht und ließ sich sofort führen. Ab dem ersten Schritt war ihm klar, dass er eine Partnerin hielt, die es drauf hatte. Er wollte aber nicht riskieren, dass sie schnell müde wurde, und so probierte er nur Figuren aus, die sie nicht verletzen konnten und die auch ihn nicht unnötig erschöpften. Wenig später trafen seine Blicke nacheinander Kája, Mirek und Láďa, sie hatten die einzigen drei Damen unter sich aufgeteilt, die hier heute gut aussahen. Wie unzählige Male eingeübt, signalisierten sie ihm jedes Mal, wenn sie sich bei den Drehungen ins Gesicht sahen, spöttisches Mitleid. Er konnte sich vorstellen, welch gepfefferte Bewertung er hören würde, wenn er sich mit ihnen traditionell in der Pause auf der Toilette traf. Er freute sich darauf, sie dann zu übertrumpfen, doch er wusste noch immer nicht, wie er zu Verhandlungen über Geld gelangen sollte. Und wie wäre es, fiel ihm aus heiterem Himmel ein, wenn er dies absolut ihr überlassen würde? Und was wäre, wenn er sich sogar, er dachte immer intensiver nach, in diesem Falle zu der Mil-

lionärin ähnlich galant verhalten würde, wie er sich verhalten hatte, als er ganz normal mit den Mädchen aus der Schule und aus dem Betrieb plänkelte?
Seine verdrossene Seele begann sich auf einmal leise zu freuen. Nein, sagte er zu sich, er war kein Gigolo und wird vor allem keiner werden! Morgen würde er Robert bitten, ihm ein Treffen mit dem Chef von Sonnymat zu arrangieren, der ihm schon damals angeboten hatte, dass er jederzeit zurückkehren könne. Er würde also zurückkehren, lernen, früh aufzustehen, er würde seine Schulden bezahlen und vor allem denken! denken wie damals, als er beim mündlichen Staatsexamen die Prüfungskommission so sehr beeindruckt hatte, dass sie ihm einstimmig das Diplom »cum laude« zusprach. Er tanzte, wie er es gewohnt war, automatisch, doch dabei recht erfinderisch, damit sie es nicht merkte. Sie schien es ihm in ähnlicher Weise gleich zu tun, somit kamen sie sich gegenseitig nicht ins Gehege.
Als die Kapelle endlich zur Pause in die angrenzende Bar verschwand, wollte er sich bei ihr entschuldigen, er müsse kurz austreten, da sprach sie das erste Mal nach eineinhalb Stunden und überraschte ihn mit einer Frage: »Du bist mit einer Truppe hier?«
»Wie, mit einer Truppe …?«
»Und ihr seid vier, nicht wahr?«
Er versuchte, das noch durchzustehen. »Vier was …?«
»Leo, hältst du mich für blöd?«
»Warum sollte ich Sie …«
»Ihr seid Taxi-Dancer, nicht?«
Den Ausdruck kannte er, aber ausgesprochen hörte er ihn zum ersten Mal. Auf jeden Fall klang das besser als Gigolo!

»Ja …«
»Warum hast du dann bei mir keine Taxe ausgehandelt?«
Er wollte nicht weiter lügen. »Es kam mir blöd vor …«
»Aha, und warum?«
»Wahrscheinlich deshalb, weil Sie von draußen gekommen sind …«
»Du wolltest also alle guten Landsleute vor der entfremdeten Landsmännin repräsentieren? Oder hast du dich etwa geschämt? Das musst du nicht. Das ist ein normaler Beruf, und ich brauche ihn darüber hinaus oft, also zahle ich auch ohne Diskussionen und gut. Jetzt gehe ich raus rauchen, und du hol uns beiden mal einen Whisky, wenn sie einen Malt haben und dazu noch Irish.«
»Hier wird während einer Milonga kein Alkohol ausgeschenkt.«
»Das ist mir bekannt, lieber Leo, aber ich habe noch keine Bar kennengelernt, wo man mir für ein ordentliches Bakschisch nichts gegeben hätte!«
»Wie viel soll ich geben?«
»Ich kenne die hiesigen Preise nicht, deshalb hast du kein Limit, gib, was du für richtig hältst.«
Sie zog ihre Zigarettenschachtel und das Feuerzeug aus der Tasche und zauberte dabei eine Banknote hervor.
»Wie viel ist das?«
»Ein Palacký, also eintausend.«
»Reicht das?«
»Auf jeden Fall!«
»Schön. Den Rest kannst du behalten. Ich bin dort, wo wir uns getroffen haben.«
Und fort war sie.

Das Trio kehrte schon von der Toilette zurück, tankte an der Bar neue Flüssigkeit in Form von tschechischer Cola und begrüßte ihn so, wie er es erwartet hatte.
»Komm her, Spacko, wo hast du den Zombie ausgegraben?« Das hatte Kája ausgedacht.
»Wenn die dir auf dem Parkett abkratzt, dann sitzt du wegen Leichenschändung, Spacko!« Das war Mireks Beitrag. Láďa war wie immer nichts eingefallen. Leo überging das und sprach den Barkeeper an.
»Hast du hier irgendeinen zwölf Jahre alten Malt?«
»Tullamore, aber da kostet das Glas zweihundertzwanzig.«
»In Ordnung. Also zwei Mal, und gib mir nur fünfhundert wieder raus! Schon vorher.«
»Das ist in Ordnung!« Großzügig tauschte er mit dem staunenden Barkeeper den Palacký gegen den Fünfhunderter mit Božena Němcová darauf ein und gab ihnen einen Rat: »Ihr Idioten, dann guckt euch doch einfach nur mal ihr Gefährt an.«
Als er eine Weile später mit zwei Gläsern in der Hand zu ihnen nach oben kam, wurde er Zeuge, wie sie sie ansprach.
»Meine Herren, haben Sie einen Wunsch?«
Auf einen so strengen Ton waren sie nicht vorbereitet.
»Wir …?«, entgegnete Kája, völlig aus dem Konzept gebracht.
»Ja. Oder gibt's eine Frage?«
Kája gelang es endlich zu sprechen.
»Nein …«
»Wenn ihr mich ausspannen wollt, ich bin bis Mitternacht vergeben.«
Sie zogen sich wieder ins Gebäude zurück, und als Leo an ihnen vorbei ging, hörte er ein wütendes Zischen: »Blöde Scherze heb dir für den ersten April auf, Spacko.«

Er brachte ihr das Glas, und sie stieß sofort mit ihm an.
»Also Cin-cin!« Sie sah, wie er sie anstarrte. »Ist irgendwas?«
Wo um acht der weiße Geist des Rolls-Royce gefunkelt hatte, stand ein alter und recht abgewrackter Škoda Felicia.
»Nein, nichts …«
Wieder durchschaute sie ihn: »Der Ghost wartet in der Hotelgarage, auf der Straße ruft er ja nur Zusammenrottungen von Neugierigen hervor.«
Sie nahm wieder einen Schluck, stützte sich auf das steinerne Geländer, schaute zum pulsierenden Wehr hinüber, wie er es bisher nur in alten Filmen gesehen hatte.
»Was machst du eigentlich?« Sie brachte ihn in Verlegenheit.
»Also jetzt?«
»Na, überhaupt.«
»Ich bin … ich war IT-Fachmann …« Sie wunderte sich.
»Auto-Fachmann?«
»Nein, ei-ti, Informationstechnologe, Rechner und so.«
»Aha. Und jetzt rechnest du nur noch mit Schritten, oder?«
»Na ja … momentan …«
»Du lebst vom Tango, nicht wahr? Was mir entgegenkommt, denn du weißt ja sicher, wo hier die nächste Milonga stattfindet.«
»Gleich morgen …«
»Und wo?«
»In der Lucerna-Bar, das ist Ecke Štěpánská und Wenz …«
»Leo, ich habe hier länger gelebt als du!«
»Oh, pardon …«
»Keine Ursache. Und hast du morgen was vor?«
»Nein.«
»Jetzt doch. Die Lucerna-Bar.« Sie trank aus und reichte ihm das Glas, damit er es wegbrachte.

»Aber noch hast du nicht sonderlich gut gebrüllt, Löwe!«
»Wie meinst du das …?«
»Hast du den ›Sommernachtstraum‹ gesehen?«
»Nein …«
»Das ist von Shakespeare. So ein schönes Lob wird dort ausgesprochen: Gut gebrüllt, Löwe!«
»Und worin habe ich schlecht gebrüllt?«
»Du hast getanzt, als würde es dir nicht sonderlich Spaß machen. Das darf ein Profi nicht.« Jetzt setzte er sich zur Wehr.
»Ich wusste doch nicht gleich, was du kannst!«
»Und jetzt weißt du es?«
»Ich glaube, viel.«
»Dann zeig, was du drauf hast!«
Und so ließ er es im zweiten Drittel krachen, er wechselte zwischen Sacada und Gancio, die effektvollen Volcadas und das lange Planeo, und er musste bewundern, mit welcher Leichtigkeit sie sich ihm anpasste, eine Weile später waren sie ein Paar, das Tango hätte unterrichten können. Zuerst bemerkte dies die Truppe, die ironischen Blicke gingen in Erstaunen über. Allmählich bemerkten das auch die anderen Paare, kurz vor Mitternacht räumte man für sie sogar die Mitte des Parketts, und bei der nächsten Pause wurde herzlich applaudiert.
»Jetzt hast du schon besser gebrüllt, Löwe!«, sagte sie zufrieden, »begleitest du mich zum Auto?« Das weiße Phantom hatte sich wieder in den Rolls-Royce der Klasse Ghost materialisiert, der Chauffeur stand vor dem Wagen und hielt den Pelzmantel bereit. Als sie ihn sich umlegen ließ, hielt sie weitere Banknoten in der Hand. Plötzlich hielt sie inne.
»Hast du studiert?«
»Was habe ich?«

»Ob du studiert hast.«
»Klar. Technik.«
»Dann muss ich noch was drauflegen!« Das tat sie auch und fragte weiter.
»Wie heißt du eigentlich?«
»Na, Leo …«
»Das weiß ich. Und weiter?«
»Nerad.«
»In Ordnung. Also dann morgen um acht?«
»Ja.«
»Also dann ciao oder ahoj!« Der Chauffeur setzte seine Mütze auf, lief hinten um den Wagen, stieg ein, und der Ghost stach majestätisch vom Bürgersteig ab. Als sich Leo umdrehte, erblickte er vor dem Eingang ins Untergeschoss wieder die ganze Truppe, die ähnlich drein schaute wie er vor vier Stunden. Er zeigte ihnen die Banknoten und zählte sie endlich. Sie hatte eintausend pro Stunde gezahlt.
»Mensch, Spacko«, flüsterte Kája, »die musst du für uns melken!«

Von dem riesigen Tablett, den man ihr in das Salon-Apartment brachte, hätte ein ganzes Dutzend Hungriger frühstücken können. Julia bereitete sich nur ein »Frühstück amerikanischer Sportler« zu. So hatten sie und die Mädels im Wohnheim eine Speise bezeichnet, die sie manchmal den ganzen Tag über aßen, wenn sie das Stipendium für hochwertige tschechische Mode vom Ende der fünfziger Jahre ausgeben mussten, das waren seltsam harte Hosen, hierzulande als Texas-Hosen bezeichnet, im Westen Blue Jeans. Die Scheiben Reibequarks mit Tomaten blieben jedoch auf immer ihr Lieblingsessen,

auch weil sie ihr bis heute den Geschmack ihrer Kindheit und ihre Wespentaille erhalten hatten. Dazu trank sie ihre erste Tasse Kaffee und holte sich dabei die Adresse des Modehauses in Prag aus dem Internet, das eine Filiale einer führenden Firma aus Rom war, der junge Leo von gestern Abend hatte einen angenehmen Eindruck bei ihr hinterlassen, und sie beschloss, ihn sich auch anders als obligatorisch zu sichern. Dann zog sie ein möglichst unauffälliges Tageskostüm an, setzte eine wenig extravagante Sonnenbrille auf und hüllte ihren Kopf in ein Tuch, so passierte sie die Empfangshalle und auch die Rezeption unerkannt, jedoch ehrfürchtig gegrüßt wie eine der babuschkaähnlichen Ehefrauen von Gästen aus dem Nahen Osten. Peppino hatte bis zum Abend frei, den Hoteltaxifahrer schlug sie freundlich aus.
Durch die Betonlandschaft von Über- und Unterführungen gelangte sie bemerkenswerterweise problemlos – »Du hast einen Kompass in dir!«, hatte Viktor sie immer bewundert – in eine Straße, die sie geradewegs zum Wenzelsplatz führte. Schon dort wurde sie von Erregung ergriffen, dass sie den Namen des ersten Opfers der Nazis, des Studenten Jan Opletal, behalten hatte, der die kleine Julia nur um ein paar Monate überlebt hatte. Ergriffen grüßte sie den Fürsten aus Bronze, doch eher als ihn das Ross, unter dessen Schweif sie mehrmals ein Rendezvous gehabt hatte. Diese Ergriffenheit wich schnell von ihr angesichts des Spaliers zweifelhafter Gestalten aller Hautfarben, die ihr schon am Morgen zumeist erotische Dienstleistungen anboten. Innerhalb weniger Minuten verstand sie, dass Prag sich von all den jahrelang verbotenen Früchten zuerst das minderwertigste bestellt hatte, das aus den Zentren der westlichen Metropolen schon längst von einer anderen Zeit hinausgedrängt

worden war. Das braucht Zeit …! sagte sie zu sich und ließ ihre Augen auf den Portalen der alten Häuser ruhen, deren Schönheit sie jetzt zum ersten Mal wahrnahm, denn als sie Prag verlassen hatte, waren diese eingehüllt in ein Grau und den Schmutz des dahinsiechenden Sozialismus. Die Straße Vodičkova, in die sie gerade einbog, wurde damals eingerahmt von einem langen Laubengang aus Brettern mit der Aufschrift ACHTUNG, SIMS KANN ABSTÜRZEN! Nun zierten sie Fassaden, die sich mit den Pariser Champs-Élysées, der italienischen Via Veneto oder dem Wiener Kohlmarkt messen konnten.
Die meisten Häuser waren nach Eigentumsrückgaben wieder instand gesetzt worden, und zwar zu einem Preis, den der siegreiche Kapitalismus immer und überall in Rechnung stellt. Hier funktionierte er offensichtlich schon bestens in seiner doppelten Form, die Balzac und nach ihm auch Brecht mit »Glanz und Elend« bezeichneten. Der Glanz wurde hier sehr störend durch Kitsch abgestumpft, das Elend liebenswürdig durch den sichtbaren Boom gedämpft. Sie hörte auf, wie eine linke Touristin zu denken und versuchte, wieder Bürgerin der Stadt zu werden, in der sie die besten Jahre ihres Lebens verbracht hatte, weil sie ihr die verschwundene Welt ihres heimatlichen Mähren hatte ersetzen können. Das Neustädter Rathaus und das Gerichtsgebäude zeigten sich auch in vollem Glanz, und die einst langweilige Straße Myslíkova überraschte mit einer Palette angenehmer Farben restaurierter Mietshäuser im Patrizierstil. Doch dann wurde schon alles vom gebrochenen Weiß des nicht alternden Gebäudes Mánes überstrahlt, das sie am Abend vorher auf einen Tanzsaal reduziert hatte, und deshalb sah sie es erst heute in seiner gesamten Gropius'schen Schönheit.

Der Bauhaus-Stil, nur etwas älter als sie selbst, hatte sie schon von klein auf durch seine überwältigende Einfachheit fasziniert, Viktor hatte über ihn gesagt, er sei »genial einfach wie ein Dreieck und genial funktionstüchtig wie eine Schubkarre«. Diesmal ging sie nicht hinunter, sondern sie betrat das Restaurant auf der Ebene des Ufers. Dieses öffnete gerade und war noch ganz leer. Hinter der riesigen Glasscheibe, die die gesamte Frontseite ausfüllte, befand sich das »Goldene Kapellchen«, das Nationaltheater, und diesen Beinamen, den das Gebäude von begeisterten Patrioten erhalten hatte, trug es zu Recht, denn die grell angestrahlte Krone blitzte, was an ein kleines Sonnengewitter erinnerte. Als Viktor Julia hier zum ersten Male ansprach, war das Dach instandhaltungsbedürftig und deshalb glanzlos gewesen.
»Entschuldigen Sie, Madame, sind Sie nicht Julia Jandová?«
»Bitte??« Aber nein, nicht Viktor beugte sich zu ihr herab, sondern ein sehr alter Kellner in einer sorgfältig gepflegten schwarzen Weste und einem weißen Vorhemd.
»Entschuldigung, ich hatte den Eindruck ...«
»Aber ich bin wirklich Julia Jandová, genauer gesagt, das war ich ... haben Sie mich noch erkannt??«
»Nein, ich habe Sie nur noch nicht vergessen. Sie haben sich doch hier mit Doktor Konečný getroffen, ehe Sie ... also ehe er sich ...«
»Hat scheiden lassen, das stimmt! Und Sie arbeiten immer noch hier?«
»Ich arbeite wieder hier, sie haben mich als Aushilfe eingestellt, aber nun sind es schon zehn Jahre, weil sich hier in der Zwischenzeit mindestens zwanzig Kellner die Klinke in die Hand gegeben haben, die eigentlich nur am Trinkgeld Inte-

resse hatten. Frau Julia, wir beide haben hier sogar auf denselben Geburtstag in dem glücklichen Jahr angestoßen, das nur von den Veilchen bis zu den Pflaumen dauerte.«
Sofort erinnerte sie sich an die Zeit der Hoffnung, von der in der Hymne die Rede gewesen war, gesungen mit einer Mädchenstimme, die der selten begeisterte Viktor als »hinreißend groben Samt« bezeichnet hatte.
»Doch keine Angst, Frau Jandová, jetzt wo ich weiß, dass Sie zurückgekommen sind, sage ich niemandem, wie alt wir beide sind!«
Vollkommen perplex war sie dann, dass er ihr zum Lendenbraten auch noch Stille servierte, als er die üblicherweise banale Musik ausschaltete. Das Restaurant blieb lange leer, da, wie er ihr erklärte, die Touristenmeile am Nationaltheater endete, die Künstler aßen zum halben Preis unten zu Mittag, wo sie am Abend getanzt hatte, und der Mánes lebte vor allem von großen Stehbanketts und Festgelagen. Der Lendenbraten kam ihr direkt göttlich vor, allerdings war sie sich bewusst, eine Ewigkeit keinen gegessen zu haben. Der aufmerksame Kellner tauchte mit einem sauberen Wischtuch, das er auf altmodische Weise gefaltet über den Arm gelegt hatte, nur dann auf, wenn sie ihn gerade brauchte, und so dachte sie hier, endlich nicht in der erträumten, sondern wahrhaftigen Ruhe und in Frieden intensiv an die Zeit der schweren Unfreiheit, die ihr seltsamerweise die wichtigste und wohl auch glücklichste Etappe ihres Lebens gewesen zu sein schien. Da war sie erfolgreich gewesen, wurde geliebt, und sie war auch in einen Mann verliebt gewesen, den sie bereits lange gekannt hatte, bevor er sich ihr persönlich vorstellte. Viktor Konečný war ebenso begabt wie bescheiden gewesen, und seine Ehe zerfiel

damals eben auch deshalb, weil er, wie ihm seine Frau vorwarf, nicht »zur ersten Liga« der tschechoslowakischen Schriftsteller gehörte. Er konnte und wollte aber nicht zu dieser gehören, eben weil er nicht in die Partei eintreten wollte, die zusammen mit allem anderen auch die Literatur zerstörte; sie schrieb ihr eine Art bizarren sozialistischen Realismus vor, der die Zensur perfektionierte, indem die Autoren diese an ihren Werken selbst vornahmen. Seine Verse, die in limitierten Auflagen erschienen, wenngleich sie jedes Mal gleich in den ersten Tagen ausverkauft waren, faszinierten Julia wahrscheinlich ähnlich wie Viktor ihr Tanz – »Sie dichten mit ihrem gesamten Körper!« hatte er ihr damals gesagt, nachdem sie ihm kurz vorher ihre Reverenz erwiesen hatte.
Ihre schwere Kindheit in einer schrecklichen Zeit hatte sie radikalisiert, ihre engsten Freunde waren enttäuschte Kommunisten, die versuchten, die Partei von den Blutflecken der politischen Prozesse zu reinigen. Sie selbst war in das Konservatorium eingetreten, als die nicht lange zurückliegende Rede von Nikita Chruschtschow den radikalen Kritikern der vorherigen abwegigen Entwicklung grünes Licht zu geben schien. Dies führte sie dann auch auf die Tribünen jenes berühmten Jahres achtundsechzig, während Viktor wie immer »unerkannter Teil der Menge, die sich immer frei entscheiden konnte, ob sie euch Propheten nachfolgt oder aufhängt«, sein wollte. Da sie nach der sowjetischen Okkupation Mitglied des Koordinierungsausschusses des Künstlerverbandes wurde, die vereinbart hatten, dass sie, statt sich zu erniedrigen, lieber, wie der Dichterkönig Jaroslav Seifert gesagt hatte, »mit wehenden Fahnen untergingen«, saß sie neben dem alten Barden auch an jenem nicht enden wollenden Herbsttag, an dem im Mánes

die Solidaritätserklärung als Manifest angenommen wurde. Damals war auch Viktor mit dabei und hatte unterschrieben, doch zu Hause holte er sie mit einer harten Prophezeiung aus einem weiteren Traum.

»Die meisten deiner Helden werden auf Jahr und Tag überlaufen, um nicht auf dem Scheiterhaufen zu enden.«

Es dauerte kein halbes Jahr, als er sie überredete, zumindest »vorübergehend in das andere Europa zu gehen, ehe sich entscheidet, wer wen auffrisst«. Er selbst tippte darauf, dass Husák obsiegen würde, der »fähig sein würde, selbst das Ballett zu verbieten, damit die Jandová aus dem Nationaltheater verschwindet«. Er sollte sich nicht irren. Eine Woche nach ihrer Landung in Mailand, wohin sie die Scala auf Grund eines besorgten Briefes solidarisch eingeladen hatte, um in »Schwanensee« ein Gastspiel zu geben, erklärte in Prag der neue Genosse der Erste in seinem originellen Tschechoslowakisch, der Staat sei »kein Taubenschlag, aus dem jeder ausfliegen kann, wie es ihm gerade einfällt«, im selben Augenblick ließ er die Grenzen schließen, »damit nicht einmal eine Maus entwischen kann«. So begann der Weg der Primaballerina zu neuen Höhen und der Fall des Dichters ins literarische Nichtsein, bei dem er aus Liebe zu ihr freiwillig seinen Lesern und seiner Sprache den Rücken kehrte.

Sie war dankbar, dass sie von einer Gruppe englischer Studenten aufgeschreckt wurde, die sich hierher verirrt hatte, anscheinend müde nach einer mehrtägigen Party mit gutem und für sie billigem Bier, sie redete dem Ober die Idee aus, sie nicht zahlen zu lassen, drängte ihm im Gegenzug reichlich Trinkgeld auf und versprach, ganz sicher in vierzig Jahren wiederzukommen. Sie lief am Ufer entlang bis zur Čech-

Brücke, von da aus zur Tochterfirma des Modehauses aus Rom vor dem Altstädter Ring und verblüffte das Personal, indem sie die genauen Maße eines Kunden diktierte, mit dem sie, wie sie bekannte, nur einige Male getanzt hatte. Sie leistete mit einer Golden Card eine stattliche Anzahlung, ebenfalls für das Versprechen, sie noch heute eine Stunde oder später nach dem Schließen des Geschäfts zu erwarten, und sie ließ die Angestellten rätseln, ob die bestellten Stücke dem Bedachten auch tatsächlich passen würden. Dann hielt sie das nächste Taxi an, hörte zur Abwechslung in tschechischer Sprache die Klage des Fahrers über das Wetter, die Preise und die Regierung, und begab sich im Hotel direkt ins französische Restaurant, um sich persönlich für den Abend den besten Tisch auszusuchen. Der Maître war schon informiert, denn er teilte ihr sofort einen Ober zu, der perfekt italienisch sprach, vor allem deshalb, weil er Italiener war.

Leo versöhnte sich mit seiner Mutter dadurch, dass er am anderen Tag das tat, wonach sie sich schon lange gesehnt hatte. Er stand vor acht Uhr auf, rief Robert absichtlich beim Frühstücken an, um ihm vor ihr zu sagen, er wolle sich bald mit ihm treffen und über eine mögliche Rückkehr in die Firma beraten. Begeistert war auch der Freund, und sie verabredeten sich, was die Mutter noch mehr freute, für den nächsten Abend. Leo rechnete logischerweise damit, falls ihn die schwerreiche Tschechoitalienerin noch ein drittes Mal buchen würde, mit dem Freund den Termin zu ändern, und der Mutter würde er erklären, Robert habe ihn darum gebeten. Da er so ungewohnt früh in sein Zimmer zurückgekehrt war, wo ihm die Mutter, ehe er die Zeitung fertig gelesen hatte, aus Dankbarkeit wieder einmal das Bett gemacht und aufgeräumt hatte, raffte er sich zu einer weiteren Aktivität auf, die er lange verdrängt hatte. Er erneuerte seine eigene Webseite und versuchte, mit ihrer Hilfe noch suggestiver zu veranschaulichen, worum sich jeder bringe, der seine Dienste nicht in Anspruch nähme. An der Nachfrage Null änderte dies jedoch bis zum Abend nichts, eine gewisse Enttäuschung vertrieb er mit einem Schläfchen, als er sich sicher war, dass ihm die Mutter dies heute nicht übelnehmen würde.

Er wachte so spät auf, dass er es nicht schaffte, noch etwas zu essen, doch vor dem Eingang zur Lucerna in der Straße Štěpánská stand er eine Minute vor acht mit vorbereitetem Regenschirm, den zu holen er noch einmal zurückgelaufen war, als ihn vor der Haustür Regen begrüßte. Und einen Moment später erblickte er dasselbe Bild, bei dem sich die ganze Straße aufzutun schien, damit das weiße Wunder majestätisch durch die Mitte vorfahren konnte. Da schoss auch schon die Automatik des Schirms der mit Seide bespannten Federn ab wie ein Fallschirm, und Leo lief auf die Fahrbahn, um an der hinteren Tür die Hilfe des Chauffeurs zu ersetzen. Als er sie öffnete, schien es ihm, als sei eine andere Frau gekommen, im Unterschied zum fast sportlichen Kostüm, das sie am Abend vorher getragen hatte, trug sie eine Robe, die er auch auf Milongas in besten Kreisen noch nicht gesehen hatte. Die große Schlachtausrüstung! fiel ihm beim Blick auf ihr Kleid und den Schmuck spontan ein, und trotzdem nicht auffallend überladen, wie sich manchmal in Tschechien übergewichtige Ehefrauen behängen, die von ihren neureichen Millionären mit Goldschmuck überschüttet werden, damit sie sich ohne Vorwürfe mit ihren schönen Assistentinnen ver-

gnügen dürfen. In dieser bewundernden Phase hörte er erst beim zweiten Mal, dass sie nicht daran denke auszusteigen, im Gegenteil, er solle einsteigen, er versuchte es sinnloserweise von ihrer Seite aus, bis er begriff, dass er das von der anderen Seite aus tun musste, darauf machte wiederum sie ihn aufmerksam, indem sie ihn auf den Gegenstand hinwies, der ihn am Einsteigen hinderte. Nachdem er seinen Schirm endlich geschlossen hatte, konnte er auch hinter sich die Tür schließen, der Ghost fuhr weich im Spalier der stummen Bewunderer an und glich dabei den Wagen von Befehlshabern der Militärparaden aus Fernsehübertragungen.
Das Innere der Limousine glich einem winzigen Apartment, das vom Fahrer durch eine so starke Glasscheibe getrennt war, dass sie schusssicher erschien. Er kehrte zu ihrem Outfit zurück und wies unzufrieden auf seines, das für eine Milonga ausreichte, doch neben ihr …
»Ich glaube, ich passe nicht ganz zu Ihnen …«
»Egal!«
Es ertönte das stereotype Klingeln ihres Handys, sie ging zur Konversation in italienischer Sprache über, somit hatte er mit seinem IT-Italienisch überhaupt keine Chance. Die versteckten Lautsprecher und das Mikrofon machten es möglich, dass sie ihre Position überhaupt nicht zu verändern brauchte, mit verschränkten Armen sprach sie mit einem unsichtbaren, aber angenehmen Bariton, so als sitze sie in einem Café. Vorn neben dem Chauffeur leuchtete ein großes Navigationsgerät, auf dem der Google-Film des Wenzelsplatzes, der Straßen Mezibranská, Žitná und dann wieder hinab zum Mánes lief, dann nach rechts zum Nationaltheater und zur Karlsbrücke, bis sie einmal um das Prager Stadtzentrum herumgefahren waren

und in der Straße Pařížská hielten. Da beendete sie das Gespräch und befahl: »Aussteigen!«
Sie wartete nicht auf den Chauffeur, sondern öffnete selbst die Tür, geschmeidig glitt sie aus dem Wagen, und Leo hatte zu tun, sie am Eingang des Luxusgeschäfts einzuholen, dessen Türen sich wie durch ein Wunder auftaten, obwohl die Öffnungszeit schon längst vorbei war. Es erwartete sie ein elegant gekleideter Mann, der in fließendem Tschechisch grüßte, während er mit ihr in einem anscheinend passablen Italienisch sprach. Im ersten Stock begrüßte sie ehrfürchtig ein dicklicher Mann mit einem Maßband um den Hals.
»Geh mit ihm, Leo!« Er folgte also dem Schneider in eine geräumige Kabine, in der ein klassischer »stummer Diener« aus schwarzem Holz stand, der mehrere Textilien trug, nach und nach tauschte er seine Kleidung gegen einen hellgrauen Anzug mit feinen Streifen, ein weißes Hemd mit hohem Kragen, eine Krawatte und ein Einstecktuch, beides ebenfalls fein gestreift, in einer Nuance, in der Grau zu Schwarz wird, schwarze Socken und Schuhe. Der Schneider schwieg ehrfürchtig, doch er nickte jedes Stück freudig ab. Im Spiegel erspähte Leo dann ein wohlgestaltes Mannequin. So erschien er auch dem Chef, der auf Italienisch offensichtlich nicht mit Lob sparte. Auch sie sah zufrieden aus und machte sich auf den Weg.
»Benissimo. Also dann weiter!« Er wagte es, sich zu Wort zu melden.
»Und meine Sachen?«
»Die nimmt man dir nicht weg. Hol sie morgen ab.«
Schon wieder lief sie vor ihm auf dem Bürgersteig her, an dem gerade der Ghost anlegte, den Chauffeur hatte sie wahrscheinlich schon vorher per Handy gerufen. Leo wollte ihr

die Tür öffnen, doch sie ließ sich von links in den Wagen gleiten und rückte von dort aus auf den rechten Platz, damit er auch einsteigen konnte.

»Und jetzt gehen wir etwas essen!«, sagte sie zu ihm, nachdem sie losgefahren waren, »ich könnte mich nie mehr an eure Kinderzeiten gewöhnen, zu Hause gehe ich abends nie vor zehn Uhr aus und komme nie vor zwei zurück.«

So als habe die Verkleidung nie stattgefunden, schilderte sie ihm detailliert den Ablauf von Milongas in Rom, »das ist fast so, wie wenn man in die Oper geht, jeder will das genießen wie einen kleinen Festtag.«

Sie ließ ihn nicht zu Wort kommen, und ihn begann zu stören, dass sie ihn behandelte, als würde ihn das alles gar nicht betreffen, so als müsse er gar nichts wissen, als habe sie nur seine Beine und seine Arme gemietet und der Rest ihres Besitzers würde sie überhaupt nicht interessieren. Bestärkt von seiner morgendlichen Entscheidung, in sein früheres Leben zurückzukehren, dachte er beleidigt, so wird niemand mit mir umspringen! Er musste jedoch ausharren, bis der italienisch sprechende Kellner, der auch nur mit ihr sprach, als sei sie allein da, die Flasche echten Champagner geöffnet hatte. Er wartete, bis sie am Korken gerochen hatte, den er ihr auf einem goldenen Untersetzer unter die Nase hielt, und als sie nickte, schenkte er ihr und anschließend auch ihm ein, Leo meinte, in seinem kühlen Ausdruck Verachtung wahrzunehmen. Nachdem sich der Ober entfernt hatte, forderte sie ihn auf, mit ihr anzustoßen.

»Also, cin-cin!« Stattdessen war er aufgebracht.

»Könnten Sie mir erklären …«

»Siezen wir uns wieder?«, unterbrach sie ihn, doch er hatte

sich schon aus dieser zu lange dauernden Defensive befreit.
»Könntest du mir erklären, was du da mit mir machst?«
»Du hast doch sogar selbst gespürt, dass du heute nicht zu mir passt.«
»Ich habe mich für eine Milonga angezogen!«
»Ich werfe dir doch nichts vor.«
»Warum also …« Sie ließ ihn nicht ausreden.
»Ich wollte, dass du deiner Truppe was zu erzählen hast und doch nicht mit ihnen teilen musst.« Es war offensichtlich, dass sie sich mit ihm aussöhnen wollte.
»Leo! Ich wollte dich nicht beleidigen, nur eine Freude machen, also denk nicht darüber nach, genieß es. Cin-cin!«
Er beruhigte sich, stieß mit ihr an und war sogar in der Lage, unter Verweis auf sein neues Outfit Bewunderung zu äußern:
»Wie konnten Sie … wie konntest du da so sicher sein?«
»Ich habe dich doch gestern abgetastet. Mach dir übrigens keinen Kopf, das ist vorerst nur geborgt.«
Ehe er dies kommentieren konnte, erschienen die Kellner mit den Vorspeisen, und Leo ließ wieder zu, dass sie alles auswählte, worüber er letztlich froh war, weil er sich die meisten Speisen nicht zu bestellen gewagt hätte, zwar fehlten in dem Angebot für die Gäste die Preise, doch er hatte keine Ahnung, was sich hinter den exotischen Bezeichnungen verbarg. Als das Abendessen vorbei war, wusste er dank ihr, wie man Austern mit Pumpernickel aß und lernte auch sehr schnell, mit einem seltsamen chirurgischen Gerät das beste Fleisch aus den raffinierten Verstecken in den Scheren eines Hummers herauszuholen. Sie lobte ihn, und er war recht stolz darauf. Dann deckte man ab, und ihn erwartete eine kalte Dusche.
»Wann hast du dich entschlossen, Gigolo zu werden?«

Jetzt traf ihn dieser Ausdruck härter als von seiner Mutter.
»Na, erlaube mal …??«
»Bist du beleidigt?«
»Du hast selbst gesagt, ich bin ein …«
»Taxi-Dancer! Aber diese Bezeichnung haben sich die Gigolos ausgedacht, ähnlich wie die Müllmänner, als sie begannen, sich als Fachkräfte für Entsorgungstechnik zu bezeichnen, im Grunde ist es doch alles eins.«
»Ein grundlegender Unterschied besteht für mich dann doch darin.«
»Aha, und welcher?«
»Ich tanze ganz normal mit den Frauen. Oder hast du den Eindruck, ich prostituiere mich??«
»Nein. Aber du hast aufgehört, normal zu arbeiten.«
Das ließ er sich nicht gefallen.
»Du arbeitest wahrscheinlich aber auch nicht allzu viel!«
Doch er hörte schnell damit auf, warum sollte er sich selbst und ihr den Abend verderben, sie war eben reich und verrückt, vielleicht hatte sie ihn ja auch gar nicht beleidigen wollen … »Entschuldige, aber …«
»Ich habe gearbeitet, solange ich konnte«, sagte sie sachlich.
Er war froh, dass sie die Entschuldigung annahm, und er zeigte Interesse.
»Und als was?«
»Na, als Tänzerin.«
Erst jetzt wurde ihm bewusst, dass er das schon hätte sehen müssen, als er sie zum Parkett führte, war sie doch mit ausgedrehten Fußsohlen ins Untergeschoss des Mánes gekommen, die Fersen dicht beieinander stehend, und beim Tango hatte sie jede seiner Bewegungen vorausahnen können!

»Also eigentlich eine Kollegin? In der Operette?«
»In der Oper.«
»Wo?«
»Wo wir gestern waren, von dort aus ein Stück flussabwärts. Wir haben es vom Fenster aus gesehen.«
»Du meinst jetzt nicht das Nationaltheater …«
»Das eben meine ich.«
»Warst du dort im Ballett?« Sie lachte.
»Eher so eine, die man als Primaballerina bezeichnet.« Er starrte sie ungläubig an, bis sie mit der Auflösung kam.
»Du musst mich dir etwa um hundert Jahre jünger vorstellen! Willst du einen Nachtisch? Cameriere!« Sie ließ sich noch einmal die Karte bringen, doch diesmal fragte sie ihn, ob er irgendetwas möge.
»Eis.«
»Kann ich es dir noch etwas aufbessern?«, fragte sie, wartete aber nicht mehr auf eine Antwort.
»Un sorbetto con limone«, bestellte sie und stand auf.
»Entschuldige, ich gehe kurz auf mein Zimmer, mich umziehen und vor allem eine rauchen, ehe Brüssel auch noch dort Rauchmelder einführt.«
Er musste einen weiteren verächtlichen Blick des Kellners verdauen, der ihm recht dreist zu verstehen gab, wofür er ihn hielt, doch er hatte nur zwei Möglichkeiten: entweder ihm den weißen Gallert ins Gesicht kippen oder ihn ignorieren und essen. Der fremdartige Name bezeichnete normales Wassereis, doch sie hatten es stark mit Wodka aufgebessert. Durch diesen gestärkt versuchte er, Kája telefonisch zu erreichen.
»Na, wie läuft's, Spacko, ist sie hinter dir her?«
»Na, ich weiß nicht …«

»Wie meinst du das, Spacko??«
Er berichtete kurz, wie sie ihn eingekleidet, beköstigt und nun im Restaurant abgestellt hatte.
»Ich hoffe, sie holt mich hier ab, und die lassen mich nicht wie einen Hochstapler hochgehen«, meinte er abschließend.
»Mensch, Spacko, das ist unvorstellbar!«, freute sich Kája, »und hör mal, wenn du nicht mit ihr im Bett landest, dann komm ins Kasino, Spacko, wir wollen heute nach der Schicht noch in Verlängerung gehen!«

Sie rauchte die Zigarette zu Ende, und als sie sich umzog, legte sie ihren Schmuck in den Safe, nur das Medaillon legte sie nicht ab, ihre nach Giorgios Ansicht »finale Versicherung«, mit der sie in der Regel auch schlief; wie sie die hiesigen Milongabesucher am Vortag gemustert hatte, wäre sie hier wahrscheinlich überall auffallend »overdressed« gewesen. Sie schaute noch einmal in ihre Mailbox und fand eine einzige Mitteilung. Giorgio fragte besorgt, ob sie auch keine Probleme habe, und sie beruhigte ihn mit einer kurzen Nachricht, sie habe das Glück gehabt, einen Tänzer zu finden, der außergewöhnlich gut Tango tanzen könne und eigentlich auch ihren tschechischen Bodyguard spiele, somit werde sie versuchen, ihn auch für ihre nächste Reise zu buchen. Und sie fügte hinzu, sie werde in der Nacht telefonisch mehr berichten. Dann fuhr sie nach unten, ließ den jungen Mann vom Liftboy aus dem Restaurant abholen, und Peppino brachte sie zur Lucerna.
Die Milonga wurde von einem Privatklub veranstaltet, der gleich am Eingang Mitgliedschaften verkaufte, die den Zutritt einfacher Leute verhinderten. Leo kannte man, und wahr-

scheinlich brauchte man ihn hier, damit der Laden lief, weshalb er sich schon im Wagen leicht unwohl fühlte. Sie spürte das und gab ihm das Geld vorher, damit er alles Notwendige für sie zahlen konnte. Obwohl sie erst nach zehn eintrafen, forderte sie ihn schon halb zwölf zum Gehen auf und lud ihn auf der Straße wieder in ihr fahrendes Apartment ein. Er sah aus, als interpretierte er dies auf seine Art, und sie amüsierte sich ob seiner Verlegenheit und über seine Überraschung, als sie hinter der Karlsbrücke nicht zum Hotel weiterfuhren, sondern zur Mánes-Brücke abbogen und dann an den Chotek-Gärten die Serpentine hinaufglitten. Ein paar Minuten später fuhr der Ghost vom Pohořelec aus auf den Hradschin-Platz, wo er an der Masaryk-Skulptur hielt. Kaum hatte Peppino die Tür geöffnet, nickte sie auch Leo zu, er solle aussteigen und ihr folgen.

Sie blieb jedoch schon nach ein paar wenigen Schritten an einer Metalltafel am Gittertor des äußersten Palais stehen.

»Seit wann ist hier die Nationalgalerie?«

Er zuckte mit den Achseln, und sie machte sich bewusst, dass es keinen Sinn hatte, ihn zu fragen. Sie schritt weiter, gleichzeitig eröffnete sich ihr das magische Bild, wie sie es Tag und Nacht so viele Jahre lang gesehen hatte, die Silhouette Prags, verbunden durch die Naht des Flusses, eingerahmt auf der einen Seite vom Strahov-Kloster und auf der linken durch die weiße Masse der Burg. Das Matthias-Tor war schon geschlossen, nirgendwo war eine Menschenseele, nur sie beide und Peppino, der neben dem Auto stand, reglos wie die Skulptur des ersten Präsidenten über ihm. Sie lehnte sich mit dem Rücken an den steinernen Sims, steckte eine Zigarette in die Spitze, zündete ihren kleinen Goldbarren mit der Bezeichnung Dupont an, und als sie den Rauch ausstieß, erklärte sie diesem Jüngling: »Hier bin ich eine Ewigkeit nicht gewesen.«

»Wie lange?«

»Wie alt bist du eigentlich?«

»Fünfundzwanzig … bin ich geworden.«

»Dann fast zwei deiner Leben lang.«

»Mensch …« Warum erzähle ich ihm das eigentlich? wunderte sie sich, was kann er schon darauf sagen? Und gleichzeitig tauchten in ihr die Erinnerungen an die Klänge dieses wahnsinnigen Abends auf, an das fürchterliche Rasseln der Panzerketten, die vom Kopfsteinpflaster abprallten, russische Befehle und die ohrenbetäubende Salve aus einem Maschinengewehr und schließlich das unbeschreibliche Geräusch, als die Kugeln das Fensterglas durchschlugen und sich in die Bücherrücken über dem gegenüberliegenden Bett bohrten.

»Da oben rechts, unter diesem Fenster, müssten im Putz noch Kugeln stecken.«

»Welche Kugeln …?«

»Aus einem Maschinengewehr. Irgendeinem sowjetischen Panzerschützen sind die Nerven durchgegangen.«

»Meinst du am Ende des Krieges?«

»Ich meine im August achtundsechzig. Aber das ist ja für dich schon fast wie Französische Revolution, stimmt's?«

»Nein, das nicht, aber ich weiß das nur von meinen Eltern, am Gymnasium hat uns irgend so ein ehemaliger Bolschewik unterrichtet, der ist sicherheitshalber nicht über das Ende des neunzehnten Jahrhunderts hinausgegangen, und an der Hochschule war dann keine Zeit mehr …«

»Vor allem aber kein Interesse, oder?«

Er wehrte sich: »Die Informationstechnologie schreitet so schnell voran, dass man zu tun hat, Schritt zu halten!«
Sie schluckte die Frage herunter, wie ihm dabei der Tango helfe, und in diesem Moment fragte er: »Und wie siehst du das? Mit den Kugeln?«
»Ein paar sind bei uns im Zimmer gelandet. Wir haben dort gewohnt, ehe wir nach Rom gegangen sind.«
»Wer?«
»Mein Mann und ich.«
»Hat er auch getanzt?«
»Er war Schriftsteller ...«
»Aha ...« Er hatte wohl den Eindruck, dass er aus Anstand noch mehr Interesse zeigen sollte. »Wie hieß er?«
Die Erinnerung, die sie eben noch überkommen hatte, wich der Ironie. »Leo! Wann hast du zum letzten Mal ein Buch gelesen??«
Er gab es zu. »Naja ...«
»Dann frag nicht ... übrigens hat er es nicht bis in die Schullesebücher geschafft. Er war nur ein armer Emigrant und ist kurz darauf gestorben.« Aus seinem Blick zu Peppino und auf den Rolls-Royce verstand sie, was ihm durch den Kopf ging. »Hast du irgendwann schon mal den Namen La Scala gehört?«
»Nein ...«
Sie nickte in Richtung Mitte des nächtlichen Panoramas, wo immer noch das Goldene Kapellchen strahlte.
»Das ist gewissermaßen das italienische Nationaltheater, in Mailand.«
»Aha ...«
»Die kannten mich schon von hier, sie haben uns zu einem Gastspiel eingeladen, und dann habe ich dort getanzt bis zur

Ballettrente. Mein Viktor hat gern gesagt: Die Scala hat dir heute so applaudiert, dass sie fast geplatzt wäre. Und ein Jahr nach seinem Tod hat dann dort ein Prinz um meine Hand angehalten.«

»Ein Prinz …?«

»Hier wäre das ein Fürst. Vittorio Francesco Vicenzo Mortadini. Seitdem bin ich römische Prinzessin, und weil er amtlich seine zwei Brüder hat enterben lassen, weil sie Mussolini und Hitler unterstützt haben, wenn dir diese Namen etwas sagen, so wird mit mir, die ich nun schon zum zweiten Male Witwe bin, dieses Geschlecht völlig aussterben.«

Sie verfolgte seine Reaktion, weil irgendwo gerade die einzige diensthabende Kirche Mitternacht geschlagen hatte und die Sehenswürdigkeiten eine nach der anderen erloschen. Sie winkte Peppino heran, der sofort vorfuhr. Schweigend gelangten sie zum Hotel, wo der offensichtlich angespannte Leo fast mit dem Chauffeur zusammenstieß, weil auch er ihr eifrig die Tür aufhalten wollte. Sie stieg aus, steckte ihm ein paar Banknoten in die Tasche des neuen Sakkos und reichte ihm die Hand.

»Morgen reise ich ab. Also ciao, Leo.« Damit hatte sie ihn so überrascht, dass er sie wieder zu siezen begann.

»Sie kommen nicht mehr zurück …?«

»Vielleicht in einem halben Jahrhundert.«

»Das ist schade.«

»Warum?«

»Wir sind doch gut miteinander ausgekommen …«

»Und ich zahle gut, nicht wahr?«

Nickend stimmte er zu, also war er so gereift, dass sie ihm anbieten konnte, was sie seit dem Vortag im Sinn hatte.

»Dann komm doch mit.«
»Wohin ...?«
»Ich mache eine Rundreise durch mein Leben.«
»Und wie lange ...?«
»Das weiß ich nicht. Aber wenn du keine Zeit hast, dann ist das kein Problem. Ich finde sicher jemanden.«
Worauf er sich blitzschnell so entschloss, wie sie es erwartet hatte. »Ich nehme mir die Zeit.« Und schon hatte sie ihn.
»Also dann morgen um eins und nimm deine persönlichen Dokumente mit. Wir beginnen mit einem Mittagessen, im Hotel haben sie mir Brotsuppe mit Knoblauch, Lendenbraten und Erdbeer- und Aprikosenknödel mit Quark versprochen. Hol vorher deine alten Sachen ab, der Anzug gehört dir schon.«

Mit einem Kasino hatte die Kneipe dieses Namens nichts gemein. Es war ein richtiges Lokal, wo ein gepflegtes Pilsener gezapft wurde. Letztes Jahr hatten ihn die drei hierher mitgenommen, als er das erste Mal als attraktiver und deshalb gefährlicher Konkurrent auf einer Milonga aufgetaucht war. Ursprünglich sah es so aus, als wollten sie ihn in der Pause klassisch auf dem WC durchwalken, einer hatte gegen drei keine Chance, doch es war ihm glücklicherweise schon dort gelungen, sie davon zu überzeugen, dass er ein würdiges Teammitglied sein könne, wo er doch beim Tango x-mal mehr Variationen beherrschte als sie und bereit war, mit ihnen pari-pari zu teilen. Den Vorteil des »großen Topfes« erkannten sie gleich beim nächsten Mal, und außerdem konnte er ihnen bei der Elektronik raten, deren Tücken ihnen den Job schwer machten.

Der Abstecher auf den Hradschin hatte bewirkt, dass er zeitgleich mit ihnen ankam. Sein Anzug und die Schuhe, weitere vier Tausender auf dem Tisch, von denen drei ihnen gehörten, und ihr Angebot, sie zu begleiten, riefen eine übereinstimmende Reaktion hervor, die der Chef definierte, als den Leo aus taktischen Gründen auch weiterhin Kája ansah. »Mensch, Spacko! Die will dich ins Bett kriegen!« Das wies er entschieden von sich.

»Quatsch! Sie könnte meine Großmutter sein!«

»Wer so einen aufs Parkett legt, Spacko, der fickt auch so!« Die drei brachen in Gelächter aus, doch der Chef wurde gleich wieder ernst.

»Eine steinreiche Witwe ohne Verwandte, Spacko, du könntest ein zweiter Schwanzenberg werden!«

»Wie meinst du das?«

»Spacko, der erste Schwanzenberg hat, das hab ich mal gelesen, in der Zeit des Pferdes irgendwo auf einer Burg eine Siebzigjährige gefickt, und sie hat mit ihm das Geschlecht gegründet!«

»Das würde mein Magen nicht mitmachen!«

Míra gab ihm einen Rat: »Dann schalte deinen Magen auf Schwanz, Spacko!« Wieder Gegröle. Und wieder wurde dies vom Chef beruhigt, der zivilisiert sprach.

»Halt mal, Leo, du bist der Intelligenteste, aber wiederum nicht so, dass du uns drei jetzt übergehst und nun dein eigenes Ding drehst. Du hast uns überredet, dass einer für alle arbeitet und alle für einen, nur deshalb hat dir Láďa nicht die Visage eingeschlagen. Also leg die Lady richtig flach, damit wir alle mal einen schönen Urlaub in der Karibik machen können!« Der meist stumme Láďa ließ zur Abschreckung seinen Bizeps spielen, ballte die mächtigen Fäuste und fügte kompromisslos hinzu.

»Das bist du uns schuldig, Spacko!« Leo verstand, dass er damit die Zustimmung erhalten hatte. Der Chef schlug ihm zur Ermunterung auf den Rücken, und Mirek würzte noch nach: »Aber aufgepasst, Spacko, dass ihn dir nicht das künstliche Gebiss einklemmt!«

IV. Olmütz

Sie verglich die Stadtkarte mit der Realität. Die Glaswand der Hotelsuite bot einen Ausblick auf das alte Olmützer Rathaus. Als sie das letzte Mal im Jahre achtundsechzig mit einer Delegation des Koordinierungsausschusses der Künstlerverbände hier gewesen war, versuchte sie vergebens, die Scherben der Hoffnung vom Frühjahr zu kitten. Damals saß hier der Generalstab der Okkupationsarmeen. Die Panzer hatten sich schon in die umliegenden Wälder zurückgezogen, damit diese nicht die internationalen Medien provozierten, während die Stadt vor russischen Uniformen nur so wimmelte, die wie Ameisenzüge in die beiden größten Kaufhäuser zogen, aus denen sie alles, was ihnen als Erstes in die Hände fiel, in ihre Unterkünfte schleppten. Sie wollte das Leo erzählen, der gerade anklopfte und eintrat, doch in diesem Moment erinnerte sie sich an Viktors ironische Bemerkung, mit der er Erinnerungsmonologe zu unterbrechen pflegte und ihre Träume davon, was passiert wäre, wenn nicht etwas völlig anderes passiert wäre, endeten.
»Sub specie aeternitatis, Julia, sind das vergängliche Episoden der Geschichte, ein Furz!« Aus der Sicht der Ewigkeit hatte die zwanzigjährige sowjetische Okkupation wirklich die Größe einer Eintagsfliege, und so fragte sie Leo: »Warst du schon einmal in Olmütz?«
»Klar, oft. Ich habe hier für verschiedene Schulen Basketball gespielt.«

»Also kennst du die Stadt.«
»Na, recht gut, damit Sie … damit du dich mit mir nicht verläufst.« Sie bekam Lust, sein Selbstvertrauen zu erschüttern.
»Also kennst du auch die drei Schicksalsstunden?«
»Welche meinst du?«
»Die erste muss jeder Abiturient kennen. Ich helfe dir. Eigentlich verdanken wir ihr die Prager Karlsbrücke!« Er war ratlos und gab es zu.
»Ich lasse mir gerne vorsagen …«
»Man hat hier die Přemysliden ausgerottet.«
»Daran kann ich mich erinnern, aber was hat das mit der Karlsbrücke zu tun …?«
»Die Tschechen haben sich dann Johann von Luxemburg ausgesucht, und der hat ihnen, zwischen Trinkgelagen und Schlägereien, Karl den Vierten gezeugt.«
»Aha, und er hat die Brücke … klar …«
»Na, und die zweite Schicksalsstunde von Olmütz sollte jeder Student kennen. Deshalb wurde Brünn die Hauptstadt Mährens.«
»Das weiß ich auch nicht …«
»Im Unterschied zu Brünn haben die Schweden die hiesigen Stadtmauern zerstört, und so hat Olmütz seinen historischen Anspruch verwirkt, eine Metropole zu sein.«
»Aha …«
»Die dritte Antwort ist schon fakultativ. Ich bin hier geboren.«
»Ahaaaaaaaa!! Da gratuliere ich dir aber!«
»Wozu?«
»Du bist hergekommen, um deinen Geburtstag zu feiern?«
»Ich habe erst im August Geburtstag, also bin ich, lieber Leo,

eine Löwin, italienisch leonessa. Aber im Juni wurden meine Eltern geboren, beide.«

»Sie leben hier?«

»Sie leben überall.«

Nie vorher hatte sie das so gesagt, und auch für sie selbst klang dies so pathetisch, dass sie schnell die Karte zusammenfaltete und das Thema wechselte.

»Hat man dir ein anständiges Zimmer gegeben?«

»Klar. Die haben Angst vor dir.« Sie lachte und reichte ihm ein elegantes Portemonnaie.

»Da!«

»Was ist das …?«

»Dein Portemonnaie. Ich werde doch nicht überall für dich zahlen, wie sieht das denn aus? Und die Rezeption soll rausfinden, ob hier heute eine Milonga stattfindet!«

»Das habe ich schon selbst rausgefunden.«

»Und?«

»Zufällig ist eine.«

»Wunderbar. Hast du schon gefrühstückt?«

»Ja. Und du?«

»Ich habe keinen Appetit. Vielleicht vor Aufregung. Aber ich habe schon von meinem Whisky getrunken. Gehen wir also!«

Sie warf ihren Seidenschal über die Schultern und überließ es ihm, die Tür abzuschließen und den Schlüssel an der Rezeption abzugeben.

»Willst du zu Fuß gehen?«, wunderte er sich, als er ihren Wagen nicht sah.

»Ich will heute nicht angestarrt werden. Und ich habe mich im Stadtplan kundig gemacht.«

Sie ging los, und er bewunderte wieder einmal, dass gerade diese alte Dame die erste Frau war, wegen der er seine Schritte nicht zügeln, sondern sogar seinen normalen Schritt beschleunigen musste. Den Plan öffnete sie nicht mehr, und als habe sie direkt eine Satellitennavigation im Kopf, lief sie durch die Gassen der Altstadt und gelangte so in diesem intensiven Schritt nach nicht ganz einer Viertelstunde zu einem kleinen Platz, der fast vollständig von parkenden Autos ausgefüllt wurde. Erst dort benötigte sie von ihm einen Rat: »Wo meinst du, ist Norden?«

Er bestimmte die Himmelsrichtung schnell nach der Sonne, die auch bei dieser Inversionswetterlage zu erkennen war. Sie drehte sich forschend um ihre eigene Achse, bis er fragte: »Was suchst du hier?«

»Die Synagoge.«

»Was?«

»Wir haben dicht neben ihr gewohnt.« Sie öffnete eine Broschüre und zeigte ihm ein Farbfoto eines erhabenen und reich verzierten Gebäudes im orientalischen Stil. Er verstand nicht. »Das haben sie wegen der Autos abgerissen?«

»Wie meinst du das?«

»Na, damit die hier einen Parkplatz anlegen konnten …« Jetzt wunderte wiederum sie sich.

»Das haben doch die Deutschen angezündet und dann abgerissen …«

»Aha.«

Sie versuchte auch weiter, die Position zu bestimmen, und er überlegte, ob er dies als Selbstverständlichkeit übergehen oder eine Erklärung verlangen sollte. Doch vorher drehte sie sich um.

»Also Süden ist hier?«
»Ja ... bist du Jüdin?«
»Nein. Moment ... in diesem Fall stand unser Haus ... ja, in dieser Richtung!« Wieder überlegte sie, bis sie auf einen nicht neuen Plattenbau zeigte, im Erdgeschoss thronte ein Schild mit den Leuchtnachrichten eines Wettbüros.
»Hier!« Und wieder musste er ihr hinterherlaufen, um ihr die Tür aufhalten zu können.

Sie trat ein, ging noch ein paar Schritte und musste stehenbleiben, als sie direkt materiell von den Klängen umarmt und fasziniert wurde, die über die siebzig Jahre breite Schlucht aus allen Richtungen zu ihr drangen: auf dem Hof von dem Köhler, dessen hinkender Beifahrer Schmitzer die letzten Scheite eines Kohlenmeilers auflegte, der ihr wie ein Wunder vorkam, weil er nie kleiner wurde, Hufeisen von Pferden klapperten, zuweilen rutschten sie auch, und dann waren da noch das »Hü!!« und das Peitschenknallen des Kutschers Absolon, der ständig seinen roten Backenbart zwirbelte, laut setzte sich der Rollwagen auf dem Kopfsteinpflaster in Bewegung, auf der anderen Seite der Durchfahrt begannen zur selben Zeit die Drillinge der Familie Fieber zu brüllen, wenn die energischen Eltern, die sich nicht mit sinnlosen Ermittlungen aufhielten, grundsätzlich für alles die beiden Jungen und das Mädchen bestraften. Mit der bezopften Sara hatte sie hier bis zu dem Tag Verstecken gespielt, an dem sie plötzlich verschwand, auch ihre Brüder und Eltern tauchten nie mehr im Hof auf, ihre Mutter und ihr Vater verrieten ihr dann unter dem Eid der Verschwiegenheit, sie seien ins jüdische Königreich gereist, wo das ganze Jahr über Bananen und Orangen wuchsen, und

sie hatte das Kleeblatt der Fiebers lange Zeit beneidet, dann auch gehasst, weil man dort wie der Blitz aus heiterem Himmel ihren eigenen Vater zum König gewählt hatte und er über sie herrschen musste, doch erst als er ihr hoch und heilig versprochen hatte, zurückzukehren, wenn man dort einen anderen wählen würde, und er hatte sein Versprechen eingelöst, denn gerade jetzt trat hinter Julia eine engelsgleiche Schwester im weißen Kittel in den vollen Warteraum und rief, als würde sie singen: »Wer ist denn der Nächste?«
»Ich, Mama!«, rief sie.
»Na, dann komm, Julchen!«, und dann sah sie schon, wie sie aus der Praxis ihr einzig echter Stiefvater anblickte …

Leo hatte in seinem Leben auf nichts Geld gesetzt, nachdem er sich schon als Kind ausreichend davon überzeugt hatte, dass er nicht zu den Glückskindern zählte. In der Schullotterie zog er regelmäßig die Nieten, die Geschenke, die ihm unter dem Weihnachtsbaum gefielen, gehörten fast immer seinen Schwestern, und er gewann nur, wenn er kein Geld setzte. Das Pech, das ihn gerade an dem Tag überschüttet hatte, als er diese Frau kennengelernt hatte, kam immer und immer wieder mit der schönen Regelmäßigkeit des Vollmonds. Weil er nicht richtig wusste, wohin sie ihn schleppte und vor allem, was er dafür erwarten durfte, war er immer auf der Hut, um rechtzeitig den Moment zu erkennen, in dem er sie bitten musste, dass sie ihn auszahlte und er seiner eigenen Wege gehen durfte. Das geräumige Wettbüro, das er nach ihr betrat, unterschied sich nur vom Design her von dem um eine Generation älteren, das er aus einem Film kannte. Die gerade laufenden Ziehungen wurden von großen Flachbildschirmen übertragen, die Wetten wurden hinter dickem, wahrscheinlich gepanzertem Glas entgegengenommen und ausgezahlt, und in der Kaffee-Ecke saßen Kunden, die das Geschehen auf den Monitoren mit ihren Laptops verglichen. Seine alte Dame blieb in der Mitte des Raumes stehen und sah äußerst verblüfft aus. War sie zum Spielen gekommen und hatte sie nun der Mut verlassen? Oder war ihr schlecht geworden und er sollte einen Krankenwagen rufen? Ehe er sich entschließen konnte, machte sie ein paar Schritte auf ihn zu und schlug fast einem im Weg stehenden Mann die Zeitung aus der Hand, den sie nicht bemerkt hatte, so als sei sie blind. Statt sich bei ihm zu entschuldigen, rief sie Leo zu: »Bring mir einen Stuhl!« Er holte einen freien aus der Kaffee-Ecke, sie setzte sich und redete wie ein Reiseführer.

»Genau da in der Mitte, wo der Läufer von der Tür zur Kaffee-Ecke liegt, führte die Durchfahrt in den Hof zur Köhlerei von Herrn Oskar Taub, dort gegenüber, wo die Kassen sind, hatte Herr Jonáš Fieber seinen Laden, ein koscher Fleischer, und hier … hier sitze ich direkt in unserer Praxis. Frag mal, ob die hier einen ordentlichen Whisky haben!«

Er ging, um einen zu holen, während sie mit der Hand auf dem Medaillon, das sie festhielt, kaum dass sie den Laden betreten hatten, in ihrer Vergangenheit hängen blieb, die immer lauter wurde, bis es nicht mehr auszuhalten war. Im letzten Moment brachte ihr der junge Mann einen Whisky, zwar keinen Malt, dafür aber einen mindestens zwölf Jahre alten, also konnte man ihn trinken. Sie kannte sich zu gut, als dass sie ihn in ihrer Stimmung auf einmal hinuntergeschüttet hätte, sie wollte sich gerade nicht dadurch blamieren, dass sie be-

trunken würde und er sie dann wie eine alte Oma wegbringen müsste. Sie nippte eine gute halbe Stunde an dem Glas, bis sich ihr äußerer Unterdruck und der innere Überdruck ausgeglichen hatten wie der Wasserspiegel eines Stausees und sie sich wieder wohler fühlte. Auf ihren Wunsch ging er in die Kaffee-Ecke, und sie war den hiesigen Angestellten und Kunden dankbar, dass sie sie nicht mit Fragen und Hilfsangeboten belästigten. Wahrscheinlich hielten sie alle für eine Zockerin, die nach einem außerordentlichen Verlust oder auch Gewinn langsam zu sich kam. Als sie sich völlig erholt hatte, nickte sie zu Leo hinüber, er solle ein Taxi rufen. Sie sah ihm an, wie gern er eine nähere Erklärung hören würde, doch dazu war sie momentan nicht in der Lage. An der Rezeption überließ sie ihn seinem Schicksal, er solle allein im Hotel auf gemeinsame Rechnung zu Mittag und zu Abend essen und sie erst halb zehn abholen, um sie auf die Milonga zu begleiten.
Sie bestellte einen Eisbergsalat zur gebackenen Forelle und eine Flasche des trockensten Weißweins aufs Zimmer und war froh, als man ihr Messwein aus den hiesigen erzbischöflichen Kellern anbot. Um sich perfekt gegen die Sentimentalität zu wehren, schaltete sie zum Essen einen deutschen Fernsehsender ein und konsumierte zusammen mit der Forelle auch ein virtuelles Filet Wellington, gebacken in einer TV-Küche. Danach nahm sie ein heißes Bad, passte auf, dass ihr die Hand mit dem Mobiltelefon nicht ins Wasser glitt und telefonierte eine halbe Stunde mit Giorgio. Dann ging sie zu Bett und befahl sich – wie fast immer erfolgreich – einzuschlafen. Um acht wurde sie wach, stärkte sich mit einem weiteren guten Whisky aus der Minibar und stand auf die Minute genau zur vereinbarten Zeit an der Rezeption. Auch jetzt hatte sie nicht vor,

ihm irgendetwas zu erklären. Da wiederum Peppino sie chauffierte, legte sie eine Tango-CD ein und bereitete den jungen Tänzer darauf vor, welche Figuren sie gern mit ihm ausprobieren würde. Die hiesige Milonga fand in einem anständig renovierten Bürgersaal statt, und Julia bemerkte sofort mehrere junge Männer, die sie vom Typ her an Leos Prager Truppe erinnerten, was ihm unverständlicherweise entging. Dafür konnte er alle Figuren! Als er sie in der Pause bediente – Malt-Whisky bekam er für sie hinterm Barpult in einer Kaffeetasse – und sich für einen Moment entschuldigte, zog sie ihr Handy hervor und rief Peppino an. Er kam sofort, und sie schickte ihn vor aufs Herren-WC, um ihren Auftritt vorzubereiten.

Die mährischen Schönlinge pressten Leo noch immer zwischen zwei Urinalen an die Wand, als plötzlich der schwarzhaarige Mann in seiner von Muskeln aufgebauschten Livree auftauchte und sie erstarren ließ. Noch war an ihren Gesichtern abzulesen, welche Prügel sie Leo zu verpassen vorhatten, als die Dame persönlich mit der Mokkatasse in der Hand das Pissoir betrat.

»Guten Tag!«, sagte sie eiskalt, »wenn ihr meinem Neffen auch nur ein Haar krümmt, bringe ich euch bis vor ein internationales Gericht. Leo, bist du fertig?«

Als er wie betäubt nickte, befahl sie: »Dann komm.« Sie verließ als Erste den gefliesten Raum, Peppino ließ Leo den Vortritt, ehe er sich selbst bediente, während die schlappen Rächer vorsichtig Richtung Saal entschwanden. Sie beschloss, auch dies nicht zu kommentieren und tanzte eine weitere Stunde durch, doch sie machte sich bewusst, dass sie beide morgen ein langer und schwerer Tag erwarten würde, und so forderte sie weit vor Mitternacht zu einem Rückzug vom Parkett auf.

Im Wagen gelangte sie zu der Einsicht, dass sie doch mit ihm reden müsse. Als er dann ihren Schlüssel nahm, um ihr das Zimmer zu öffnen, und »Gute N…« sagte, unterbrach sie ihn: »Nimmst du bei mir einen Schlaftrunk?«

Bis zu diesem Morgen hatte er sich in ihr nur nicht ausgekannt, seit dem Besuch im Wettbüro war er vollends verwirrt. Dort hatte sie sich verhalten, als sei sie unzurechnungsfähig, doch auf dem Herren-WC hatte sie einen Auftritt hingelegt, der eines Racheengels würdig gewesen wäre, um gleich darauf mit der Präzision eines Tanzmeisters Tango zu tanzen, sie wäre sicher in der Lage, mannesgleich einen schwächeren Partner zu führen! Ihr zweites Gesicht entsprach eher der Vorstellung, die sich die Truppe gebildet hatte, er hatte diese übernommen, und so lag er stets auf der Lauer, wann die seltsame alte Dame mit offenen Karten spielen würde. Er war den ganzen Tag durch die Stadt gestreift, in der er kein Mädchen kannte, und um eines zu finden, war keine Zeit. Er zwang sich dazu, seine Mutter anzurufen, um sie mit der Nachricht zu erfreuen, dass er zum letzten Mal solide mit dem Tanzen Geld verdiene, ihm dies aber auch selbst keinen Spaß mehr mache, und deshalb freue er sich auf sein Treffen mit Robert, das er nur ein kleines bisschen habe aufschieben müssen. Eigentlich war er der alten Dame für diesen ruhigen Abend dankbar, und deshalb hatte er sich ihr auf dem Parkett gewidmet, soweit er dazu in der Lage war. Die Episode auf dem WC präsentierte ihm nicht nur sie in einem neuen Licht, sondern auch den Chauffeur, der von einem unterwürfigen Diener, der die Mütze zog, mit einem Mal zu einem Mafioso mutiert war. War er vielleicht sogar ihr Liebhaber? Dann bleibt für mich wirklich nur die Tänzerrolle übrig! atmete er auf.

Die unerwartete Einladung auf ihr Zimmer überraschte ihn. Sollte vielleicht doch?? Darauf hatte er wirklich keine Lust, aber … die Jungs hatten recht, er schuldete ihnen viel, wo sie ihn doch unter sich aufgenommen hatten. »Schalte deinen Magen auf Schwanz, Spacko!« erinnerte er sich an Mireks guten Rat aus dem Casino, doch er war sich nicht sicher, ob er dazu fähig sein würde. Herrgott, warum habe ich die Jungs nicht um Viagra gebeten?? Die Vorstellung der wahrscheinlich schon beginnenden Peinlichkeit brachte ihn durcheinander, er setzte sich begriffsstutzig auf den Platz, den sie ihm auf dem Ledersofa anbot, und blickte blind auf die leuchtende Stadt hinter dem breiten Fenster. Sie holte aus der Minibar zu den Gläsern auf dem Tisch ein großes Wasser und vier kleine Flaschen mit verschiedenen Destillaten, dann setzte sie sich neben ihn.

»Ich trinke lieber Wasser als Null-acht-fünfzehn-Whisky. Du such dir was aus.«

Er goss sich also französischen Cognac ein, und als sie mit ihm angestoßen und sie getrunken hatten, beschloss er, von selbst zu beginnen, um Herr der Lage zu sein.

»Warum hast du seit dem Lottogeschäft kein Wort mehr mit mir gesprochen?«

»Weil ich dich jetzt eingeladen habe, um es dir zu erklären. Der Jude war mein Ersatzvater, nachdem mein richtiger meine Mutter und mich gleich nach der Geburt im Stich gelassen hat. Dieser war Arzt, er hat meine Mutter wieder glücklich gemacht, mich hat er nach allen Kinderkrankheiten wieder aufgepäppelt, und ehe er sich von ihr scheiden ließ, entdeckte er noch, dass ich schon als Kind tanzen konnte.«

»Also noch ein Arschloch!«

Sie rollte die Augen: »Warum soll er ein Arschloch gewesen sein?«
»Na, warum schon … der Judenbruder hat euch doch auch im Stich gelassen, oder?« Im selben Moment hatte er das Gefühl, dass sie ihn anschaute wie ein unbekanntes Tier.
Wenig später stand sie auf und zeigte auf die Fläschchen mit den Schnäpsen: »Trink das lieber bei dir drüben aus und lass dazu einen Porno laufen!« Sie ging mit ihrem Glas Wasser ins Schlafzimmer nebenan, und er verstand etwas verspätet, dass sie ihn eigentlich rausgeschmissen hatte.

Sie konnte lange nicht schlafen, so aufgebracht war sie, die üblichen Einschlafübungen halfen nichts. Judenbruder!! Von Kindheit an war dies für sie das schlimmste aller Wörter. Ich will diesen Primitivling nicht mehr sehen!! Da erinnerte sie sich daran, wie sie Viktor einst aus dem Schachklub abgeholt hatte und seinen Lieblingspartner, einen ehemaligen Philosophieprofessor, vernahm, wie er behauptete: »Die Sowjets wären beim Schach Winzlinge, wenn sie nicht ihre genialen Judenbrüder hätten.«
»Und du hast nicht mal mit der Wimper gezuckt!«, wunderte sie sich auf dem Heimweg. »Ich weiß genau, dass er kein Rassist ist, das Wort hat er wohl irgendwann mal in seiner Familie aufgeschnappt, und ich bin nicht Comenius, um ihn zu lehren, weise zu sein.« Warum trug sie diesen Staffelstab der Toleranz nicht weiter? Sie zwang sich, den Verlauf des heutigen Tages Revue passieren zu lassen, so wie ihn wahrscheinlich der junge Mann wahrgenommen hatte. Sie selbst musste ihm, schon seit sie Prag verlassen hatten, vorgekommen sein wie ein berechnendes Weibsbild, die in der Emigration, in die

sie nicht mehr als die Jüngste gegangen war, bei der erstbesten Gelegenheit ihren unfähigen Mann gegen einen Millionär eingetauscht hatte, den sie anschließend auch irgendwie losgeworden war, um dann in ihrer alten Heimat das süße Leben genießen zu können, indem sie junges Fleisch kaufte, natürlich!, nach ihrem Verhalten in dem Modegeschäft hätte er auch den absurden Verdacht schöpfen können, dass sie ihn damit fürs Bett abonniere! Und sie suchte stattdessen wie eine Irre eine nicht existierende Synagoge und entdeckte in einem Wettbüro die ehemalige Praxis ihres Vaters, den sie darüber hinaus noch als echten Stiefvater bezeichnete.

Immer und immer wieder verspürte sie das Bedürfnis, sich mit Giorgio zu beraten, doch sie hatte schon am Nachmittag lange mit ihm gesprochen und nun wirklich keinen guten Grund in petto, ihn um Mitternacht zu wecken. Der Verstand sagte ihr, dass diesem jungen Mann Geschichten wie die ihre ebenso fremd waren wie ihr beispielsweise die Französische Revolution. Das Gefühl protestierte leidenschaftlich: Diese Tragödie hatte sich in seinem Land vor so kurzer Zeit ereignet, dass bisher noch nicht alle Beteiligten weggestorben waren, zu denen auch sie zählte! Der Verstand wandte leise ein, es sei ja ihre eigene Schuld, da sie um so vieles die durchschnittliche Lebenserwartung überdauert hatte, dass zwischen ihr und ihm bereits zwei Generationen lagen. Und wenn es fünf wären! rief das Gefühl, wie kann jemand, der eine Hochschule absolviert hat, nicht wissen, dass hier innerhalb von nur drei Jahren ein ganzes Volk ausgestorben war, dass über einhunderttausend Einwohner dieses Landes zu Seife wurden? Mit diesen Gedanken tauschte sie dann irgendwann das Bewusstsein gegen den Schlaf ein.

So nicht! wiederholte er auf dem Weg zu seinem Zimmer, so lasse ich nicht mit mir umspringen! Aus Wut zog er sich wirklich einen dummen Pornofilm rein, der wohl gerade mal einen Jungen, der frisch in die Pubertät gekommen war, erregen konnte, und schon bald nahm er ihn gar nicht mehr wahr, weil er, schnell hintereinander, die Fläschchen mit Gin, Wodka und Whisky ausgetrunken hatte, reifte in ihm ein fester Entschluss: Am Morgen würde er der Tante sagen, dass er kein Fußabtreter sei, auf dem sie ihre Launen abstreifen könne, er würde ihr die módes róbes zurückgeben, mit denen sie wahrscheinlich all ihre Gauchos bestach, und in seinen alten Klamotten mit dem ersten EC nach Prag zurückfahren; Robert würde ihm blitzschnell ein Treffen mit dem Chef arrangieren, der Chef nahm ihn bestimmt gern wieder, und dann konnte sich die Alte ihr Geld sonst wohin stecken, er bekam als IT-Fachmann genauso viel, ohne sich kaputt zu machen … mitten in diesen Gedanken spielte man irgendwo seine Lebensmaxime »I go my way!« Betrunken wie er war, konnte er sich doch noch vergegenwärtigen, dass er angezogen auf dem Bett lag und das Handy in der Brusttasche des Sakkos steckte. Er fingerte das Gerät hervor und konnte sogar noch die erotischen Seufzer aus dem Fernsehen auf ein Minimum reduzieren. Es war Kája.

»He Spacko, stören wir dich nicht beim Ficken?«

»Nee, ich bin allein, sie hat ihr Apartment.«

»Aber du hast die doch schon gefickt, Spacko?«

Dann hörte er sich lügen: »Sie ist den ganzen Tag nicht vor die Tür gekommen, und jetzt waren wir auf einer Milonga, dort hat sie dann nicht durchgehalten …!«

»Wie viel hat sie dann wenigstens ausgespuckt?«

»Wieder so viel wie in Prag, wahrscheinlich hat sie dafür einen Tarif.«

»Spacko, dann verlang doch mehr, wenn sie dich hinter sich herzieht wie einen Koffer!«

Leo hörte aus der Ferne, wie Kája einwarf: »Hat er sie schon gevögelt?«, und er antwortete schnell: »Ja, das mach ich schon noch, morgen fahren wir weiter.«

Das interessierte Kája: »Wohin?«

»Keine Ahnung, aber …«, plötzlich schwang sich in ihm die Demütigung zu einem Eid eines Betrunkenen auf: »Jungs, ich werde diesen alten italienischen Klepper einreiten, dass sie von selbst pariert, auch wenn ich dann jedes Mal von dem Gammelfleisch das große Kotzen kriegen sollte … Also ciao … ich meine – ahoj!«

Das Unterbewusstsein ersetzte ihr das mitternächtliche Bedauern reichlich durch den Besuch ihrer beiden Viktors. So waren sie sich doch begegnet! Der tschechische Viktor hatte gerade an dem Tag, an dem sie nach Monaten wieder tanzen sollte, sogar auf einer der besten Bühnen Europas, plötzlich Fieber und wiederholt Hustenanfälle bekommen; zuerst überkam sie Panik und sie wollte schon die Direktion anrufen, damit diese sich um die zweite Besetzung kümmerte, doch er selbst versuchte sie davon zu überzeugen, dass ein solches Adrenalin ihr nur helfen könne. Er hatte recht, kaum hatte sie sich auf die Spitzen gestellt und war auf die Bühne gelaufen, verwoben sich ihr Geist und alle Muskeln mit der wunderbaren Musik, die sie wie eine Feder schweben ließ und dorthin trug, wohin sie gerade fliegen wollte. »Die doppelte entmaterialisierte Julia!« hatte sie einst der strengste tschechische

Kritiker genannt, als sie im Goldenen Kapellchen gerade in Prokofjews Werk ihr Debüt gefeiert hatte, das einer Tragödie von Shakespeare angemessen war, und nun entdeckte in ihr, der Emigrantin aus dem »magischen Prag«, die Scala ihren neuen Star. Sie kam erst wieder bei den Ovationen zu sich, als sie einen Strauß weißer Rosen erhielt, normalerweise schickte ihr Viktor immer eine einzelne Rose nach jeder Vorstellung, umso mehr faszinierte sie diese weiße Salve. Bei der Premierenfeier hatte man sie schon im Voraus entschuldigt, doch dann verlor sie trotzdem eine halbe Stunde am Ausgang, weil sie zahlreiche Programme signieren musste, und so kam sie in ihrer provisorischen Wohnung in der Theaterpension erst an, nachdem man Viktor schon mit einem Rettungswagen abgeholt hatte.

Niemand hatte daran gedacht zu fragen, wohin man ihn bringen würde, und der Pförtner telefonierte eine weitere Stunde herum, ehe sie ein Taxi zum Ospedale di Santo Spirito ordern konnte. Sie war begeistert, als sie dort von einem tschechischen Arzt, der ebenfalls kurz zuvor emigriert war, empfangen wurde, doch gleichzeitig erschrak sie, als dieser den Verdacht auf eine ernsthafte Erkrankung der Lungen äußerte. Er war glücklicherweise auch einer der wenigen Verehrer von Viktors anspruchsvoller Poesie, doch er hatte noch nicht das Recht, Ausnahmen zu machen, er legte ihn also in einem großen Saal für zwölf Männer wenigstens in die Ecke, wo er so wenig wie möglich gestört werden konnte. Er ließ sie dort auch eine Weile bei ihm sitzen, doch Viktor schlief nach den Tabletten, die man ihm gegeben hatte, somit konnte sie ihn auch nicht mit der Nachricht erfreuen, welchen Erfolg sie gehabt hatte, und ihm auch nicht für die Rosen danken. Zu

Hause entdeckte sie auf dem Strauß ein Kärtchen mit dem Namen Vittorio Mortadini, der ihr überhaupt nichts sagte. Am anderen Tag ließ man sie nicht zu Viktor und begründete dies damit, dass eine vertiefende Untersuchung laufe. Der nächste Morgen versetzte ihr gleich zwei Schläge auf einmal. Der tschechische Arzt bestätigte ihr zunächst, dass es sich um Lungenkrebs im fortgeschrittenen Stadium handelte, was eine anstrengende und teure Behandlung erfordere, und beschuldigte sie gleich darauf, dass sie die Ursache für seine Flucht aus der Heimat gewesen sei. »Nach Ihrem flammenden Fernsehauftritt habe ich im Prager Militärkrankenhaus einen Protest gegen den Einmarsch der Armeen organisiert, und einen Monat später entzog man mir den Chefarztposten und kündigte mir! Meine Frau hat mir Szenen gemacht, dass man mich noch verhaften und sie mit den beiden Mädchen allein zurückbleiben würde. Also mache ich jetzt ihretwegen den Hampelmann für Nachtdienste, während meine Kollegen in Prag unterschrieben haben, ich hätte sie angestiftet, und sie arbeiten fröhlich weiter!«
Sie torkelte direkt zum Theater, wo sie an der Ballettstange und unter der Dusche wieder so zu sich kam, dass sie am Abend bei der zweiten Aufführung wieder brillierte. In dem neuen Strauß weißer Rosen stak ein kurzer Brief, der sie wegen seiner entwaffnenden Ungewöhnlichkeit rührte: »Sehr geehrte Frau, weil ich nicht kennen Tschechisch, ich nicht glücklich nicht kann erklären Bezauberung und Betörung Ihre Kunst anders als zu Hilfe italienischtschechisch Wörterbuch. Große Bitte für persönlich Treffen! Mit Küssen Hand begeistert Vittorio Mortadini, Hotel Bristol.« In der Nacht schrieb sie ihm auf Englisch: »… für den Blumenstrauß und die so

schön formulierte Einladung danke ich herzlich, doch ich verbringe meine sämtliche Freizeit im Krankenhaus S. Spirito bei meinem schwerkranken Mann, einem der besten tschechischen Dichter, der meinetwegen emigriert ist …« Viktor verschwieg sie dies vorerst, sie wollte nicht, dass es ihm leidtat, dass sie ähnlich wie er selbst jemand anderes grüßte.
Es folgten eine weitere Reprise und ein weiterer Blumenstrauß, nun schon ohne Zusatz, doch mit einem Nachspiel von weitreichender Bedeutung. Am nächsten Tag fiel sie vor Schreck fast in Ohnmacht, als an dem gewohnten Ort im Krankenzimmer ein fremder alter Mann lag, doch da eilte schon der Professor selbst herbei und beruhigte sie, Viktor sei in ein eigenes Zimmer verlegt worden. Auf dem Weg zu ihm versicherte er ihr, er habe ihm die besten Medikamente und auch eine solche Behandlung verschrieben, wie er es ihrem gemeinsamen Freund, den er unheimlich achte, versprochen habe, denn »Senator Mortadini ist einer der tapfersten Italiener, den weder die italienische, noch die deutsche Haft brechen konnten …« Vittorio wagte zum ersten Mal, sie persönlich zu grüßen, als er ihr auf Viktors Begräbnis kondolierte, und erinnerte an eine Geschichte, die ein Jahr her war und dessen Geheimnis sie erst jetzt verstand: noch vor ihr hatte er Viktor kennengelernt, den er kurz zuvor im Fernsehen als großen Dichter aus der Tschechoslowakei gesehen hatte, das war in einem Mailänder Restaurant gewesen, wo er sie nicht hatte belästigen wollen, doch wo er sich erlaubt hatte, anonym für sie zu bezahlen …
Und nun kamen die beiden zusammen bis nach Olmütz!
»Julia«, sagte Viktor, »Vittorio und ich haben uns geeinigt, dass es keinen Sinn hat, aufeinander eifersüchtig zu sein, wo du

uns doch beide gleich liebst, dein dritter Mann, Giorgio, wird tagsüber mit dir leben und wir beiden nachts!« Beruhigt und glücklich schlief sie wieder ein, und als sie die Augen öffnete, bot ihr das Gedächtnis einen längst verschütteten Vers an: »In Böhmen war ein schöner Tag, der ringsum voller Rosen lag.« Der neue Morgen hatte die graue Decke der Inversionswetterlage vom Vortag abgeworfen und bot ihr ein Bild ihrer Heimatstadt in den faszinierendsten Farben. Die Wut, mit der sie eingeschlafen war, erwachte nicht von Neuem, und sie vergegenwärtigte sich: sie hatte den jungen Mann nicht gemietet, damit er auf ihren Gräbern weinte, sondern als Tänzer, der Format bewiesen hatte. Sie entschloss sich, ihn auch weiterhin so zu nehmen, ihm das schändliche Nichtwissen nicht vorzuhalten und ihm, wenn er dies wollte, geduldig zu erklären, was er vielleicht noch zu fassen in der Lage war.

Er kannte sich zu gut, und so stellte er die Weckfunktion im Handy ein, eher er sich völlig betrank. Trinken konnte er zum Glück, somit wusste er, dass er funktionieren würde. Trotzdem genehmigte er sich eine schottische Dusche, bis er sich durch die heißen und kalten Wasserstrahlen vollständig wiederhergestellt hatte. Er erinnerte sich matt daran, dass er sich in der Nacht den dreien in Prag gegenüber zu irgendetwas verpflichtet hatte, doch der verletzte Stolz war immer noch stärker. Vollständig gepackt und nach einem guten Frühstück – dieses hatte er ausgiebig genossen! – kam er zur Rezeption in der Vorfreude, sich von der Alten zu trennen. Doch dort wartete ihr Muskelmann, der ihm den Koffer mit seinen Privatutensilien und den mit dem Zurückzugebenden abnahm und ihm in der Tür den Vortritt ließ. Die Alte saß schon im Wagen und lächelte ihm entgegen, so als danke sie ihm für eine unvergessliche Nacht.

Beim Frühstück in ihrem Apartment hatte sie noch einmal die Karte studiert, auf der sie bereits in Rom die Stelle gefunden hatte. Sie rechnete damit, dass sich alles im Laufe dieser halben Ewigkeit bis zur Unkenntlichkeit verändert haben konnte, also versuchte sie, die Landschaft nach dem Flusslauf zu bestimmen, es hatte sich ihr ins Gedächtnis gegraben, dass dies der erste große Mäander oberhalb der Stadt war. Sie bat Peppino, langsam zu fahren, somit winkten ihnen ein paar Frauen herzlich zu in der Annahme, in dem Luxusmietwagen ein jungvermähltes Paar zu grüßen. Olmütz war seit ihren Zeiten so gewachsen, dass sie fast befürchtete, die Regulierung des Flusses könne auch diese Ecke verschlungen haben, doch direkt vor dem Mäander schien die Stadt wie abgeschnitten, dann schloss sich nur noch Auwald an. Bald tauchte eine Wiese auf, die steil zu einer kleinen Lagune hin abfiel. So als würden sie direkt in die Vergangenheit hineinfahren, erblickte sie ein kleines bezopftes Mädchen, das auf der Welt kein ihr nahestehendes Geschöpf mehr hatte, doch das, was ihm gerade von allem am meisten fehlte, das war ein Grab.

Sie erschien ihm wie ausgewechselt. Wenngleich sie vollauf damit beschäftigt war, irgendein Ziel zu suchen, war sie nett, fast herzlich, sie scherzte, er habe sich am Abend vorher offensichtlich den Ruf eines Parkettlöwen ertanzt, weshalb sich alle Lokalhyänen auf ihn gestürzt hätten. Seinen Dank lehnte sie mit der schmeichelhaften Begründung ab, sie könne es sich nicht erlauben, ihr einen Tänzer zum Krüppel zu schlagen, der es mit den Profis aus Rom aufnehmen konnte. Dann aber schaute sie mehr und mehr auf den Weg, und er störte sie nicht, die nächtliche Eitelkeit wich der Erleichterung, nicht das Gesicht verloren zu haben und seine einträgliche Reise trotzdem fortsetzen zu können, glich ihr Verhalten doch einer Entschuldigung. Wie sie heute zu ihm sprach, bestätigte jedoch die Vermutung der Truppe, dass sie mit ihm andere Pläne habe, als nur Tangofiguren zu tanzen. Als sie halten ließ und ausstieg, blieb er zuerst sitzen, doch sie lief bis an den Fluss hinunter, und so ging er ihr hinterher; der parkende Rolls-Royce nahm sich mit dem reglosen Chauffeur an der geöffneten Tür oben auf dem Waldhintergrund wie ein Werbeplakat aus.

Nach der Erfahrung des Vortags dachte Leo nicht daran, Fragen zu stellen, wenig später erhielt er doch eine Erklärung:

»Hier sind wir immer baden gegangen …«

Er schaute zum anderen Ufer hinüber, wo schon die fürchterliche Vorstadtbebauung begann. »Warum gerade hier …?«

»Dort war der gleiche Auwald.« Sie hob einen flachen Stein auf und warf ihn so geschickt, dass er mehrmals von der Oberfläche abprallte, ehe er versank.

»Das hat mir mein Stiefvater, aber eigentlich echter Vater beigebracht.« Sie erinnerte sich: »Und er hat mir für seine Fleischmarken die ersten Biskuits besorgt!«

»Was für Marken?«

»Lebensmittelmarken. Im Krieg gab es alles auf Zuteilung. Und Juden bekamen nur die Hälfte, also musste er zwei dafür geben.«

»Da hast du so gern genascht?«

»Genascht? Ach … Biskuits sind Ballettschuhe. Und was du wahrscheinlich wirklich nicht wissen kannst: er hat sich von

meiner Mutter nur scheiden lassen, weil sonst wir beide sein Schicksal geteilt hätten.«
Er wagte erneut zu fragen: »Welches?«
»Wir fahren hin«, sagte sie kurz angebunden und bückte sich erneut, diesmal aber legte sie die Hand aufs Wasser, so als würde sie es streicheln. »Und hier ist meine Mutter gegangen.«
Er erstarrte. »Hier ist sie ertrunken??«
»Nein, fortgeschwommen …«
»Wie, fortgeschwommen …?«
»Sie hat sich immer nach dem Meer gesehnt … und weil wir kein Grab hatten, habe ich ihre Urne hier ausgeschüttet, damit sie endlich hinkommt … Jetzt habe ich sie möglicherweise in Rom …«

V. Polen

Drei Stunden später erblickte sie zwei verlassene Gebäude, beide nur anders hässlich, getrennt durch zwei heruntergekommene Tafeln mit den Aufschriften ČESKÁ REPUBLIKA und RZECZPOSPOLITA POLSKA. Auf der ebenen Straße entfernten sie sich dann allmählich, doch sah man weder im Rückspiegel noch in der Frontscheibe ein anderes Auto oder ein menschliches Geschöpf. Die ehemals blutige Grenze kam ihr wie eine eilig verlassene Dekoration zu einem Film vor, dessen Dreh gestoppt wurde, als das Geld ausgegangen war. Auch zwanzig Jahre nach dem Fall des Eisernen Vorhangs konnte sie sich der Erregung nicht erwehren, wann immer sie die gedachten Gräben überquerte, die seit Menschengedenken Europa nach der Losung »Teile und herrsche!« in Koben oder auch Käfige für Menschen parzellierten. Leo schlief fest neben ihr, und beim Blick auf sein sorgloses Gesicht machte sie erneut wütend, dass er wahrscheinlich auch davon nicht die geringste Ahnung hatte, weil er von der Glücksfee in einer Zeit in die Welt gerufen wurde, in der er es sich momentan durch die günstige Sternenkonstellation erlauben konnte, auf alle zu pfeifen, die nur kurz vor ihm wie Karnickel oder Schadtiere dahingesiecht und gestorben waren. Jüngelchen wie er spielten mit dem künftigen Schicksal Europas ebenso wie die verweichlichten Jünglinge auf dem Zenit des Römischen Imperiums, das sie dann nicht mehr vor den Barbaren schützen konnten!

In diesem Moment wurde er wach und fragte: »Sind wir schon da?«
»Wo?«
»Na, bei Papa.« Er blinzelte verschlafen, doch er war so wach, dass er die Veränderungen in der Farbe und in der Sprache der Hinweisschilder auf der Straße wahrnahm. Das Defilee der fremden und doch so bekannten Wörter brachte ihn zu einer weiteren Frage: »Er lebt in Polen?«
»Nein. Nur in mir. Ebenso wie meine Mutter.«
»Warum fährst du dann hierher?«
»Ich will, ehe ich selbst sterbe, auch sein Grab kennenlernen.« Wieder kam sie sich wie eine stark überziehende Diva vor und versuchte, das wieder gutzumachen. »Leo, ich müsste einen Vortrag halten, bei dem du sicher wieder einschlafen oder denken würdest, ich sei übergeschnappt. In einer Stunde reichen ein paar Worte, weil du es, wie ich fest glaube, selbst verstehen wirst.« Der Jüngling ließ artig die Fragerei und kehrte wenig später in die wohltuende Bewusstlosigkeit der Nichtwissenden zurück.
In ihr jedoch verstärkte sich die Nervosität. Sollte sie nicht Peppino anweisen, bei der nächstbesten Gelegenheit direkt nach Krakau abzubiegen? War sie denn zu einem Mohammedaner geworden, der wenigstens einmal im Leben nach Mekka gehen muss, auch wenn es ihn alles kostet, was er besitzt!? Sie hatte diese Reise jahrzehntelang aufgeschoben, weil sie Angst davor hatte, warum in drei Teufels Namen unternahm sie sie jetzt, wo der Höhepunkt ihrer Kräfte schon hinter ihr lag? Auf dem Parkett hielt sie immer noch der unmenschliche Drill durch Tausende Stunden an der Trainingsstange, doch in welchen Zustand war wohl ein Geist, zermürbt durch

Emigration, Exil, den Verlust der ihr am meisten nahestehenden Männer und die Jahre des Streits mit dem Geschlecht des zweiten Mortadini, das versuchte, sie als Diebin des Erbes mit allen Mitteln zu vernichten? Hatte sie doch Giorgio, der einzige Mensch, dem sie auf der Welt noch vertraute, ernsthaft gewarnt, sie unternehme eine sinnlose und riskante Reise in die Hölle, der sie einst nur um ein Haar entkommen war. Doch das gesamte Leben quälte sie das schlechte Gewissen, dass sie dies ihrem nichtleiblichen und doch einzig echtem Vater schuldig war und ihm dann dort oben nicht sagen durfte, Papa, ich habe mich sogar in Friedenszeiten gefürchtet! Das rief sie sich auch jetzt in Erinnerung, sie nahm den letzten Schluck Whisky aus dem Flachmann, den sie noch zu Hause gefüllt hatte, und saß dann nur noch reglos da, bis Peppino in eine Straße einbog, die gesäumt wurde von Souvenirständen, hin zu dieser fürchterlichen Ebene, wo er den Motor abstellte. Dann hörte sie im Geiste das immer lauter werdende Bellen von Hunden, grobe Befehle, das Weinen von Kindern und Schreie von Frauen …

Er verzichtete also auf weitere Fragen, und weil der Ghost wahrscheinlich mit Stadtgeschwindigkeit auch über die Landstraßen fuhr, was ihn überaus schläfrig machte, dachte er eine Weile an Adriena, ein recht patentes Mädel, das ihn verlassen hatte, weil es dummerweise eifersüchtig wurde, als er begann, seinen Lebensunterhalt mit dem Tanzen zu verdienen, und dann schlief er auch ohne den Vortrag der Oma wieder ein. Er erwachte durch die plötzliche reglose Stille, doch er hatte den Eindruck weiterzuschlafen, denn er fand sich in einer unwirklichen Landschaft wieder. Vom stehenden Auto zogen sich die überwucherten Schienen eines Eisenbahngleises zu einer Art vorsintflutlichem Tor hin, das von der riesigen untergehenden Sonne blutrot gefärbt wurde. Die Alte schaute wie hypnotisiert darauf und umschloss mit beiden Händen das Medaillon, das einzige Schmuckstück, das sie nie ablegte. Wortlos stieg sie dann allein aus, während der Chauffeur sitzen blieb, so als dürfe er sie nicht stören, und behände trippelte sie auf ihren Absätzen über die dahinmodernden Schwellen. Er verließ also wieder den Wagen und holte sie bald ein. »Das ist ein Friedhof?«, fragte er.

Sie reagierte verspätet, so als sei die Frage über Satellit zu ihr gelangt: »Was hast du gesagt?«

»Ich habe gefragt, ob das ein Friedhof ist ...«

»Nein. Das war eine Fabrik. Siehst du nicht die Schornsteine?«

Erst jetzt erkannte er, dass das, was er für einen weitläufigen Wald von Betonsäulen hinter dem Tor gehalten hatte, sinnlos einzeln stehende gemauerte Schornsteine waren.

»Was für eine Fabrik?«

»Eine Todesfabrik.« Und zum ersten Mal erklärte sie ihm etwas geduldig: »Die Schornsteine standen in der Mitte von Baracken voller Sklaven, die Aufschub bekamen, solange sie ackern konnten. Und zu diesem Tor kamen Viehwaggons mit meinem Vater, der sich von meiner Mutter hatte scheiden lassen, damit wir beide nicht mit ihm hierher geschickt wurden, zusammen mit etwa tausend Juden und Jüdinnen und Judenkindern wurde er von Soldaten und Hunden durch eine Gasse etwa hierher gehetzt, wo der Haupttodesengel stand, und wie bei einem Kinderspiel dirigierte er, wer nach links und wer nach rechts gehen solle, dort, wohin er meinen Vater schickte, warteten Kammern mit täuschend nachgemachten Duschen, aus denen Gas drang, wie man es gegen Ratten verwendet, dann verbrannte man den Zug Menschenfleisch auf einem riesigen Rost und stellte aus dem Fett Seife her, doch auch die Asche blieb übrig, die für immer in der Luft liegen wird, und diese atme ich gerade ein … Deshalb trage ich lieber meinen Tod bei mir!«

»Wie meinst du das …?«

Doch da waren sie schon am Tor angekommen, ihnen entgegen kamen drei Frauen, und sie fügte hinzu: »Vergiss es!« Eine der Polinnen dolmetschte ins Englische, sie verstand er etwas, weil er aus seinem früheren Beruf noch ein paar Wörter kannte. Die zweite Frau, die nur polnisch sprach, musste die Oma erwartet haben, denn sie begrüßte sie ehrfürchtig und meinte, man würde ihr auch nach den Öffnungszeiten alles zeigen. Ihn nahm niemand wahr, doch er verstand immer mehr, als sich ihrer die dritte Frau annahm, auf den ersten Blick eine Reiseführerin, die sich jedoch als Historikerin herausstellte. Es war eine nicht mehr junge Frau, die, wie sie sagte – und er wusste schon, dass das ein Konzentrationslager war, von dem er mal etwas gelesen hatte – hier sogar zur Welt gekommen war. Sie redete so gewöhnlich wie die Kastellanin auf der Burg Karlstein, der er in der Grundschule auf einem Schulausflug einen Pflichtbesuch abgestattet hatte. Er konnte mit Mühe jedes dritte Wort verstehen, doch auch bei den wenigen lief es ihm kalt über den Rücken.

Sie überstand die Stunden in der Art, die sie für außergewöhnliche Krisen und Schrecken im Leben vorher entwickelt hatte. Den Tod der Mutter konnte sie als Kind noch nicht bewältigen, er schmerzte sie, bis sie zu tanzen begann. Schon als Balletttänzerin, die immer anspruchsvollere Rollen übernahm, brachte man ihr am Konservatorium bei, sich in einem Moment, in dem sie am meisten die Erregung vor einer bevorstehenden Leistung bedrohte, in einen Zustand der inneren Ruhe zu versetzen, wo ihr jeder Sprung und jede Pirouette leicht machbar erschienen. Seit Viktors Tod hatte sie außerhalb der Bühne gelernt, dem Geist einen Zustand zu befehlen, den sie als »Stopp-Stand« bezeichnete, er funktionierte ähnlich wie ein Film, der zwischen zwei Fenstern angehalten wird, weshalb auf der Leinwand eine Art abstraktes Bild stehen bleibt. So auch hier.

Von den mörderischen Feldern Birkenaus fuhren sie weiter nach Auschwitz, wo die Schrecken noch durch den trügerischen Anschein zivilisierter städtischer Gebäude verstärkt wurden. Kaum hatte sie den anfänglichen Anflug von Gebell, Schreien und Weinen verdrängt, befahl sie sich, nichts anderes wahrzunehmen als ihren eigenen Puls, der ihr versicherte, dass sie am Leben war, und alles, was sie sah, als Drama im Theater zu empfinden. Die Koben mit den Folterwerkzeugen, die Hinrichtungswände, die Galgen und die Verbrennungsöfen wurden so vor ihren Augen zu geschmacklosen naturalistischen Kulissen, und die Säle voller sortierter Gegenstände von Tausenden Besitzern mutierten zu Requisitenkammern, in denen sie sich stets persönlich für ihre Rollen Handtaschen, Operngläser und Sonnenschirme ausgesucht hatte, es gab hier auch seidene Ball-Fächer. Fast anziehend wirkte der Drahthügel blind gewordener Brillen, die nach mehr als einem halben Jahrhundert fest zu einer riesigen Pop-Art-Plastik verwachsen waren. Sie war froh, dass beide Frauen ständig redeten, bis sich ihre Stimmen durch den Eifer überdeckten. Umso leichter konnte sie auch diese abschalten, hatte sie doch von all dem, was hier einst geschehen war, mehr gelesen als selbst die Frau kannte, die hier geboren wurde.

Der junge Mann, ja, auf einmal war er kein Jüngling mehr, sondern ein interessierter junger Mann, versuchte anscheinend und mit einem Ausdruck, den sie bei ihm bislang noch nicht gesehen hatte, ehrlich zu verstehen, und glitt mit seinen Blicken zwischen den Lippen der Frauen und den schrecklichen Exponaten hin und her, so als würde er ein Tennismatch verfolgen. Erst als sie das Museum besichtigt hatten und in die Dämmerung hinaustraten, machte sie sich bewusst, dass sie hier nicht ein einziges Mal an den gedacht hatte, dessentwegen sie hergekommen war. Und das freute sie! Nein, ihr nichtleiblicher und doch einzig echter Vater hatte sich hier nicht in einen namenlosen armen Hund verwandelt, sondern war ein großer Zauberer geblieben, der der Mutter das Lachen zurückgegeben und für sie, ein Vorschulmädchen, auf wundersame Weise den Lebensweg gebahnt hatte. So müssen sich die Pilger fühlen, denen die Tatsache, dass sie in Mekka waren, alle erlittenen Verluste aufwog!

Wenngleich der sehr still gewordene Leo sagte, er habe keinen Hunger, ließ sie auf dem Weg nach Krakau an einem altpolnischen Gasthaus halten, wo er dankbar zwei Teller Käseblinis mit heißer Butter verdrückte. Ihr reichte ein dicker Borschtsch, und für Peppino nahm sie ein Schinkenbaguette mit, er war wie immer im Auto geblieben, denn fast alle Gäste kamen aus der Wirtschaft gelaufen, um es zu bestaunen.

Die Krakauer Milonga fand direkt in dem Hotel statt, wo sie Großmeister Bartolo aus der Agenzia turistica in Rom untergebracht hatte, wahrscheinlich hatte er sich von der Webseite in die Irre führen lassen. Fünf Sterne allein reichten nicht aus, um die sauren Gerüche aus der Zeit des falschen Sozialismus zu vertreiben, die sich in den Teppichen, den Tapeten und den Gardinen hielten. Umziehen betrachtete sie jedoch als überflüssig, denn bereits vom Wagen aus hatte sie in einem langen Gespräch mit Giorgio, der sich besorgt nach ihrem Seelenzustand erkundigte, neue Anweisungen für den nächsten Tag erteilt. In der Suite hielt sie sich nur kurz auf und entschied, sie würden in dem tanzen gehen, was sie gerade am Leibe trugen. Dafür war der dunkelhäutige Discjockey mit den kunstvoll geflochtenen Zöpfchen eine Klasse für sich, er peitschte sie sehr schnell zum Maximum auf, so infizierte sie auch den jungen Mann, und wenig später standen sie wieder im Zentrum der Aufmerksamkeit, das sie immer wieder von Neuem freute, weil sich das anfängliche Gelächter schnell in Bewunderung umkehrte. Wie sie es aus Krisen- und Nichtkrisenzeiten gewohnt war, warf sie, sobald sie das Parkett betrat, alle Probleme ab und war wieder die Primaballerina, die sich ausschließlich auf ihren Körper konzentrierte. Sie tanzte erbittert aus den Reserven langjähriger Dressur und spürte deshalb, wie er wieder müde wurde. Nach der zweiten Tanda kam ihnen also die Pause gerade recht, und sie ging mit ihm an die Hotelbar, wo man zu ihrer Freude einen Glenfiddich hatte.

Der junge Mann war auch weiterhin so niedergeschlagen, und wenngleich sie ahnte weshalb, tat sie so, als wunderte sie sich.

»Was ist mit dir?«

»Ich verstehe nicht, wie Sie nach all dem tanzen können.«

»Wonach?«

»Na … nach all dem …«

Sie erklärte es ihm: »Junge, wenn ich nicht täglich all meine Traurigkeit und meine Wut aus mir herausgetanzt hätte, wäre ich schon längst tot!«

»Ich habe erst hier realisiert ...«

»Was?«

»Dass das wirklich passiert ist! Und ich möchte mich auch entschuldigen ...«

»Wofür?«

»Für diesen Jud. Für mich hat das nie schlimmer geklungen als Russe oder auch Prager, aber dort ... da kam mir das sehr blöd vor!« Der Barkeeper schob ihnen die Gläser zu.

»Das freut mich. Also cin-cin, Leo.« Und im Geiste gestand sie sich ein, du hattest Recht, Viktor, es ist viel besser, dass er selbst darauf gekommen ist.

Nach dem ersten Schluck entschloss sie sich wieder schnell: »Für morgen habe ich einen Privatjet bestellt. Ja, ich habe mir alles erfüllt, ich kehre nach Rom zurück, aber Peppino muss das Auto zurückbringen und kann dich auf dem Weg zu Hause absetzen. Wenn du aber die Milongas in Rom kennenlernen willst, dann lade ich dich für ein paar Tage zu mir ein, ich bezahle dir dann den Rückflug nach Prag. Du hast bis zum Frühstück Zeit, dich zu entscheiden.«

Nachdem er ihr wieder die Tür zu ihrer Suite geöffnet und sie diese mit einem herzlichen Gruß schnell geschlossen hatte, lief er auf die Straße hinaus. Es hatte halb zwei geschlagen, und die Fußgängerzone gähnte vor Leere, zwischen dem Turm und der Kathedrale zeichneten sich im Licht des zunehmenden Mondes nur die langen Reihen von Tischen und Stühlen ab, zum Schutz vor Dieben angekettet wie daheim. Im Kopf trug er Verwirrung. Er dachte gleichzeitig an das, was er gesehen, das, was sie ihm erzählt und das, was sie ihm angeboten hatte. Innerhalb von ein paar Dutzend Stunden hatte er von ihr mehr über die Welt erfahren als in allen Schuljahren zusammen. Gleichzeitig lief in ihm blitzartig die gesamte Zeit seit ihrer Begegnung im Prager Mánes ab, und er erschrak bei der Vorstellung, für wie blöd ihn diese Frau – auf einmal schämte er sich schrecklich für das Wort Alte! –, für wie total bescheuert sie ihn gehalten haben musste. Er kam zu einem Brunnen, beugte sich zum Wasser hinab und kühlte sich mit der linken Hand das Gesicht, als schrill sein Handy klingelte. Er zog es mit der trockenen rechten Hand unter einigen Schwierigkeiten aus der linken Sakkotasche und wollte auch schon Kájas Gespräch annehmen, als ihm etwas durchs Gehirn zuckte, als hätte jemand den Strom abgeschaltet. Er stand reglos da und zählte dumpf das Klingeln. Beim siebten Ton schaltete sich sein Gehirn wieder ein, und Leo warf das Handy in den Brunnen, wo mit ihm auch das Klingeln unterging.

VI. Rom

Nach Krakau kam unerwarteterweise Mickel Comar, den die Aviatica trotzdem noch für sie freistellen konnte, und Giulietta hatte urplötzlich die Möglichkeit, ihn mit Leo zu vergleichen. Michal war ein paar Jahre älter und um seine kosmopolitische Bildung reicher, doch durch den exklusiven Beruf, bei dem er überwiegend mit Angehörigen der High Society in Kontakt kam, hatte deren Snobismus auch schon etwas auf ihn abgefärbt, dazu war er leider oft ziemlich herunter durch seine Unstetigkeit in Liebesdingen. Leo wirkte außerhalb des Parketts wie ein Hinterwäldler mit einem Minimum an Kenntnissen über das Leben und die Welt, dafür ausgestattet mit einer natürlichen Intelligenz, dazu gehörte ihrer Meinung auch die Fähigkeit, Fehlendes aufzuholen, und vor allem war er mit einer animalischen Stärke beschenkt worden, die von ihm ausging, selbst wenn er im Wagen schlief. Michal jedoch hatte einen Nachteil und zwar den, dass sie seine Schwächen kannte, während Leo für sie immer noch ein unbeschriebenes Blatt war.

Es entging ihr nicht, dass die erste Begegnung der beiden Männer eher ein Aufeinanderstoßen war, eine Art klassisches Kräftemessen wetteifernder Männchen. Leo, den sie extra nicht vorgewarnt hatte, war von dem hervorragenden Tschechisch des italienischen Piloten offensichtlich überrascht wie von einer völlig unerwarteten Waffe, und Michal, der darüber hinaus noch um einiges größer war, gab ihm diese Überlegenheit dadurch zu verstehen, dass er gleich nach Giulietta ins Flugzeug einstieg, ohne ihm als ihrem Gast den Vortritt zu gewähren. Sie verfolgte das interessante Match als neutrale Zuschauerin, und es freute sie, dass Leo nicht mit der Wimper zuckte, sich jedoch sofort in der Kabine orientierte und ihr ungezwungen ein Glas ihres Lieblingswhiskys reichte, den er in der Minibar erspäht hatte. Mit seinem Glas ließ er sich dann neben ihr nieder und streckte behaglich die Beine aus, wodurch er sich die Würde eines Gastes selbst erkämpfte. So verstand es natürlich Michal, der sofort den Smalltalk mit ihr beendete und ins Cockpit ging. Als sich Leo behände erhob, um nach dem Salzgebäck zu greifen, fühlte sich auch der diensthabende Steward, diesmal ein Japaner, überflüssig und verschwand ebenfalls nach vorn.

Die Turbinen liefen an, der Rumpf bebte, und sie überkam eine ungewöhnliche Nervosität. Nachdem sie im Geheimen das Medaillon geküsst hatte, wollte sie um einen weiteren Whisky bitten, als sie seine Hand spürte.

»Erlauben Sie … ähm, erlaubst du?«

»Was?«

»Meine Mutter hatte große Angst vor dem Fliegen, also habe ich sie bei den Starts und den Landungen immer bei der Hand genommen, damit sie das Gefühl hat, das sie sich irgendwo festhält.« Der Start nahm ihr wie immer den Atem, so war sie ihm für diese Geste dankbar, doch gleichzeitig schämte sie sich, dass er sie führte wie eine Tante vom Lande. So befreite sie ihre Hand kurz nach dem Abheben unter dem Vorwand, etwas trinken zu wollen, und vergalt es ihm mit Interesse.

»Was macht eigentlich deine Mutter?«

»Sie ist zu Hause, sie hat als Kauffrau ein Vierteljahrhundert lang in der Buchhaltung gesessen, doch als dann auch meine jüngste Schwester aus dem Haus war, hat man sie nirgendwo mehr genommen, weil sie zu alt sei.«
»Wo fliegt sie denn dann hin?« Sie verstand nicht.
»Sie ist geflogen. Mit uns dreien nach Bulgarien ans Meer. Vor der Wende hat unser Vater uns gefahren, aber dann hatte er einen Unfall, und sie hat sich mit dem Auto eine so lange Strecke nicht zugetraut.«
»Was ist ihm denn passiert?«
»Er ist von einem Mast gestürzt.«
»Wie bitte …?«
»Er war Elektriker für Hochspannungsleitungen und hat sich falsch eingehängt. Jetzt hütet er da das Lager.«
»Und deine Schwestern?«
»Die sind gleich in Pension gegangen.«
Irgendwie kam ihr das seltsam vor. »Hast du nicht gesagt, dass sie jünger sind?«
»Ja, aber beide haben gleich nach der Schule geheiratet und mit der Produktion von Kindern begonnen, angeblich, um möglichst schnell Omas zu werden. Die Ältere, Jiřina, hat zwei Jungs und Věra schon drei Mädchen. Ihre Kerle waren schnell verbraucht, nach der Arbeit schlüpfen sie in ihre Pantoffeln und schalten den Fernseher ein, nach dem Zahltag machen sie einen Handstand und bekommen dann Taschengeld für ein Bier. Meine Mutter stellt sie mir als Vorbilder hin, doch ich trinke, wie du weißt, nicht gern Bier. Doch jetzt, denke ich, wird sie wieder froh sein.«
»Aha, und warum?«
»Schon bevor ich dich getroffen habe, kam ich mir schäbig vor.«

»Weshalb?«
»Ich lebe davon, dass ich von Milonga zu Milonga ziehe. Na, und auf dieser Reise habe ich mich entschieden. Wenn ich bei dir fertig bin, gehe ich in meine alte Firma zurück, ich war dort mal in leitender Position, und sie haben immer noch keinen Ersatz gefunden.«
Er erschien ihr immer interessanter. »Was hast du geleitet?«
»Den Krieg gegen die Hacker.«
»Gegen wen …?« Schnell verstand sie von allein. »Aha. Und wie kämpfst du gegen sie an?«
»Das ist so ähnlich wie dieser ewige Kampf Lanze gegen Schild oder Granate gegen Panzer, immer führt einer und der andere muss ihn übertrumpfen. Ich selbst war mal Hacker, und glücklicherweise haben mich die Gendarmen vor den Räubern gefunden. Doch ich kenne die Art, wie Hacker denken, ich kann ihnen manchmal zuvorkommen.«
In die Kabine, diesmal im modernen italienischen Stil und funktional wie ein Arbeitszimmer, kam Michal, um zu fragen, wie es ihr gehe, was er normalerweise über Funk tat. Dass er ihr Problem mit dem Fliegen kannte, aber trotzdem den Autopiloten laufen ließ, zeigte erneut, dass er Leo als Konkurrenten betrachtete. Sie war erstaunt. Hatte er die geheimen Überlegungen erraten, die sie nur mit Giorgio besprach? Standen diese ihr schon im Gesicht geschrieben? Umso weniger wollte sie ihn aber vor dem anderen erniedrigen, den sie gerade erst kennenlernte. Michal konnte erwarten, dass sie ihn sofort wieder ins Cockpit schicken würde, deshalb fühlte er sich sichtlich geehrt, als sie fragte, ob ihm sein Autopilot erlaube, mit ihr eine Zigarette zu rauchen. Dabei spürte sie jedoch ein Frösteln und schrieb ihm daher einen Punkt gut, als er sich entschul-

digte, sein Kollege Roboter sei nicht gern allein, und nach vorn ging. Sie war gespannt, wie Giorgio reagieren würde, wenn sie ihm verriet, dass sie für ihre wichtige und wirklich nicht aufzuschiebende Entscheidung gleich zwei Kandidaten habe.

Sehr lange hatte er in Krakau nicht einschlafen können. Die Szenen des gestrigen Tages liefen in ihm ab, immer wieder, wie ein kurzer Werbespot aus einem langen Film. Seltsamerweise war ihm keines der schrecklichen Bilder am meisten im Gedächtnis hängen geblieben, sondern das unschuldigste: ihre Hand, wie sie die Flussströmung streichelte. Eben in diesem Moment, das wusste er jetzt, war ihm bewusst geworden, dass die Jungs aus der Truppe und er selbst mit ihrer Vermutung total daneben lagen. Das war keine vertrocknete Erotomanin, reich genug, sich überall ihre Freier kaufen zu können, sondern eine Frau mit einem Schicksal, das bei Weitem seinen Horizont überstieg. Als die Maschine über Mähren hinwegflog und immer höher stieg, je bedrohlicher sich ihr die Gipfel der österreichischen Alpen entgegenreckten, war er sich sicher, dass er schon in dem Moment, in dem sie den Fluss gestreichelt hatte, im Geiste sein Handy ertränkt hatte, weil es ihn mit etwas Schmutzigem verband, was sich in seiner Seele abgesetzt hatte und was er eben dank ihrem Einfluss auszuwaschen begann. Birkenau und Auschwitz nahm er eher als ein touristisches Disneyland der Schrecken wahr, keine der blutigen Dekorationen hatte auf ihn stärker gewirkt als diese stille Bucht, von der aus sie ihre Mutter in ferne Länder geschickt hatte, wo sie selbst erst jetzt lebte. Diese stille Episode hatte mit der monströsen Großfabrik für Leichen so absolut gar nichts gemein, doch sie hatte ihm den Blick in die Welt ihres Lebens geöffnet. Die Allerheiligenzeremonie mit den Kerzen auf dem Prager Grab seines Großvaters und seiner Großmutter, die er kaum gekannt hatte, ödete ihn als Kind immer an, seine Mutter versüßte sie ihm mit dem Besuch einer Konditorei, doch ab der Pubertät konnte sie ihn dort mit nichts mehr hinlocken, das Familiengrab hatte auf seiner Werteskala nicht den geringsten Platz. Das Bild des jungen Mädchens, das kein Grab hatte und die Asche der Mutter wie Fischfutter ins Wasser streute, grub sich ihm ins Gedächtnis. Seine Entscheidung, so lange wie möglich in ihrer Nähe zu bleiben und noch mehr solcher Einblicke zu erhalten, war offensichtlich in ihm gereift, noch bevor er sich durch das eher kurzschlussartige Wegwerfen seines Mobiltelefons bewusst grünes Licht gegeben hatte.

Ihr plötzlicher Entschluss, die Reise jetzt zu beenden, hatte ihn kurz zuvor noch schockiert, die nachfolgende Einladung nach Rom jedoch begeistert, er war sich sicher, dass auch die Mutter und Robert verstehen würden, warum er seine Versprechen aufschob, außerdem würden es höchstens ein paar Tage sein. Eine gewaltige Überraschung hatte ihn am Flugzeug in Form des Piloten erwartet, der nur wenig älter war als er, auch Tschechisch konnte und einen guten Draht zu der alten Dame zu haben schien, was er gleich zeigte, indem er Leo wie Luft behandelte. Ich störe ihn ebenso wie die Jungs aus unserer Truppe durch die Kerle genervt wurden, die die Weiber zu den Milongas mitbrachten, auch der Exkurs vom Cockpit in die Kabine war nichts anderes als ein eifersüchtiger Versuch, sich als Macho zu präsentieren. Blitzschnell verbot er sich jedoch, diesen heimzuzahlen, um sich nicht in ähnlicher Form zu erniedrigen. Wenn dieser Typ tatsächlich

ihr Lover war, beschloss er, desto besser für mich, dann schau ich mir für umsonst und ohne Peinlichkeiten die Ewige Stadt an, ertanze mir ein paar Scheinchen mehr und fliege wieder nach Hause, kicherte er im Geiste, dann beginne ich ein besseres Leben als wiedergefundener und geläuterter Sohn!
Sie schaute nach dem Besuch des Piloten nur noch schweigend aus dem Fenster und sprach erst wieder, als sie ihn nach etwa einer Stunde um einen Whisky vor der Landung bat. Rom überflogen sie an der langweiligen Peripherie und setzten, super …! wie er nur ungern zugab, auf einer Landebahn auf, die wahrscheinlich für kleine Maschinen bestimmt war. Der Pilot half ihr die Treppe hinab und erhielt dafür zwei Küsschen auf die Wange, und wenn Leo richtig sah, steckte sie ihm keinen Schein zu. Bekam er bei ihr etwa eine Gage? stachelte ihn der Neid an, doch er schrie ihn nieder, er sei damit ein unabhängiger Gast und werde alles auf seine Art genießen. Übrigens faszinierte ihn gleich ein Mann, der gerade in einem Jaguar Cabrio gehalten hatte und herbeieilte, um ihr die Hand zu küssen. Ein großer, stattlicher und – wie die Boulevardzeitungen über Mannequins schrieben – gepflegter Mann in einem perfekt sitzenden dunklen Anzug mit Adlerprofil und langen, dichten, anziehend angegrauten Haaren erweckte den Eindruck eines Filmschauspielers oder eines Opernsängers. Leo erkannte den warmen Bariton, den er schon mehrmals im Ghost gehört hatte. Den Piloten kannte der Mann gut, freundlich reichten sie sich die Hände. Leo stellte sie nur mit dem Vornamen vor, wahrscheinlich hatte sie ihn schon im Laufe der Reise darüber in Kenntnis gesetzt, wer er war und warum sie ihn mitbringe. Tschechisch fügte sie hinzu: »Das ist Signore Giorgio Guido, mein Anwalt.«

Der japanische Steward verstaute das Gepäck auf dem Rücksitz des Cabrios, der Jurist setzte sie nach vorn, und bei ihm entschuldigte er sich in einem guten Englisch, dass er sich mit den verbliebenen hinteren Sitzen begnügen müsse. Als sie losfuhren, winkte ihm der Pilot ironisch zu. Seine Wut wich sehr schnell anderen unangenehmen Eindrücken. Wenngleich der Anwalt bei dem Gespräch mit ihr temperamentvoll gestikulierte und oft beide Hände vom Lenkrad ließ, fuhr er so rasant, dass sich die Luft, durch die Frontscheibe gespalten, mit einem Knall bei Leo traf, dazu rempelten ihn die Koffer in den Kurven abwechselnd von beiden Seiten in die Rippen. Auch diesmal sah er die Metropole nicht, sie verließen die Autobahn bald und fuhren durch eine Landschaft, die von Zypressen bewachsen und mit Weinbergen bepflanzt war, da und dort blitzte ein weißes Bauerngut auf. In Sichtweite und kurz vor dem Schild MORTANO für eine kleinere Stadt mit einer hoch aufragenden Kirche bogen sie nach oben in die Weinberge ab, passierten ein Einfahrt-verboten-Schild mit der Tafel VIA PRIVATA, und bald war der Horizont voll von einem frischen Grün von Zedern, Pinien, Palmen und anderer südlicher Vegetation, die hinter einer hohen Mauer wucherten. Der Fahrer gab rechtzeitig Signal und öffnete das Tor, so setzte er seine Fahrt ohne zu bremsen mitten durch den Waldpark, bis hin zu einer weitläufigen alten Villa fort, die von einem hohen Turm mit Sgrafitti, die Diamantquader vortäuschten, dominiert wurde, woher kenne ich nur dieses Muster? Wo war das und was bedeutete es?

Aus dem Gebäude lief ihnen eine rundliche Frau in schwarzem Kleid und mit einer weißen Schürze entgegen, zuerst verbeugte sie sich mehrmals in altertümlicher Art, dann öff-

nete sie die Tür des Cabrios und half der alten Dame beim Aussteigen. Auch ihr wurde Leo umfassend in italienischer Sprache vorgestellt, und er erhielt nur eine kurze Erklärung.
»Annamaria ist meine Köchin und Zofe, vor allem aber die Frau von Peppino.«
Er wollte beim Ausladen der Koffer helfen, doch diesmal nahm sie ihn bei der Hand: »Lass das und komm mit!« Sie führte ihn nicht in den Eingangsbereich, sondern zu einer kleinen Tür im Seitenturm. Er erwartete eine steile Treppe, wie er sie von Fotos alter Burgen kannte, und diese war dann auch dort, doch in der Mitte war ein eleganter Aufzug eingebaut. Wortlos drückte sie einen Knopf und schwieg, bis die schmale Kabine gehalten und sich vor ihr ein Metallvorhang wie im Theater geöffnet hatte. Aus dem Umgang in einer Höhe von etwa zwanzig Metern bot sich eine faszinierende Aussicht auf eine wunderschöne Landschaft, in der scheinbar die Zeit stehen geblieben war, den unteren Teil des Horizonts verdeckten die Kronen hoher Bäume, auf die Gegenwart deuteten auf den ersten Blick nur zahlreiche Kondensstreifen am Himmel, die auf einen großen Flughafen hindeuteten.
»Hinter diesen flachen Hügeln«, sagte sie, »liegt Rom. Und alles, was du siehst, wenn du dich umschaust, ist die Regione Mortadini. Mein Fürstentum.« Das leicht wellige Terrain, das den Turm umgab, hätte Prag fassen können.
»Und das ist faktisch …?«
»Was du siehst, gehört seit dem siebzehnten Jahrhundert mir.«
War sie übergeschnappt? dachte er, und sie verwirrte ihn weiter: »Hast du denn nicht gesehen, dass ich dreihundert Jahre alt bin?« Dann aber begann sie zu lachen: »Leo, das alles hier gehört mir zwar, aber ansonsten schon lange der Repubblica

Italiana. Und du weißt doch von der Milonga, dass ich zwanzig bin, oder?!«
Die Sonne stand im Zenit, doch ihnen spendete das steinerne Dach, das auch mit eingravierten Diamantquadern verziert war, Schatten.
»Die Verzierung …« begann er vorsichtig, »irgendwo habe ich die schon gesehen, ist das möglich?«
»Am letzten Tag in Prag. Peppino hat auf dem Hradschin gerade dort geparkt, vor dem Schwarzenberg-Palais.«
»Und ihr seid mit ihm verwandt?«
»Nein, warum?«
»Weil ihr das auch hier habt.«
»Das war einst ein berühmter europäischer Stil, einer der menschlichsten, die Renaissance. Habt ihr das auch nicht durchgenommen?«
»Vielleicht«, räumte er ein, »aber wahrscheinlich hat mir das keinen Spaß gemacht, ich war von klein auf verrückt nach Computern.« Frag nach nichts, warnte er sich, damit du kein Idiot hoch zwei bist! Glücklicherweise beorderte sie ihn schon nach unten.
Der Aufzug hatte auch eine Mittelstation, von der aus sie ihn im ersten Stock direkt ins Museum führte, ja, die riesige Halle, deren lange Hauptwand dicht mit Gemälden behangen war, kam ihm wie ein Museum vor. Ratlos stand er vor den Bildern. Im Museum war er das erste und das letzte Mal mit seiner Grundschulklasse gewesen, und ihm war nur das aufgehängte Skelett eines Wals im Gedächtnis geblieben, in eine Galerie oder eine Ausstellung zu gehen war ihm bisher nicht eingefallen, und so kam er sich wieder dumm vor, als sie ihn fragte: »Gefällt dir etwas besonders?«

Schnell fiel seine Wahl auf ein Bild mit zwei Balletttänzerinnen. »Ja …«

»Weißt du vielleicht, wer das gemalt hat?«

Einen Namen kannte er, und so riskierte er es: »Gog…?!« Er musste sich sehr verhauen haben, denn sofort wechselte sie das Thema.

»Nein, aber dafür haben wir später Zeit. Annamaria hat dir das Gästeapartment fertig gemacht. Pack aus und nimm ein Bad, wir essen um neun Uhr abends.«

Sie entnahm ihrer Kostümtasche eine Art Fernbedienung, und wenig später eilte die mollige Frau herbei und vollführte weitere Verbeugungen. Sie wartete nicht auf eine Anweisung und führte ihn sogleich ein Stockwerk höher über die Stiege, die sich an die breite Treppe vom Erdgeschoss anschloss. Der Anwalt war verschwunden. War er nach Rom zurückgekehrt? Sicherheitshalber muss ich ein paar Sätze auf Englisch hervorkramen, damit ich nicht als totaler Trottel gelte!

Dann hatte er schon wieder alles vergessen, denn das Gästezimmer überwältigte ihn. Es war fast so groß wie seine gesamte Prager Wohnung und ähnelte, im Unterschied zu der altertümlich eingerichteten Eingangshalle, der Kabine im Flugzeug, mit dem er angereist war, die leichten Möbel bestanden aus einer Kombination von verchromtem Metall, hellem Textil und Glas, das Schlafzimmer wurde durch eine Schiebetüre abgeteilt, eine weitere trennte es vom Bad. Dort erblickte er eine Duschkabine kombiniert mit einer Wanne für mindestens zwei Personen, ausgestattet mit einer Vielzahl an Knöpfen mit unbekanntem Zweck. Ähnlich geheimnisvoll war ein Gegenstand, der an eine komplizierte Kinderrutsche aus Stahl erinnerte. Peppinos Frau redete unterwegs ununterbrochen in einem Kauderwelsch auf ihn ein, von dem er kein Wort verstand, daher ging sie ihm eher auf die Nerven, doch einen Moment später sperrte er die Augen auf, als sie ihm nacheinander die Hebelchen und Knöpfe anschaulich erklärte wie eine Hostess auf einer Messe. Wanne und Dusche verfügten über sämtliche Massagetechnik, der Stahlkoloss stellte sich als Übungsroboter heraus, der alles ermöglichte, wozu in Prag ein ganzes Fitness-Studio voller Trainingsgeräte diente. Als sie ihm noch zeigte, wie man die direkte und indirekte Beleuchtung mit Dimmer, die Klimaanlage und die Heizung, den Flachbildfernseher und das Mobiltelefon bediente, zog sie anschließend wie eine Zauberin, die ein Meisterstück präsentiert, einen in der Wand versteckten fantastischen Computer hervor. Der IT-Fachmann in ihm fiel vor Begeisterung auf die Knie und rief, Leo, du bist im Paradies!

Kaum hatte Julia ihn aus den Augen verloren, eilte sie zu den Gemächern ihres ehemaligen Mannes. Giorgio betrat gerade den Gang, und sie konnte ihn endlich umarmen.

»Mio caro!«

»Cara mia!«

Er streichelte ihr Gesicht. »Ich hatte große Angst …«

»Wovor?«

»Du weißt schon.«

»Ich trage doch meinen Tod an der Kette! Und ich habe es dir versprochen.«

»Wirklich keine Depressionen?«

»Alle habe ich mit ihm sofort weggetanzt.« Erst jetzt bemerkte sie seinen Koffer. »Du fährst weg?«

»Lucia fliegt an meiner Stelle zu unserem Scheich, ich muss ein paar Tage ins Büro.«

»Ach nein ...!!« Alle Reiseberichte hatte sie ihm schon detailliert in langen Telefonaten von Böhmen, Mähren und Polen aus übermittelt, doch sie hatte sich sehr darauf gefreut, dass sie beide alles in Ruhe besprechen würden; in ihrem ganzen langen Leben hatte sie nur drei Männer getroffen, denen sie ähnlich vertraute wie ihrem nichtleiblichen und trotzdem echten Vater, und nur noch Giorgio war ihr geblieben. Da sie sich auf ihre Reise »back to the roots«, wie er sie bezeichnete, jahrelang vorbereitet hatte, durchflutete sie davor ein ähnliches Gefühl geballter Kraft wie einst vor den größten Premieren. Die Erinnerungen, Vorstellungen und Hoffnungen drehten und pressten sich in ihr wie in einer Feder zusammen, die in der Lage war, sie anzutreiben, sie glaubte daran trotz aller möglicher Hindernisse, Misserfolge und Enttäuschungen, vor denen sie die ganze Zeit Angst gehabt hatte, denn logischerweise hatte sie damit rechnen müssen. Das hatte sie geschafft, planmäßig hatte sie Prag, Olmütz und die Vernichtungslager als drei deprimierende Stationen zwischen vier erhebenden Milongas, die sie mit einem herausragenden und für sie außerdem noch unkomplizierten Tänzer genossen hatte, souverän gemeistert. Erst in der letzten Stunde ihres Flugs nach Rom war er zu einem Problem geworden, als sie sich plötzlich vergegenwärtigte, dass er der Alternativkandidat für den Titel des gesuchten Prinzen war. Darüber vor allem hatte sie mit Giorgio reden wollen, und seine unerwartete Abreise bewirkte, dass die Triebfeder auf einmal brach. Sie konnte die Tränen nicht unterdrücken, sodass sie nichts mehr sehen konnte.

»Cara mia!«, erschrak er, »was ist mit dir??« Er führte sie in Vittorios ehemaliges Arbeitszimmer, das er bei seinen Aufenthalten hier nutzte, setzte sich auf die Couch und kümmerte sich um sie. »Soll ich dir deine Tabletten bringen? Oder Mariniello rufen, dass er dir eine wirksame Spritze gibt? Ich werde übrigens meine Mitarbeiter anweisen, mich überall zu entschuldigen, ich bleibe hier!«
»Niemals!!«, wurde der Stolz in ihr laut, ihr »Reservekanister«, wie ihn einst der tschechische Viktor bezeichnet hatte.
»Es ist dir deutlich anzusehen, dass du den letzten Tropfen Sprit verbraucht hast, und du schaltest aus Eitelkeit den Motor auf dein eigenes Blut um, doch das, Julchen, kann dir sehr bald fehlen.« Glücklicherweise hatte sie immer noch genug davon.
»Das kommt gar nicht in Frage! Ich habe einen ganz normalen Jetlag, das ist alles, deshalb mach ich mich doch nicht vor dem Doktor lächerlich.«
Sie war wieder fit, die Eitelkeit hatte sogar wie ein Haartrockner ihre Tränen verschwinden lassen, und ihr Gehirn arbeitete wieder, wie sie es von ihm gewöhnt war.
»Da kann ich mich wenigstens anständig auf diesen Jungen konzentrieren«, meinte sie.
»Mickel hat also einen Konkurrenten?«
»Michal hat vor allem, das wissen wir beide, genügend private Probleme, und ich will herausfinden, wie es bei diesem Jungen aussieht und ob seine zweifelsfrei existente Intelligenz, die er auf den Milongas ins Parkett stampft, wiederzubeleben ist.«
»Aber, aber!«, wunderte er sich, »du beschuldigst die andere Bühne deines Lebens, Charaktere zu verderben?«

»Seine Hauptbühne ist ganz woanders, und die Tür dazu hat ihm die plötzliche Trägheit seines Gehirns verschlossen, es hat auf seine Beine umgeschaltet. Giorgio, im Flugzeug habe ich beschlossen, ihm eine Chance zu geben, wenn er diese vergeigt, werde ich versuchen, Michal noch zur Vernunft zu bringen, und wenn ich das auch nicht schaffe, dann wird nach Vittorios und meinem Testament und auch nach dem Gesetz die Republik Italien Erbe der Mortadinis, aber nie und nimmer! jemand von diesen abscheulichen Faschos!« Sie deutete ihm kurz ihren Plan an, den sie genau in der letzten Stunde des Flugs von Polen nach Rom ausgedacht hatte, und er erachtete ihn als vernünftig.

Dann bat sie ihn zu gehen, damit sie sich von einer Reisenden zu einer Köchin wandeln konnte. Zusammen mit Annamaria inspizierte sie den Inhalt des Kühlschranks und der Speisekammer, entschied, was es zum Abendessen geben solle, und ließ den Tisch in der Halle für zwei eindecken, dann schickte sie sie nach Hause, damit sie sich ausschlafen konnte, ehe sie nach Mitternacht Peppino das Essen servierte, der jetzt gerade um diese Zeit Österreich passiert haben dürfte. Als sie sich nach einer Stunde im Bad ordentlich – eine weitere Erinnerung an Viktor – »das Gefieder gereinigt« hatte, beschloss sie, dem Jungen nichts vorzuspielen und sich zu Hause – wie zu Hause zu benehmen. Sie war neugierig, wie er darauf reagieren würde.

Er verband das Angenehme mit dem Nützlichen und probierte während der Reinigungszeremonie alles aus, was ihm die mollige Haushälterin vorgeführt hatte. Das monströse Übungsgerät ließ er für morgen, vertilgte die zubereiteten Sandwichs mit dem ungewohnt scharfen Schinken und belebte, in den weichen Bademantel gehüllt, den Computer. Ein Gespräch per Skype mit Robert klappte nicht, er hatte schon Feierabend, und so kontaktierte er ihn zumindest per E-Mail. »Bob, ich habe noch einen tollen und kurzen Job in Rom, entschuldige mich beim Chef und versuch, das bei meiner Mutter auszubügeln, melde mich bald, ahoj Leo.« Nach schnellem Nachdenken zog er seine »Dienstuniform« an, wie er die Kleidung bezeichnete, die sie ihm in Prag ausgesucht hatte, gestern hatte er schon geglaubt, er habe sie umsonst mitgeschleppt, doch jetzt erschien sie ihm gerade angemessen für die Gesellschaft dieses noblen Anwalts. Als er das Gästezimmer verließ, wurde seine Vermutung bestätigt, unten spielte ein kleines Orchester, es wurde also ein protziger Abend veranstaltet, na toll, also How are you? I am well! Where are you from? I am from Prague, and I beg your pardon, I speak very bad English. Thank you …

Auf dem Weg zur Treppe wurde das seltsame, aus der Halle dringende Licht stärker, es wippte wie eine Wasseroberfläche, und er tippte auf Kerzen, von der Treppe aus erblickte er wirklich einen vielarmigen Leuchter auf einem langen Esstisch, an den gut und gern zwei Dutzend Gäste passten. Doch es war keiner da, und die zwei Gedecke am Kopfende des Tisches nahmen sich fast verloren aus. Auch das Orchester fehlte, vertreten wurde es von einer perfekten Quadrophonie aus unsichtbaren Quellen. Er konnte nicht einmal anfangen, darüber nachzudenken, was weiter passieren würde, als er ihre Stimme vernahm.

»Leo!« Er drehte sich langsam um und hörte sie erneut aus einem anderen Lautsprecher. »Die beleuchtete Tür an der Kopfseite des Tisches!« Er trat ein und fand sich in einem kleinen Zimmer wieder, das wahrscheinlich als Zubereitungsraum diente, dann erstarrte er, als er in der nächsten Tür – um Gottes willen … – den Tod erblickte! Erst dann erkannte er die Frau, die sich Fürstin nannte und es wahrscheinlich auch war. Ihr Gesicht war weiß, darüber thronte ein weißer Turban, darunter ein weißes Gewand und weiße Schlappen, statt einer Sense hielt sie einen Berg Teig in der Hand, den sie in den Kopf eines Gerätes stopfte, aus dem unten Spaghetti herauskamen.

»Du wirst sicher verstehen«, sagte Giulietta, »dass ich mich deinetwegen hier nicht herausstaffiere, weil ich außerdem auch gar nicht weiß, wie lange du zu bleiben gedenkst. Und warum hast du dich so herausgeputzt?«

»Ich dachte, dass Ihr …, dass dein Anwalt bleibt …«

»Giorgio ist schon in Rom, entschuldige, dass ich es dir nicht gesagt habe. Dann leg zumindest die Krawatte ab!«

Damit brachte sie ihn vollends auf. »Warum? Ich bin doch zu Besuch!«

»Du hast recht, als Regisseurin habe ich versagt, es gilt also, was in ähnlichen Situationen auch auf der Bühne gilt, rette sich jeder auf seinem Brett!« Sie lachte, warf die Teigwaren in kochendes Wasser und schnitt Knoblauchzehen in dünne Scheiben.

»Kennst du das?«

»Was …?«

»Spaghetti aglio olio e peperoncino?«

»Nein …«

»Auf Öl mit Knoblauch und Chilischoten. Einfach genial wie eine Schubkarre oder ein Dreieck, hätte mein erster Mann gesagt. Du kannst den Wein dekantieren.«

»De… was …?«
»Die Flasche aufmachen und in eine Karaffe umgießen, damit er atmen kann, das ist ein sehr alter Jahrgang.« Mit dem Messer legte sie die Knoblauchscheiben in eine tiefe Pfanne mit heißem Öl. Er wusste nicht, was er mit diesem seltsamen Gerät anfangen sollte, das sie ihm reichte. Sie bemerkte das und machte einen Abstecher von der Pfanne zu ihm.
»Gib her!!« Sie bediente den Metallhebel und öffnete blitzschnell die Flasche, kehrte zur Pfanne zurück und legte auch noch die geschnittenen Peperoncini hinein. Er goss den Wein um, betrachtete die supermoderne Küche mit den vielen Bildschirmen, die den Bereich vor der Villa, den Eingangsbereich unterhalb der Treppe und die Halle kontrollierten, deshalb hatte sie ihn gesehen, als er heruntergekommen war, dennoch wunderte er sich.
»Du hast gesagt, Peppinos Frau koche für dich …«
»Wenn ich etwas selbst machen kann, brauche ich kein Personal. Deshalb wohnt sie in der Stadt, und mich beschützt dann hier eure allmächtige Technik.«
Geschickt goss sie die Spaghetti über einem Sieb ab und befreite sie durch Schütteln von allem Wasser, dann gab sie diese in die Pfanne zu dem sich braun färbenden Knoblauch, warf fein geschnittene Petersilie hinein, rührte um und stellte die Pfanne zur Seite.
»Finito! Hol den Tomatensalat aus dem Kühlschrank und stell ihn zusammen mit dem Wein auf den Tisch!«
Die weiße Maske ließ sie auch während des Essens auf dem Gesicht, »weißt du, die dauert so lange, dass ich sie mir für die Nacht machen wollte, noch bevor ich etwas trinke, ich hoffe, das stört dich nicht.«

»Nein. Aber das nächste Mal sag mir Bescheid, ich biete dir auch gern einen ähnlich reizenden Anblick!«

Die Antwort gefiel ihr offensichtlich. Er hatte fürchterlichen Hunger, und das Essen mit dem frisch geriebenen Parmesan war vorzüglich, somit blieb von dem scheinbar unbezwinglichen Haufen Spaghetti in der erhabenen Schüssel nur eine kleine Portion übrig, die er dort nur ungern zurückließ, weil er einmal gelesen hatte, dies verlange der Anstand.

Giulietta forderte ihn auf: »Na, das kannst du doch aufessen! Ich koche genauso gut, wie ich tanze, stimmt's? Aber ganz sicher kann ich mich am besten selbst loben.« Darauf überraschte sie ihn mit einer Frage, die er von ihr nicht erwartet hatte. »Kann ich mir eine anzünden?«

»Sie sind … du bist doch zu Hause …«

»Aber ich habe einen Gast und dazu einen mit Krawatte.« Sie zog aus der Tasche ihres Bademantels ihr Set hervor, das goldene Futteral mit dem goldenen Feuerzeug und Bernsteinspitze, doch sie zündete sich die Zigarette an der Kerze an.

Er hatte inzwischen aufgegessen und erinnerte sich an die Aufforderung seiner Mutter: »Zu Hause bist du nicht in der Gaststätte, also räume mit ab.« »Kann ich das abtragen …?«

»Danke, aber erst nachher. Jetzt reden wir, wie mein Vater zu sagen pflegte, Tacheles.«

»Was ist das?«

»Das heißt auf Jiddisch ›ganz direkt‹. Aber zuerst gieß uns nach!«

Er tat es so, wie er es in den Gaststätten gesehen hatte, mit einer Hand auf dem Rücken.

»Warum hast du deine Hand auf dem Rücken?«

»Das macht man doch so, oder …?«

»Ja, aber weißt du auch, warum?«
»Eigentlich nicht …«
»Das ist ein Gruß aus dem Mittelalter von den italienischen Borgias. Damit ihnen die Diener nicht mit der anderen Hand Gift ins Glas schütteten.« Sie führte ihm das vor, indem sie mit beiden Händen über seinem Pokal das Öffnen ihres großen Ringes andeutete. Doch sofort kehrte sie zum Thema zurück.
»Du wohnst immer noch zu Hause?«
»Ja …«
»Was für ein Verhältnis hast du eigentlich zu deinen Eltern?«
»Nicht so toll.«
»Warum?«
Er hatte keinen Grund, sie anzulügen.
»Sie halten mich für faul, vielleicht zu Recht.« Er erkannte, dass ihr diese Offenheit gefiel. Sie fragte ihn weiter aus.
»Und eine Freundin?«
»Was für eine …?«
»Du hast keine Freundin?«
»Ich hatte eine. Eine gewisse Adriena. Nach drei Jahren hat sie sich im letzten Winter von mir getrennt.«
»Warum?«
»Sie hielt mich für faul.«
Sie lachte, wurde dann aber gleich wieder ernst.
»Wenn du wirklich damit aufhören willst, Leo, dann bietet dir Giorgio, mein Anwalt, in Vertretung meiner Person einen Vertrag für ein Jahr an. Die Villa ist, so wie es die Versicherung verlangt, voll mit Elektronik, bei der sich nicht mal mehr die Firma auskennt, die sie mir geliefert hat. Du haftest dafür, dass alles läuft, und hast dabei die unangenehme Pflicht

von zwei Milongas pro Woche. Dafür garantiert dir Giorgios Kanzlei vertraglich die Gästesuite, Verpflegung, einen kleinen Dienstwagen, einen Italienisch-Intensivkurs, einen Intensivkurs Gesellschafts- sowie Kunstgeschichte und ein Taschengeld von eintausend Euro pro Monat. Hältst du ein Jahr durch, kannst du das Auto behalten, ansonsten kannst du natürlich jederzeit abbrechen und nach Hause zurückkehren. Die einzige und für dich möglicherweise harte Bedingung ist, dass du im Laufe dieses Jahres nicht nach Prag zurückkehrst und auch niemanden hierher einlädst, um nicht an Tempo zu verlieren, das du vorlegen musst, um alles zu schaffen. Also?«

Als er verblüfft schwieg, erhob sie den Pokal mit dem Rest Wein und stand auf.

»Trinken wir auf … wie es Geschäftsleute zu sagen pflegen, auf unseren Deal?« Er stand automatisch auch auf, es fehlten ihm die Worte. Aber sie wollte sie hören.

»Und jetzt mal ehrlich, Leo: frei von der Leber weg, ja oder nein?« Darüber musste man nicht nachdenken.

»Ja …« Sie stieß mit ihm an und trank ganz aus. Nachdem auch er das getan hatte, nahm sie ihm das Glas aus der Hand, stellte es auf den Tisch und küsste ihn auf die Wangen wie ihren Piloten. Erst danach war er in der Lage, das auszusprechen, was ihm auf der Zunge lag.

»Und warum ich …?«

Sie zuckte mit den Achseln. »Du warst zur rechten Zeit am rechten Ort. Aber jetzt pass gut auf, jetzt zeige ich dir das größte Geheimnis des Hauses. Schau unter die Tischplatte!«

Er gehorchte, doch er sah nichts. Sie half ihm. »Siehst du dort den Absatz?« Den sah er.

»Ja …«

»Das ist ein Schalter. So ähnliche findest du auch in der Küche und in allen anderen Räumen. Drück mal drauf!« Wieder gehorchte er.
»Und was passiert jetzt?«
»In fünf Minuten wird man dich verhaften.«
»Wer …?«
»Zuerst kommt die Security, und die rufen die Carabinieri, damit sie dich mitnehmen wie einen Räuber.« Er verstand, dass dies die Beschreibung der Operation war.
»Also, wenn man das einschaltet …«
»Das ist immer eingeschaltet.«
»Warte … das heißt, die Operation läuft auch jetzt?«
»Natürlich. In ein paar Augenblicken sind sie da.« Das verwirrte ihn noch mehr.
»Aber warum willst du mich verhaften lassen??«
»Ich will das nicht. Einmal pro Monat wird stichprobenartig die Anlage kontrolliert, warum also nicht heute? Wenn die Sheriffs das richtige Passwort hören, fahren sie sofort wieder zurück.« Da nahte auch wirklich schon eine Fahrzeugsirene, und in der Nähe der Villa bremste scharf ein Wagen. Giulietta hob den Finger, als führte sie ihm etwas vor. Als die Klingel ertönte, meldete sich aus einer versteckten Lautsprecherbox das Haustelefon.
»Principessa Mortadini?« Sie sprach in ein unsichtbares Mikrofon.
»Pronto.«
»Irgendein Problem?«
»Nein, uns geht es sehr gut.«
»Grazie, signora. Buona notte.« Man hörte, wie der Wagen anfuhr und sich von der Villa entfernte. Nun erklärte sie es ihm zu Ende.

»Das ist das Passwort. Wenn jemand von denen, die im Haus sind, beispielsweise unter Pistolenzwang etwas anderes sagen würde wie ›Nein!‹ oder ›Das war ein Irrtum!‹ oder ›Übungsalarm!‹, dann holen sie sofort die Carabinieri, und das Haus ist innerhalb von drei Minuten umstellt. Damit bist du also aufgenommen und jetzt lass mich bitte für heute in Ruhe. Gute Nacht und träum was Schönes, was du zuerst in einem fremden Bett träumst, so pflegte meine Mutter zu sagen, geht in Erfüllung!«

Er ging in die obere Wohnung, zog sich aus, legte sich ins Bett, ohne an ein Bad zu denken, und wiederholte nur ständig in halbtrunkenem Zustand: »Schlaf nicht ein, Leo, schlaf nicht gleich ein, damit dieses Trugbild noch eine Weile Bestand hat, du wachst wieder in deinem alten Zimmer und in der alten Scheiße auf …!«

VII. Der Brief

»Liebe Mama, ich schicke diesen Brief gerade an dich, weil du ihn dir am meisten verdienst, aber auch aus einem anderen Grund, den ich dir später erkläre. Es ist wirklich schon lange her, dass ich dir keine Freude mehr bereitet habe, eher im Gegenteil, umso mehr möchte ich das heute wiedergutmachen. Ich kann dir nämlich endlich beweisen, dass der Tangoausrutscher, der dir so unter meinem Niveau erschienen ist, mir geholfen hat, auf ein solches zu gelangen, von dem du und ich nicht zu träumen gewagt haben. Gerade habe ich in einer italienischen Anwaltskanzlei mit Sitz in Rom einen Jahresvertrag in meinem ursprünglichen Fach als Programmierer für elektronische Anlagen unterschrieben. Mein Anfangsgehalt ist bisher nicht berauschend, weil man abwarten will, wie ich mich bewähre. Dazu gehört aber eine ganze Reihe toller sog. Benefits, zum Beispiel eine super Wohnung einschließlich Verpflegung, eine Grundausstattung, ein Dienstwagen, Diäten und vor allem Intensivkurse für Italienisch und andere allgemeine Kenntnisse, die ich hier brauchen werde. Dafür musste ich unterschreiben, dass ich ein ganzes Jahr in Italien bleibe, damit mich hier nichts unnötig ablenkt. Jetzt aber kommt die Hauptsache: Richte dir (allein!) ein Konto bei einer beliebigen Prager Bank ein (such dir eine aus, die möglichst nahe liegt, überall wird man dich gern beraten), auf das ich dir jeden Monat 400 Euro schicken werde, das sind umgerechnet etwa 10 000 Kronen. Im ersten Jahr sind das 120 000 Kronen, das heißt, davon kannst du dann schnell bezahlen, was mir Věra borgte und was ich Papa und dir an Miete für mein Zimmer schulde, welches ich auch weiterhin bezahlen will, auch wenn ich nicht da bin. Außerdem wirst du dich jeden Monat davon überzeugen können, dass ich dich nicht täusche. Ich bin total glücklich, und deshalb freue ich mich auf alles so wie damals an der Hochschule! Mama, ich habe an dich eine einzige, aber sehr wichtige Bitte: Erzähl außer Papa niemandem, aber wirklich niemandem, also auch nicht meinen geschwätzigen Schwestern, wo ich mich wirklich aufhalte, deshalb schickt diesen Brief die Kanzlei über eine andere in der Schweiz ab, damit mich die italienische Briefmarke nicht verrät. Das gilt vor allem, wenn jemand Fremdes nach mir fragen sollte, du weißt, wen ich meine. Ich will nicht riskieren, dass mir hier jemand von denen einen Besuch abstattet, und beschützen kannst du mich nur, indem du zu meiner Verbündeten wirst. Beruhige Papa, dass es mir gut geht und weiterhin gehen wird, und meinen Schwestern richte aus, dass ich, sobald ich kann, ihren ganzen Zirkus zu einem ordentlichen Urlaub ans Meer einladen werde (sicherheitshalber zum Beispiel in die Türkei). Grüß auch Robert (aber rede mit ihm auch nur über die Schweiz)!! Liebe Mama, ich sende dir als Vorauszahlung einen dicken Kuss und warte auf die Kontonummer, damit dann schnell das Geld folgen kann. Leo, der wieder einmal dein kleiner Löwe sein will.

P. S.: Meine Adresse auf dem beigefügten Zettel verstecke bitte so, dass sie garantiert niemand findet!«

KOLLISION

Kap. VIII.–IX.

VIII. Giulietta

Als genau ein Jahr und einen Tag nach Viktors Tod der Fürst – auch hierin ein echter Adeliger –, Senator und General der Reserve der italienischen Armee, Vittorio Mortadini, förmlich um ihre Hand anhielt, war jemand anwesend, den sie bisher nur vom Hörensagen als seinen Rechtsanwalt kannte. Erst bei diesem denkwürdigen Anlass stellte sie fest, dass dieser ebenso große, schlanke und sehr ansehnliche Mann trotz des deutlichen Altersunterschieds Vittorios bester Freund war. Der Senator reiste damals mit dem Präsidenten der Republik zu Staatsbesuchen in Länder Südamerikas und stellte ihr Giorgio mit einer sonderbaren Mission vor.

»Doktor Guido kennt mich besser als ich mich selbst, denn er hat den nötigen Abstand, zu dem ich logischerweise nicht in der Lage bin. Ich habe es nicht für notwendig erachtet, Sie«, der Fürst hörte erst eine Stunde vor seinem Tode auf, sie zu siezen, »mit meiner Person zu belästigen, solange Sie den Verlust Ihres Mannes noch nicht verarbeitet haben und alle Energie benötigten, Emigration und Karriere zu bewältigen. Jetzt allerdings wäre ich froh, wenn Sie den Menschen, der sich Ihnen für den Rest des Lebens andient, ordentlich kennenlernten, weil Sie auch seine Vergangenheit übernehmen sollen. Mein größtes und stetes Problem wäre dann auch Ihres, deshalb hören Sie also bitte Giorgio während meiner Abwesenheit an und denken Sie darüber nach, ob Sie diese Bürde mit mir tragen wollen.«

Vittorio war damals etwas über sechzig gewesen, sein Anwalt etwas jünger als sie, deshalb wunderte sie sich, wie er ihr in einem Leben, das doppelt so lang war wie seines, Begleiter sein konnte. Ehe sie erfuhr, dass er der Sohn von Vittorios Busenfreund, ebenfalls Anwalt, war. Bereits als Jurastudent hatte er in der Kanzlei seines Vaters ausgeholfen und war nach dessen plötzlichem Tod erwachsen und erfahren genug, um alle Sachen allein weiterzuführen. Von ihm hörte sie dann erstmals den Namen Curzio Malaparte und erfuhr, dass dieser für die moderne italienische Geschichte ebenso bedeutsam war wie für die tschechischen Schriftsteller in Uniform František Langer oder Rudolf Medek. Vorher aber überschüttete er sie buchstäblich mit der Familiensaga des Geschlechts Mortadini.

Die wichtigste der vielen Generationen an Vorfahren spielte im Ringen der Italiener um einen einheitlichen Staat und gegen die Habsburger eine bedeutende Rolle. Gerade Ernesto Mortadini hatte die Ausstattung und Ausrüstung des mittelitalienischen Militärkontingents bezahlt, das die Piemontesen in der entscheidenden Schlacht bei Solferino am 24. Juni 1859 verstärkte. An der Spitze seiner Männer griff er den Hügel San Martino an, die stärkste Position der österreichischen Verteidigung, die erfolgreich von Benedek kommandiert wurde, der jedoch am Abend den Befehl erhielt, sich zurückzuziehen, denn die Franzosen hatten ihre Flanken durchbrochen. In einem schrecklichen Gemetzel, bei dem fast alle Angreifer fielen, riss eine Granate Ernesto die rechte Hand und den rechten Fuß ab, was bedeutete, dass er nie wieder richtig stehen und schreiben konnte, doch gerade deshalb wurde er zu einer Legende.

»Eine umso größere Schande«, erzählte Doktor Guido weiter, »fuhr dann sein älterer Bruder ein, der ursprünglich das Oberhaupt des Geschlechts hatte sein sollen, ehe er nach der Schlacht bei Solferino den Spitznamen ›Il conte sotto il ponte‹, erhielt, also in etwa ›Fürst unter der Brücke‹, weil er unter einer dortigen die gesamte Schlacht verbrachte!« Der erschütterte Vater bestimmte daraufhin Ernesto zu seinem Nachfolger, dessen Geschlecht die Herzen der Nachfahren auch während des Ersten Weltkrieges aufrüttelte, als die zwei älteren seiner drei Söhne am Piave fielen, worauf der Fürstentitel auf Vittorios Vater Flavio überging.
Auch er hatte drei Söhne, Vittorio war der Älteste, also auch der nächste Prinz und der Familientradition zufolge auch Offizier, der noch im selben Krieg das Kriegskreuz und eine Tapferkeitsmedaille verliehen bekam. Seine zwei jüngeren Brüder Antonio und Albert studierten – vorgeblich das Fach der Snobs – Kunstgeschichte, doch in Wirklichkeit verprassten sie den Reichtum der Familie und genossen ausgiebig die gesellschaftliche Stellung. »Als junge Dandys«, setzte Doktor Guido fort, »verfielen sie sofort der neuen Mode der oberen Zehntausend von Rom, dem Faschismus und seinem Anführer, Benito Amilcare Andrea Mussolini, ebenfalls Held des Ersten Weltkrieges, er erschien ihnen als die neue Verkörperung Cäsars. Die Korruptheit der Nachkriegsregierungen, die den Staat trotz des Sieges im Krieg zu einem vom Elend geschlagenen Land machten, bewirkte, dass auch der junge Vittorio an den ›Duce‹ Mussolini glaubte und sich an seinem Marsch auf Rom beteiligte, der zur Machtübernahme führte. Dabei faszinierte ihn aber mehr als der Duce ein charismatischer junger Mann, bereits von den Sternen auserko-

ren, zu seinem Schicksal zu werden, denn sein astraler Zwilling war am selben Tag wie er zur Welt gekommen, am neunten Juni achtzehnhundertachtundneunzig: Kurt Erich Suckert.«

Der Erzähler entwickelte nun die Geschichte eines weiteren jungen Mannes, der Mussolini nicht nur öffentlich unterstützte, sondern auch beim Wort nahm, ihn öffentlich an unerfüllte Versprechen erinnerte, deshalb fiel er beim herrschenden Regime abwechselnd in Gnade oder Ungnade, wurde ausgezeichnet oder kritisiert, einmal sogar auf eine Sträflingsinsel deportiert. Vittorio übernahm sehr bald seine Sichtweise, und so distanzierte er sich immer mehr vom Faschismus. Kurts goldene Ära war gekommen, als er als italienischer Kriegskorrespondent die Fronten und das von den Deutschen besetzte Hinterland besuchen konnte und darüber geniale Reportagen schrieb, die einzigen, die den Zweiten Weltkrieg ehrlich beschreiben, wie ihn der Verfasser auf der Seite der Aggressoren sah. Das Buch »Kaputt«, nun schon unter dem Pseudonym Curzio Malaparte erschienen, las Julia kurz nach diesem Gespräch an einem Tag und in einer Nacht und bekam dann einige Bilder nie mehr aus dem Kopf, so die Hunderte von Pferden, die beim Angriff der sowjetischen Kavallerie auf die Karelische Landenge im Winterkrieg gegen die Finnen erfroren waren oder die Körbe mit Perlen, derer sich ihm, einem verbündeten italienischen Journalisten gegenüber, der kroatische Poglavnik Ante Pavelič brüstete: »Da haben mir meine getreuen Ustaschen zehntausend serbische Augen geschenkt.«

»Die unmenschlichen Gräuel an Zivilisten«, fuhr Doktor Guido fort, »riefen ganz selbstverständlich eines Tages einen Kurzschluss hervor, somit wechselte der Militärkorrespondent heimlich die Fronten und knüpfte über das neutrale Schweden Kontakte zwischen den Briten und dem italienischen Widerstand, der den Übertritt Italiens von der ›Achse‹ Berlin-Rom-Tokio auf die Seite der Alliierten vorbereitete. Er flog jedoch auf und wurde nach Rom gebracht, wo ihm die sichere Hinrichtung drohte, doch damals schaltete sich Ihr künftiger Mann in den Kampf ein.« Vittorio, der schon lange den Widerstand unterstützt hatte, besorgte sich dank seinem Namen und dem Grad eines Obersts der Reserve Zugang zu dem Gefängnis, holte seinen Freund mit Hilfe von Wachleuten heraus und ging zusammen mit ihm in die Illegalität. Während sich Curzio Malaparte in Neapel versteckt hielt, wo er den Rückzug der Deutschen erlebte, als Verbindungsoffizier der neuen Armee eine Cholera-Epidemie, aber auch einen Ausbruch des Vesuvs überlebte und darüber ein weiteres spannendes Buch schrieb, befehligte Vittorio im Norden des Landes eine Partisaneneinheit, der sich auch Kommunisten anschlossen. Dies nutzten seine beiden Brüder sofort dazu, mit einer Beschuldigung wegen Hochverrats bei den faschistischen Richtern die Übertragung des Titels und des Vermögens auf den mittleren Bruder Antonio zu erwirken. Berauscht von dieser Chance übersahen sie anscheinend vollständig, dass das Regime in den letzten Zügen lag.

»Ihr künftiger Mann«, erzählte Doktor Guido weiter, »hatte das problematische Glück, dass gerade seine Partisanen Mussolini erkannten, der sich als Flakkanonier verkleidet hatte. Ehe er die Sicherheit von Gefangenen für einen ordnungsgemäßen Prozess erwirken konnte, erschoss sein kommunistischer Stellvertreter den Duce und dessen Geliebte Clara Petacci und ließ ihre Leichname an den Beinen vor den Ruinen einer Tankstelle in Mailand aufhängen, was die hiesige Rechte Vittorio bis heute nicht verziehen hat.«

Während die Nachkriegsgerichte die beiden Brüder zu echten Landesverrätern erklärten, weil sie fleißig mit dem Diktator und den Deutschen kollaboriert hatten, erhielt Vittorio zu seinem Offiziersgrad der Reserve gleichzeitig auch seine Latifundien und anderes Vermögen zurück. Die geschlagenen Nebenzweige des Geschlechts zogen sich für ein paar Jahre schweigend zurück, doch kaum waren die allgemeinen Erinnerungen an die Vergangenheit verblasst, wurden sie von immer mehr Mut erfasst, »ja, gar von Dreistigkeit!«, setzte Doktor Guido fort, »Ihr künftiger Mann sah sich ständig Angriffen und Beschuldigungen ausgesetzt, ebenso verdeckten und offenen Versuchen, das Urteil der Justiz zu revidieren, das sie als kommunistisch bezeichneten, und sie behaupteten, auch der Fürst sei ein heimlicher Kommunist. Ungewollt assistierte ihnen dabei auch Curzio Malaparte, der seine Sympathien für die Kommunisten auch dadurch offen demonstrierte, dass er sein herrliches Haus auf Capri der Volksrepublik China vermachte. Die einzige langjährige Liebe Ihres künftigen Mannes war seit seiner Kindheit Lucrezia Gamba, auch eine herausragende Tänzerin, gnädige Frau, die jedoch Ihre Meisterschaft nicht erreichte. Kurz vor der Hochzeit kam sie bei einem Autounfall ums Leben, der Fürst blieb ledig und kinderlos, deshalb hatten die Brüder bis jetzt auch immer noch die Hoffnung, dass jemand aus ihrer Familie, wenn schon nicht das Vermögen, dann zumindest den Fürstentitel erben würde. Die Heirat mit Ihnen macht diese praktisch zunichte, weswegen Sie jetzt zum Erzfeind beider Clans werden. Das hat mein treuer Mentor gemeint, als er mich bat, Ihnen in seiner Abwesenheit diese Geschichte zu erzählen, damit Sie sich frei entscheiden können, ob Sie bereit sind, einen Weg einzuschlagen, der sicher keinem Spaziergang durch einen Rosengarten gleicht, sondern eher einem Kreuzweg«, beendete Doktor Guido seinen langen Vortrag in der Halle der Familienvilla, in die Julia taktvoll erst ein Jahr und einen Tag nach Viktors Tod zum ersten Male eingeladen worden war, als der Fürst zum Präsidenten der Republik gereist war, um gleich nach dem Heiratsantrag die Gründe dafür zu hören, warum sie ihn ausschlagen konnte.

Sie liebte Vittorio schon lange, und sie hätte alles getan, um ihn nicht zu verlieren. Sie entschloss sich sofort, und Doktor Guido erreichte den Fürsten noch telefonisch im Flughafensalon, der schon Kennedy, Churchill, Hitler, den Duce und den König gesehen hatte, so konnte sie ihm ihr Jawort auf die Reise mitgeben, und das vor Zeugen; seinem schönen Anwalt und seiner molligen Wirtschafterin, die gerade Eis brachte und es mit Tränen salzte.

An diesen Nachmittag dachte sie noch oft, wenn sich die Warnung bestätigte, und später musste sie dem Neid und Hass allein trotzen. Doch auch dann erhielt sie glücklicherweise wirkungsvolle Hilfe von Doktor Guido, der mit ihr alt wurde, und so erlebte sie seine Hochzeit, als Vittorio sein Trauzeuge war, sie wurde Patin einer Tochter Lucia, sie begleitete ihn, selbst schon Witwe, zur Beerdigung seiner Frau, die an Leukämie gestorben war, und all dies dauerte so lange, bis sie feststellte, dass er zu ihrer dritten und höchstwahrscheinlich auch letzten Liebe geworden war. Auch jetzt kam sie nicht umhin, daran zu denken, als sie in seinem Arbeitszimmer in Rom ihre Vorstellung von der Lösung ihres ernstesten Problems vortrug und Giorgio sich schwungvoll aus seinem Ledersessel erhob, eine Schachtel mit kubanischen Zigarren öffnete und sich zeremoniell eine davon ansteckte, wie immer vor einer schwerwiegenden Entscheidung. Erst nachdem er den Rauch ausgestoßen hatte, kam er zurück und fragte sie.

»Verstehe ich dich recht, mia cara?«

»Das weiß ich nicht, caro mio.«

»Verstehe ich dich richtig, dass du ihn adoptieren willst?«

»Und verstehe ich dich, dass du dies, wie mein erster Mann zu sagen pflegte, für eine Ziegenidee hältst?«

»Nein … überhaupt nicht …«

Sie verlieh ihrer Absicht Gewicht.

»Vittorio hat mich geheiratet, obwohl er wusste, dass ich keine Kinder haben kann. Und seine Verwandten hat er rechtsgültig auf immer enterbt, weil sie Faschisten waren und geblieben sind. Also bleiben nur noch zwei Möglichkeiten, Giorgio: Entweder schluckt alles bis auf den Titel der italienische Staat, wenn ich nicht mehr bin, oder es erbt alles mein Adoptivsohn Leo Nerad, ein ehemaliger Faulpelz aus Prag, doch jetzt ein anständiger und gebildeter Mann und ein Ass in seinem Beruf, der Italienisch in Wort und Schrift beherrscht, wie ein kleiner Gott Tango tanzt und hier auch schon eine ernste Bekanntschaft hat!«

»Ich denke, mia cara, das ist überhaupt keine Idee, die nur dem Hirn einer Ziege entstammen kann!«

Sie zog aus ihrer bodenlosen Handtasche eine Akte hervor.

»Seine Papiere. Lass das bitte vorbereiten, ich werde ihn überraschen, wenn er zurückkommt, zum ersten Jubiläum des Tages, an dem ich ihn aus der Moldau gefischt habe!«

»Ich werde das sofort Lucia geben!«

Er bediente einen Knopf, und ein paar Sekunden später war sie da. Freudig beugte sie sich herab, um Giulietta einen Kuss zu geben.
»Du wirst immer jünger!«
»Ja, dein Vater wird mich bald entmündigen lassen, weil ich so kindisch bin!« Giorgio gab seiner Tochter die Dokumente. »Bereite das bitte zur Adoption vor, Lucia!«
»Leo?«
»Ja.«
»Ein toller Junge, eine tolle Idee. Hätte ich eine Tochter, würde ich sie ihm aufzwingen!« Giulietta hatte sich schon erhoben. Er fragte: »Wohin fährst du?«
»Die Scala hat mich wieder einmal zu einer Premiere eingeladen.«
»Was spielen die?«
»Den ›Nussknacker‹. Die Columbine war meine Glanznummer.«
»Ich weiß. Vittorio hat immer davon geschwärmt! Nimmst du Leo mit?« Es klang etwas nostalgisch, und sie war froh, dass sie ihn sofort würde erfreuen können.
»Nein doch. Dich!« Lucia klatschte Beifall.

IX. Leo

Leo wartete auf den Anruf, wartete und konnte es nicht abwarten. Er saß unter einem Sonnenschirm in einem durchsichtigen Laminatsessel an dem kleinen Tisch mit demselben Design, vor sich das Handy, ein Glas Cola mit schmelzendem Eis und die »Kleine Enzyklopädie der klassischen Malerei«, doch jedes Mal wanderten seine Augen ruhelos umher, wenn er an Carla dachte, die gestern nach zehn Tagen aus Sizilien, wo sie ihre Eltern besucht hatte, nach Rom zurückgekehrt war. Er hatte sich mit dem Lehrmaterial auf der Terrasse niedergelassen, unter der schon die gewienerte Limousine blitzte, damit er sich von Julia verabschieden konnte. Aus dem Haus drangen ständig Schritte und Stimmen, und seine Sehnsucht nach Carla wurde in der Hitze gnädig von der südlichen Siesta betäubt, die er als kleiner Junge in Bulgarien nicht verstehen konnte. So ein armes Land, dachte damals das Kind aus Tschechien, wo jede freie Minute durch Schwarzarbeit oder irgendeine Bastelei ausgefüllt wurde, und die Bulgaren machen mittags fast drei Stunden gar nichts. Hier war er schon längst darauf gekommen, dass die Mittagspause im Schatten Körper und Geist zuträglich war, die Arbeit schaffte man spielend mit dem Sonnenuntergang. Sein intelligenter Sessel reagierte schon auf schwachen Druck und schaukelte so, dass er fast darin lag. La dolce vita! lobte er im Geiste diesen Zustand der Glückseligkeit.

Sein ganzes Leben in Tschechien hatte ihn das Gefühl nicht verlassen, in die denkbar blödeste Zeit hineingeboren worden zu sein. Seine Kindheit war fürchterlich langweilig gewesen, nur voller Gekreisch seiner unerträglichen kleinen Schwestern, und somit freute er sich das ganze Jahr auf die Welt, in die ihn das alte Auto der Marke Moskwitsch mit einem Anhänger voller Fleisch- und Bierkonserven trug. Die Welt, in die man drei Tage und zwei Nächte bei sengender Hitze fuhr, hatte die Form eines bulgarischen Fischerdorfes, wo sie sich ein kleines, mit Betten vollgestelltes Zimmer bei einer Familie mieteten, die für den Sommer in den Keller gezogen war, dann verbrachten sie die Tage an der Küste, wo der Vater Kreuzworträtsel löste, die Mutter Pullover für den Winter strickte und die Mädchen Sandburgen bauten. Er watete durch gluckernde Zungen Salzwasser und beneidete die Jungen des Ortes, dass sie mit ihren Vätern zum Sardinenfang fahren durften. Am Ufer gab es fast so viele Soldaten wie Fischer, diese wachten, mit Gewehr und Fernglas bewaffnet, Tag und Nacht sorgfältig darüber, dass kein Tourist aus den Bruderländern in die Türkei wegschwamm. Manchmal zertrat er seinen Schwestern eine Burg und bekam von dem einen oder anderen Elternteil, das gerade in der Nähe war, eine Ohrfeige. Wenn sie die letzte Konserve aufgegessen hatten, nahmen sie ihre Benzinkanister, füllten den Tank und fuhren drei Tage und zwei Nächte bei sengender Hitze zurück.

Bald darauf freute er sich auf die Jungen Pioniere, die alle an den roten Halstüchern zu erkennen waren und zusammen ins Ferienlager fuhren. Als die Eltern ihm das verboten, weil er ihnen keine Schande machen solle, da »alle Pioniere Kommunisten« seien, musste er weinen; es war, soweit er sich erinnern konnte, das letzte Mal in seinem Leben. Er verstand das umso weniger, weil auch sein Vater bei den Kommunisten war, der mit ihnen auf Festumzüge ging, doch die Mutter sagte, er solle sich nicht darum kümmern, denn das könne er noch nicht verstehen, doch eines Tages werde er dem Vater noch mal dankbar sein. Wenig später erlebte er zum ersten und zum letzten Mal, dass etwas passierte, als sein Vater an einem Hochspannungsmast den Karabinerhaken falsch einhängte und schwer verunglückte. Gerade in diesen Tagen lief bei ihm zu Hause ständig der Fernseher, wurde immer aufgeregt geredet und gesungen. Die gesamte Woche über, bis sich bestätigt hatte, dass der Vater überleben würde, ging er nicht zur Schule, sondern kümmerte sich vor allem um die Schwestern und passte auf die Mutter auf, damit sie sich aus Verzweiflung nicht selbst noch etwas antat. In diesen wenigen Tagen veränderte sich das gesamte Leben in Prag und nach dem, was die Nachrichten berichteten, auch im ganzen Land von Grund auf, nur Leo verstand überhaupt nichts, und wieso die Kommunisten plötzlich Verbrecher waren, aber so wie vorher in der Regierung saßen. Doch er fragte nicht weiter nach, weil ihn die Schule voll beanspruchte, und anschließend auch die Pubertät, die aber seltsamerweise nicht das Gefühl in ihm übertönte, dass es wichtiger war, die richtige Richtung im Leben zu erkennen, als unbedingt eine Freundin zu haben.

Bald verstand er seinen grundlegenden Nachteil: er stammte nicht aus einer Intellektuellenfamilie, wo viele Informationen in die Nachkommen einfach so hineinpurzeln ähnlich wie die Muttersprache, ohne dass man sich bemühen musste, diese zu lernen. Doch er entdeckte seinen großen Vorteil: was zu

Hause in ihn hineinpurzelte, das war der Instinkt der einfachen Menschen, denen niemand etwas vermacht oder geschenkt hatte und die somit schon die Fähigkeit in den Genen trugen, sich bei allem selbst zu behelfen. Ohne darüber mit dem Vater gesprochen zu haben, verstand er nachträglich auch dessen langjährige Mitgliedschaft in der kommunistischen Partei als Schutzverfärbung eines ständig bedrohten Geschöpfs, wann immer es unfehlbar spürt, dass die aussterbenden Raubtiere durch frische ersetzt werden, die beispielsweise eben die roten Halstücher der Pioniere hassten. Die Welt des armen Fischerdorfes wurde schon nach zwei Ausflügen von den leuchtenden Metropolen des Westens ersetzt, in die er gierig mit Billiganbietern reiste, um bald festzustellen, dass er, ein Junge ohne familiäres Umfeld, ohne einflussreiche Bekannte und, wie er sich mit Neid, aber auch mit Erleichterung eingestand, ohne kriminelle Energie, sich nur selbst am eigenen Schopfe auf ihr Niveau heraufziehen konnte.

Seine Jungfräulichkeit verlor er mit siebzehn fast wie ein leeres Portemonnaie bei einer Autofahrerin, die nicht mehr die Jüngste war und die ihn als Tramper aus Wien mitgenommen hatte, unterwegs war sie plötzlich zur Vranov-Talsperre abgebogen und hatte ihn nach einem leidenschaftlichen Halt im Wald kurz vor Jihlava ausgesetzt, wohin sie ihrem Mann und ihren Kindern den Einkauf von Meinl brachte; Leo gab sie zusammen mit dem letzten Kuss eine dicke Tafel Schokolade. Ohne es zu ahnen, machte sie sich darum verdient, dass die Jahre sich steigernder Spannung nach diesem flüchtigen Zeitvertreib auf einmal dahin waren und er sich voll dem Studium widmete. Im Lernen sah er die einzige Möglichkeit, wie er sein grundlegendes Kapital erwerben konnte, wenn schon nicht für die Hosentaschen, dann zumindest für den Kopf. Er war handwerklich geschickt und hatte ein ausgezeichnetes Gedächtnis, wenn beispielsweise der Mathelehrer bei der Ludolf'schen Zahl fünf Zehntelstellen an die Tafel schrieb und großzügig hinzusetzte, für das Leben reiche das aus, schrieb Leo sie bis zur zwanzigsten Stelle nach dem Komma aus; dafür erntete er den Applaus der Klassenkameraden und die saure Anerkennung durch den Lehrer. Er hatte Glück, dass er sich für ein Hochschulstudium entschloss, als gerade ein elektronischer Boom ausbrach und er darin richtigerweise seinen Startblock entdeckte.

Für ein paar Jahre wurde er zum anerkannten Familienoberhaupt, vor allem als er nach seinen prächtigen Zensuren in allen technischen Fächern bereits aus der ersten Firma ein noch prächtigeres Gehalt heimbrachte. Ab diesem Zeitpunkt zweifelte niemand mehr daran, dass bald die Hochzeit mit Adriena auf dem Plan stände, die er auch bei Sonnymat kennengelernt hatte, und dann klassisch schnell nacheinander ein gezeugtes Kind, ein gepflanzter Baum und ein gebautes Haus folgen würden. Er überzeugte sie überraschenderweise vom Gegenteil, als er von diesem von allen erwarteten Lebensplan von einem Tag auf den anderen abließ, weil er ihm Angst machte. Er vergegenwärtigte sich, dass er, wohin er auch blickte, bei den Eltern, den Schwestern und ihren jungen Ehemännern angefangen, erloschene Träume und zunichtegemachte Schicksale sah, bleierne Zeit, ausgebrannte Beziehungen, grenzenlose Langeweile, schleichende Vergiftung und aufgrund dessen aufquellende Wut, die in uferlosen Hass mündet, aus dem einen nur der Tod befreien kann.

»Schlaganfall des Geistes!«, nannte er dies einige Monate später in Rom, an jenem Tag, als Julia zu ihm sagte: »Gerade hast du die Sprachhürde des Italienischen überwunden!« Paradoxerweise war es ausgerechnet Robert, den ihm alle als Vorbild für Ordnung, die zum Erfolg führte, vor Augen führten, der die Weichen stellte und sein Leben auf ein Gleis brachte, das sich später als totes erweisen sollte.

»Dich könnten Milongas ernähren!«, hatte er bewundernd auf einer Firmenparty gesagt, wo Leo bei der Damenwahl mit seinen freien Kreationen beim argentinischen Tango die meisten anwesenden Frauen bezauberte, was Adriena wütend machte, die nicht gern tanzte und den Tango überhaupt nicht beherrschte; deshalb hatte sie ihn nicht aufgefordert und warf ihm dann vor, die Kolleginnen unangemessen eng an sich gedrückt zu haben. Aus dem Internet erfuhr er am nächsten Tag von der Existenz wandernder Tanzveranstaltungen und vertraglich bezahlter Partner, die von einsamen Liebhaberinnen des berühmten Tanzes angemietet werden konnten. Das erste Mal probierte er es heimlich aus Neugier und aus beleidigtem Trotz, weil Adriena aufgehört hatte, mit ihm zu kommunizieren. Von zwei Schwestern ertanzte er sich im Prager Repre ohne Umschweife viermal nacheinander dreihundert Kronen und verstand so, dass es sich um den lokalen Satz für zwei Tandas handelte, wie Serien bezeichnet wurden, die immer drei lange Tangos umfassten. Die zwei folgenden Besuche bestätigten ihm, dass das kein Zufall war, sondern eine aufkommende Art von Erwerbstätigkeit. Und dank einer der leidenschaftlichen Nachfolgerinnen machte er eine weitere wichtige Entdeckung: der Tango, wie er ihn kannte, war gerade mal gut für Cafés, denn der berühmte Tanz kannte Dutzende Variationen.

Mit Hilfe von Google suchte er sich ihre genauen Bezeichnungen, über Amazon kaufte er eine hervorragende DVD mit einem Fortgeschrittenenkurs. Er ließ sie ein paar Abende lang in seinem Zimmer laufen, bis er sie seinem Körper eingetrichtert hatte wie einst seinem Gehirn ein anständiges Stück der Ludolf'schen Zahl. Er hatte alles gerade abgespeichert, als ihn Robert mit dem Ansinnen aufbrachte, sich bei Adriena zu entschuldigen, am selben Tag dann auch noch sein Chef, der ihm vorhielt, dass er gegen das Interesse der Firma handele, weil er sich eine offensichtliche Provokation eines reichen Kunden nicht gefallen ließe. Sein Gehirn mailte ihm, dies alles habe er doch überhaupt nicht nötig, worauf Leo wütend aufstand, seine Tasche ergriff, mit der Tür knallte und aus der nächsten Kneipe bei einem Bier seine Kündigung von einer Minute auf die andere per SMS schickte. Der neue Broterwerb schien jedoch noch im Keime von dem Konflikt mit den dreien erstickt zu werden, die ihn sehr bald auf der Toilette umzingelten, ähnlich wie dann die Taxitänzer in Olmütz. An dem Abend hatte er schon doppelt so viel in der Tasche wie sie zusammen, doch er entwaffnete sie mit dem Angebot, alles in einen gemeinsamen Topf zu stecken, wenn sie ihn in ihren Kreis aufnähmen. Sie kapierten, dass sie an diesem anziehenden Schönling garantiert etwas verdienen würden, und wurden somit seine Kumpels. Diesen drei Altersgenossen verpasste er sehr bald die Sammelbezeichnung »Kamil«, wegen ihrer Vornamen Kája, Míra und Láďa. »Ich gehe mit Kamil auf ein Bier«, teilte er trotzig seiner Mutter mit, die nicht aufhörte, ihm den Weggang aus der Firma und die Trennung von ihrer Wunsch-Schwiegertochter Adriena vorzuhalten. Dann aber holte ihn eine Krise ein. Die Vorstellung, dass er die doch spürbare Differenz zwischen dem festen Gehalt mit seinen Prämien und den unregelmäßigen Einnahmen aus dem Tangogeschäft spielend durch die Kreation von Webseiten würde wettmachen können, wurde schnell von der Erkenntnis zunichte gemacht, dass der Markt offensichtlich schon übersättigt war und in der plötzlich ausgebrochenen Wirtschaftskrise die Milongas weniger wurden, auch wenn die Truppe mit Kájas Wagen wer weiß wie weit fuhr. Er täuschte weiter die erfolgreiche Tätigkeit eines privaten Unternehmers vor, weil er richtigerweise annahm, dass dies zu Hause niemand würde kontrollieren können, doch langsam blutete er finanziell aus, er war nicht in der Lage, seiner Schwester Věra das Darlehen zurückzuzahlen, und er verspätete sich bei seinen Zuschüssen zur Wohnung. An dem Tag, als ihn die Mutter einen Gigolo genannt hatte, knallte er auch noch zu Hause die Tür zu, doch er spürte bereits, dass er an der Schwelle zur schmachvollen Kapitulation stand. Dann jedoch, noch am selben Abend, trat in seinem Leben eine wundersame Wende ein, und auch ein Jahr später war es noch nicht vorbei. Die Frau, die auch er mit den Augen des Trios Kamil zuerst als ein vom Eros besessenes altes Weib betrachtet hatte, dem nur das Geld späte Liebesspielchen mit Frischfleisch ermöglichte, hatte Leo Nerad ein Leben voller Sinn eingeblasen – wie die antike Göttin Aphrodite einer Skulptur des Bildhauers Pygmalion, wie er nun von seinem Lehrer für Gesellschaftswissenschaften in Rom wusste.

Mit der Routine eines erfahrenen Trainers legte sie ihm die Latte immer ein Stück höher, sodass er immer wieder die Lust und die Kraft fand, diese zu überwinden. Fünfmal pro Woche fuhr er am Morgen nach Rom, wo ihn drei Stunden Italienisch und drei Stunden Geschichte, Kultur und Politik in englischer Sprache erwarteten. Schon im November konnte sein Lehrer, ein pensionierter Philosophieprofessor, zu seiner Muttersprache übergehen, und das war das Verdienst der trotz ihrer Jugend besten Lektorin der Sprachschule Berlitz, die außerdem auch noch außerordentlich schön war, was Leo zwang, sich vor ihr keine Blöße zu geben, im Gegenteil, er wollte sich ihr durch schnelle Fortschritte einprägen. Da ihm Julia eine reichhaltige Ausstattung an leger geschnittenen und toll fallenden Sakkos, Hosen, Hemden, T-Shirts und Schuhen bestellt hatte und er im Grunde nur seine mittäglichen Pizzen bezahlen musste, schickte er recht viel Geld nach Prag, wodurch er seine Schulden tilgen und beträchtlich zum Unterhalt der Wohnung beitragen konnte. Die staunenden Eltern kamen deshalb bereitwillig seinem dringenden Wunsch nach, niemandem seinen Aufenthaltsort mitzuteilen; ihn beruhigte ihre wiederholte Mitteilung, dass keiner danach fragte. Er versprach seinen Schwestern, im Gegenzug für ihre Verschwiegenheit könnten nach zwei Jahren ihre beiden Blödmänner und alle ihre Nachkommen mit Ferien am Meer rechnen.

Es stellte sich heraus, dass Leos Hauptjob, die Instandhaltung der Sicherheitselektronik, die monatlich von einer Firma aus Rom gewartet wurde, fiktiv war, damit Julia sein Gehalt von der Steuer absetzen konnte – »wer geringe Summen nicht achtet«, verriet sie ihm einen Grundsatz, den sie angeblich vom Fürsten geerbt hatte, »der kann nie Millionär werden!«. Sie bestätigte dies dadurch, indem sie alle Pfandflaschen in den kleinen Laden in der Stadt, der die Villa traditionell versorgte, schickte, damit man ihr diesen Obolus abzog. Für sein Gehalt sollte er also vorwiegend tanzen und vor allem lernen.

Seine Italienischlehrerin gefiel ihm vom ersten Moment an, und bald kam auch noch die Bewunderung für den ganzen Fächer von Carlas Eigenschaften und Fähigkeiten hinzu. Die Doktorandin, die die grundlegenden romanischen Sprachen einschließlich Latein beherrschte, sprach dafür kein Englisch, und so konnte er nicht mit ihr kommunizieren und schon gar nicht flirten, bevor er sich halbwegs durch das Italienische hindurchgebissen hatte. Dies spornte ihn ganz sicher an, doch sonst verstand Leo auch von selbst, dass die von Julia engagierte Lehrerin als Frau Tabu bleiben sollte. Auf die täglichen Begegnungen konnten sich deshalb beide freuen, sie waren durch nichts belastet und wurden zu einem amüsanten Wettbewerb, bei dem ihn Carla am meisten dadurch herausforderte, dass sie sich gleichzeitig im Tschechischen orientierte.
Im Herbst konnte er schon anständig mit ihr in ihrer Muttersprache sprechen, und so erfuhr er schrittweise, dass sie die Jüngste von drei Töchtern eines Zahnarztehepaares aus dem sizilianischen Catania war, weshalb sie Glück hatte: beide Praxen fielen der Tradition zufolge den älteren Schwestern zu, ihr ließen die Sterne Wahlfreiheit. Als sie feststellte, dass sie in der Lage war, sehr flink Touristen aus den verschiedensten Ländern zu verstehen, die mit dick angeschwollenen Gesichtern im Haus ihrer Eltern Hilfe suchten, entschloss sie sich für Sprachen mit dem Vorsatz, so viele wie möglich gut zu erlernen.
»Wollen Sie übersetzen?«, fragte Leo interessiert.
»Nein.«
»Dann also dolmetschen?«
»Nein, auch nicht.«
»Und wozu brauchen Sie das dann?«

»Ich will lesen.«

»Lesen …?«

»Ja, gute Bücher im Original, vor allem Gedichte. Ich liebe Gedichte, wissen Sie, und auch die besten Übersetzungen sind nur Paraphrasen, ich möchte Baudelaire oder Byron oder Whitman ebenso empfinden können wie Dante!«

Aus einer Diskussion log er sich schnell heraus, weil er von diesen Personen nur den Letztgenannten kannte, und außerdem beschränkten sich bei diesem seine Kenntnisse auf den Namen. Deshalb fragte er nicht, wie man davon leben könne und auch nicht, warum sie also nicht vor allem Englisch lerne. Doch er verstand, dass sie sicher durch die freigiebige Julia gutes Geld verdiente, und auch, dass Zahnarztfamilien nicht zu den ärmsten gehörten.

Auf Carlas Familie kam die Rede, als er neugierig fragte, wie sehr die Spitze des heimatlichen italienischen Stiefels, Sizilien, unter der Herrschaft der Mafia leide. Beim ersten Mal widersprach sie ihm so vehement, dass sie das langsamere Tempo der Lehrerin verließ und wahrscheinlich in einen Dialekt abglitt, weil er plötzlich kein einziges Wort verstand. Nachdem sie sich beruhigt und über ihren Ausbruch lachen konnte, versicherte sie ihm dann schon wieder sachlich und in Hochsprache, die Mafia existiere zwar, sei jedoch vergleichbar mit der kriminellen Unterwelt in allen Ländern der Welt.

»Haben Sie mir nicht selbst gesagt, dass in Ihrer Heimat auch schon russische, tschetschenische, bosnische und vietnamesische Gangs tätig sind?« Er wagte noch zu fragen, ob sie schon irgendwann einmal einen lebendigen Paten gesehen habe.

»Natürlich, ein capo di capi ist Patient meines Vaters und kommt sogar aus Messina zu ihm, weil er ständig mit den Zähnen zu schaffen hat und seine goldenen Hände zu schätzen weiß.«
»Und ist es mal vorgekommen, dass jemand von Ihrem Vater Schutzgeld wollte?«
»Das würde niemand wagen, einen Zahnarzt zu erpressen, der Don Salvatore behandelt. Er lehnt Gewalt ab und bestraft diese, deshalb achtet ihn mein Vater so sehr, dass er der Einzige ist, dem er keine Rechnung ausstellt!« Er wagte dann nicht mehr anzumerken, dass auch dies ihm nach Schutzgeld roch, und beendete den Zwist mit einem Scherz.
»Wenn ich irgendwann mal Probleme haben sollte, dann würde ich nach Salerno kommen, um bei Ihrem Vater einen Rabatt zu erbitten.«
Worauf ihn ihr seltsamer Blick verdutzte, und als er verwirrt nachdachte, wofür er sich entschuldigen sollte, teilte sie ihm fast ergriffen mit, durch diese komplizierte grammatikalische Satzverbindung sei er gerade in die italienische Sprache eingedrungen und werde nun auch in dieser denken …
Die Erinnerungen wurden von Handyklingeln unterbrochen, mit einer Melodie aus »La Traviata«, die ihm Carla eingestellt hatte, er sagte nun schon fast automatisch »Pronto« und hörte sogleich ihre Stimme: »Leošku …« Diese Verkleinerungsform hatte er zu Hause allen verboten, kaum dass er den Kniebundhosen entwachsen war, doch als sie später auf Capri fragte, wie sich ihre beiden Namen im Tschechischen verniedlichen ließen, verriet er nach der Form Karlička auch noch Leošek. So sprach sie ihn mit einem reizenden Akzent gleich bei ihrem ersten gemeinsamen Erwachen an, und er

brachte nicht die Kraft auf, ihr dies zu verbieten … Kraft? Nein! er hatte nicht die geringste Lust, denn ihre Stimme verlieh diesem Wort eine neue Dimension, die auch jetzt funktionierte.

»Karlička … buon giorno!« Er musste nicht nach ihrem Besuch auf Sizilien fragen, weil sie an jedem der vorausgehenden Abende lange telefoniert hatten, ihn interessierte nur ein einziges Thema, das jedoch sie als Erste ansprach.

»Weißt du schon, wann du kommst?«

»Sobald sie abgefahren sind, ich will sie noch verabschieden.«

»Bene, ich sitze auf der Piazza vor Luigi, aber du brauchst dich nicht zu beeilen, ich habe was zu lesen.«

»Bene.«

»Bleibst du heute bei mir?«

»Aber nein! Du lädst mich endlich dorthin ein?«

»Du bist schon lange virtuell hier.«

»Leo??« – das war Julia, die von unten rief, »Leo, wir fahren jetzt los.«

»Si, si, ich komme!« Und ins Handy sagte er: »Sie ruft schon. Ich helfe ihnen beim Koffertragen.«

»Dann ciao, amore!«

»Ciao, Karlička!«

Peppino verstaute das Gepäck schon im Kofferraum des Cabrios, der Anwalt setzte sich ans Lenkrad, und Annamaria schloss hinter Julia die Tür.

»Leo, fährst du nach Rom zu Carla? Sie ist gestern wiedergekommen, stimmt's?«

»Ja.«

»Peppino und seine Frau müssen nach Kalabrien zur Beerdigung eines Onkels, wenn du dort bleiben solltest, ruf bitte die

Security an. Oder lade Carla hierher ein. Wir kommen wahrscheinlich am Sonntag zurück.«
»Ich rede mit ihr, danke und gute Reise! Ciao, Giorgio!«
»Ciao, Leo!« Sie fuhren los, unten setzte sich bereits das Tor in Bewegung, und ehe es sich wieder geschlossen hatte, wurde der Wagen schon von den Weinbergen verschluckt.
Im Laufe des Jahres hatte er sich vollkommen in das im Haus herrschende System integriert. Es war tagsüber nie vollständig verlassen, wenn die Wirtschafterin allein zurückblieb, bewegte sie sich nicht aus dem Haus fort, die bestellten Einkäufe brachte man ihr aus dem Ort. Dafür rief Julia sie nicht jeden Tag, wenn sie hier sein konnte. Peppino klärte die Probleme mit der Technik und fuhr heim, um die Stunden, die er in der Limousine wartete und kein Auge schloss, nachzuschlafen. Von Sonnenuntergang bis Sonnenaufgang funktionierten die Sicherheitsvorkehrungen automatisch, sie waren über getrennte Systeme mit der Security und den Carabinieri verbunden. Leo übernahm spielend Peppinos Aufgaben und ergänzte sie um Elemente, die die Sicherheit verbesserten und preisgünstiger machten. Das Ehepaar war heute plötzlich abgereist, und Leo wollte nur das Sakko und den Rucksack abholen, den er immer für Rom bereitliegen hatte. Erstmals seit Capri wurde er statt mit Lehrbüchern, Heften und Laptop mit sauberer Wäsche zum Wechseln gefüllt. Aus dem ehemaligen Stall für die Rennpferde, der zu einer Garage umgebaut worden war, wo jetzt der Ghost neben einem kleinen Traktor zum Rasenmähen stand, holte er den Piccolino, wie Carla seinen kleinen Fiat bezeichnet hatte, in den sie ihre langen Beine kaum hineinbekam. Dann sicherte er per Fernbedienung das ganze Haus, stieg ein und fuhr zum Tor, das sich erneut öffnete.

Weiter kam er nicht, denn ein Wagen, der bisher hinter der Mauer verborgen gewartet hatte, schob sich ihm rückwärts in den Weg. Er hatte ein italienisches Kennzeichen, doch aus den Seitenfenstern blickten bekannte tschechische Gesichter. Die drei, die er Kamil nannte, kosteten seinen erschrockenen Gesichtsausdruck ein paar Sekunden lang aus, indem sie ihn stumm angrinsten. Dann stieg Kája aus, nach ihm auch Míra und Láďa. Sie schlenderten auf den Fiat zu, der Chef stützte sich auf den Rahmen des geöffneten Fensters und meinte recht freundlich: »Lädst du uns wenigstens auf einen Kaffee ein, Spacko?« Er versuchte, dies abzuwenden.

»Sie ist zu Hause …«

»Spacko, hast du vergessen, dass wir Holmes sind? Die Alte hat vor einer Weile irgend so ein Typ im Jaguar abgeholt, und danach ist mit einem anderen Typen noch irgendein Mariechen mit dem Gesicht einer Dienstmagd im Wagen abgezischt.« Jetzt blickte niemand von den dreien mehr freundlich.

DIE KRISE

Kap. X.–XIII.

X. Giulietta

Mit einem Malt-Whisky und einer Zigarette in der Spitze saß sie in der Hotelcafeteria und verfolgte die Flugakrobatik der Tauben vor dem Mailänder Dom. Wenngleich schon längst nicht mehr drohte, dass sie von Fans bedrängt wurde, lauerten trotzdem ständig Paparazzi, die die Fronten des Familienkrieges beobachteten. Deshalb trug sie auch hier ihre riesengroße Sonnenbrille, die einen Großteil ihres Gesichts verdeckte. Giorgio ging nach dem Frühstück zum Skypen mit seiner Tochter in sein Zimmer, um sich mit ihr darüber zu unterhalten, was es im Büro Neues gab. Sie war froh, eine Weile allein zu sein. An der Schwelle ihrer gravierendsten Entscheidung, die Vittorios Ringen um die Ehre und Reinheit seiner Familie beenden sollte, bilanzierte sie wieder einmal ihren langen Lebensweg, dessen Ziel in Reichweite lag.

Ein Mädchen, das in seiner Jugend beide Elternteile verliert, ist in der Regel nicht verzogen. Julia musste sich nach dem Tod ihrer Mutter völlig allein entscheiden, wohin sie gehen und nicht gehen sollte, was sie wollte und was sie eher vermied, und allein beurteilen, wer ihr half und wer ihr wehtat. Schnell erkannte sie, dass ihr schmaler Körper nicht in der Lage war, sich mit Kraft zu wehren, somit würde sie nur ein aufgeweckter Verstand aus dem Schlamassel aller Art befreien können. Deshalb ließ sie sich lange Haare wachsen, um zerbrechlich zu wirken, fast fragil, deshalb unterstrich sie ihre angeborenen Reize nicht mit Hochmut, sondern wog sie wiederum mit liebenswertem Entgegenkommen auf, deshalb drängte sie nirgendwohin, nachdem sie fast unkindlich weise verstanden hatte, dass man durch Bescheidenheit viel eher Aufmerksamkeit und Sympathien gewann. Die wenigen Olmützer Juden, die den Krieg überlebt hatten, hatten genügend mit sich selbst zu tun, entweder suchten sie ihre verschwundenen Nächsten oder gingen nach Israel, auch die dankbarsten Patienten hatten nicht genug Energie, um die verwaiste kleine Tochter ihres ehemaligen Arztes aufzunehmen. Wie eine heiße Kartoffel wanderte sie dann schnell von Heim zu Heim, bis sie in einer Anstalt für Mädchen bei den Brünner Zisterzienserinnen landete. Sie wurde glücklicherweise erwachsen, kurz bevor die Ordenschwestern von den Kommunisten in alle Himmelsrichtungen zerstreut wurden. Eine von ihnen bemerkte gerade noch rechtzeitig, dass die schmale langhaarige Schülerin, die sie in Turnen unterrichtete, außerordentlich biegsam und beweglich war, und empfahl ihr, sich zu den Prüfungen am neu gegründeten Konservatorium für Tanz in Prag anzumelden.

Man ließ sie dort unter großen Zweifeln zu, gegenüber den anderen Anwärterinnen war sie in ihrem Slang »überaltert«, doch als sie die gesamte Konkurrenz buchstäblich »an die Wand tanzte«, unkte die Vorsitzende der Kommission: »Das Mädchen ist eine zweite Galina Uljanowa, die hat Dampf, wird tanzen, bis sie hundert ist!« Man nahm sie ohne Zögern, ja, mit Begeisterung auf, und das Wohnungsproblem wurde mit dem Wohnheim gelöst. Damals wurde sie überhaupt noch nicht gewahr, was hinter den Mauern der Schule ablief, von früh bis abends interessierten sie nur die Ballettstange am

Spiegel und anschließend die Ballettvorstellungen im Goldenen Kapellchen, das sie in weitaus größerer Ekstase betrat als früher die Klosterkapelle. Mit Gott hatte sie kein Problem; schon weil ihre Mutter, eine Protestantin, ihren echten jüdischen Vater geheiratet hatte, spürte sie, wie viele Gesichter er hatte und dass es an jedem Menschen selbst sei zu wählen. Sie fühlte sich bisher noch nicht reif für Grundsatzentscheidungen, und so tanzte sie absolut sorgenfrei und direkt getragen von der Sicherheit, dass alle Schrecken hinter ihr lagen, und vor ihr sich die freie Welt der leichten Schritte befand. Wenngleich sie nicht nur die weitaus Älteste, sondern auch die Größte ihres Jahrgangs war, war sie auch die Leichteste.
»Du hast Muskeln aus Daunen und Knochen aus Papier!«, staunten ihre Kommilitonen, wenn sie in der Lage waren, leichte Sprünge mit ihr in den Armen zu meistern. Wenngleich fast alle sie liebten, hielt sich der Neid der Mitschülerinnen in Grenzen, gezähmt wurde er schon durch ihr Schicksal, vor allem aber ihr stetes spontanes Angebot, jedem von ihnen jederzeit bei allem zu helfen.
Zu einem Homo politicus wurde sie in einem einzigen Moment des ersten Mai 1962. Nachdem die Studenten der Akademie der musischen Künste fast vollzählig, um der dringenden Aufforderung ihrer Lieblingspädagogen Folge zu leisten, eine sichtbare Nichtteilnahme an der Maidemonstration bedrohe die ganze Schule, routinemäßig den Bonzen der bolschewistischen Partei auf der Tribüne gewinkt hatten, marschierten sie weiter auf den Petřín-Berg, wo eine der neu eingeführten studentischen Maifeiern stattfinden sollte. Arm in Arm mit ihren zwei größten Verehrern aus dem Jahrgang, die beide darunter litten, dass sie von ihr nur als jüngere Brüder ange-

sehen wurden, schaute sie gerade dem Kussritual unter der Karel-Hynek-Mácha-Denkmal zu und drückte beiden Begleitern ebenfalls einen obligatorischen Kuss auf die Wange, als auf einmal Trillerpfeifen und Befehlsrufe ertönten. Fast zeitgleich wurde das Trio von der Menge auseinandergerissen, die von der Mittelstation der Seilbahn Nebozízek floh. Auch sie rannte los und entkam, doch sie sah noch die Schlagstöcke, die auf die Schultern und Köpfe der Letzten wie Dreschflegel auf Getreidegarben niederprasselten. Zeitungen, Rundfunk und Fernsehen ereiferten sich am nächsten Tag über die reaktionären Hooligans, die beschlossen hatten, der fortschrittlichen Jugend den Feiertag der Werktätigen zu verderben. Bald darauf trafen dann Berichte ein, dass Ladislav Mrkvička, Schauspieler des vierten Studienjahres der Theaterfakultät der Akademie der musischen Künste, den alle in Absolventenvorstellungen bewundert hatten, wegen studentischer Unbotmäßigkeit, die als Versuch der Zersetzung des sozialistischen Systems bezeichnet wurde, vom Studium ausgeschlossen worden sei. Mehr noch, der Einzige, der es wagte, gegen den brutalen Rauswurf seines Kommilitonen zu protestieren, ein weiterer Bühnenliebling des Studententheaters DISK, Petr Čepek, für Julia Besitzer der bezauberndsten Augen, die sie je gesehen hatte, wurde kurz vor Studienabschluss ebenfalls ausgeschlossen und erhielt kein Diplom.

Sie verfiel jedoch nicht dem ziellosen Hass der meisten anderen, sondern entschied sich mit einer Sachlichkeit, die die Kindheit in ihr ausgeprägt hatte, den Weg der Auflehnung einzuschlagen, doch sie würde es völlig anders angehen, nämlich langfristig. Es gelang ihr, unauffällig allen Verehrern und Freundinnen einen solch absurden Gedanken in den Kopf zu setzen, wie er ihnen selbst bestimmt nicht eingefallen wäre: sie auf einem Treffen der Fakultätsorganisation des Jugendverbandes für das leitende Gremium vorzuschlagen. Das Erstaunen des Plenums mündete in Begeisterung, dass der langweilige Verein mit Julia an der Spitze notwendigerweise etwas von ihrem Glanz abbekommen werde, deshalb wählte man sie gleich zur Vorsitzenden. Sie stellte jedoch eine Bedingung: »Ich nehme an, aber nur mit eurem Versprechen, dass ihr nicht von mir verlangt, dass ich die Jungfrau von Orléans bin, sondern nur ein ganz normaler Tropfen!« Als man das nicht verstand, rezitierte sie, was ihr die Zisterzienserinnen als eine ihrer Lebenslosungen beigebracht hatten: »Gutta cavat lapidem non vi sed saepe cadendo«, und gleich übersetzte sie diese noch klassisch mit »Steter Tropfen höhlt den Stein.« Wer sie damals nicht verstand, begriff es auf Jahr und Tag, als sie zur Vorsitzenden des Jugendverbandes der gesamten Akademie gewählt wurde. Ein außerordentliches Balletttalent, ausgezeichnet in allen Pflichtfächern einschließlich Marxismus, als sie für eine schriftliche Arbeit Friedrich Engels' Werk »Anteil der Arbeit an der Menschwerdung des Affen« wählte, und zu ihrer Schönheit gesellten sich auch noch Direktheit und Unnachgiebigkeit im Umgang mit höheren Organen, dieser bestens funktionierende Mix brachte ihr von unten und von oben Respekt ein. Alle glaubten fest, dass sich schlimme Machtspiele wie bei jener Maifeier nicht würden wiederholen können.

Die Schlagstöcke prasselten wirklich nur noch einmal nieder, als kurz vor den Hauptprüfungen in den Wohnheimen auf dem Strahov das Licht erlosch und Hunderte Studenten mit Kerzen in der Hand zur Prager Burg zogen. Damit aber begann die letzte Phase des Krieges zweier Flügel in der kommunistischen Partei, und auf ganzer Linie siegten die Reformisten. Da hatte das Nationaltheater Julia schon längst als seltenes Geschenk aufgenommen, dort war sie dann Bürgersprecherin bis zur Niederlage des Reformversuchs im August 1968, damals bereits eine berühmte Primaballerina und glücklich mit einem Mann verheiratet, der an diesen »Hokuspokus« nie geglaubt hatte. In der Pubertät wollte sie unter dem Einfluss der Zisterzienserinnen erst mit dem Mann eine »richtige Frau« werden, den sie wirklich liebte. Nachdem sie ihn während ihres gesamten Studiums und auch nach dem triumphalen Start auf der ersten Bühne des Landes nicht gefunden hatte, verfiel sie langsam der Panik, werde ich als alte Jungfer enden? Alles deutete darauf hin, und sie glaubte fast, dies würde ihre Sprünge und Pirouetten bremsen, als sie nach den Gedichten, die sie stark ansprachen, auch deren Autor Viktor Konečný persönlich kennenlernte und sofort wusste, wen sie ihr ganzes Leben lang gesucht hatte. Jemanden, der in manchen Dingen die allgemeinen Ansichten bestritt, aber immer zu einer konstruktiven Ablehnung fähig war. Er stimmte oft nicht mit ihr überein, aber so zauberhaft, dass sie Konflikte direkt hervorrief, und auch, wenn sie dickköpfig auf ihrer Meinung beharrte, versuchte er nicht mehr, seine abweichende Meinung durchzusetzen, doch sie gelangte früher oder später selbst dahin. Wenn er dann hörte, wie sie das glatte Gegenteil von dem vertrat, was sie früher vertreten hatte, erinnerte er sie nicht daran.

Die Bewunderung wurde zu Liebe. »Ich bin eine Hirschkuh«, erklärte sie dann die Tiefe ihrer Beziehung zu ihm, als sie zugab, er sei der Erste gewesen, der sie ganz hatte, »die ihre Ehrlichkeit einem weisen Hirsch geschenkt hat, auch wenn er offensichtlich nie seine Reh-Frau verlässt ...« Sie irrte sich glücklicherweise. Viktor hatte eine weitere seltene Eigenschaft: er lehnte es ab, dauerhaft in Lüge zu leben. Obwohl sie nicht die geringste Andeutung machte, dass sie es von ihm erwarten würde, reichte er selbst den Antrag auf Scheidung seiner kinderlosen Ehe ein, um in eine neue einzutreten. Nach einem Kind sehnten sie sich beide, doch als sie feststellten, dass dies nur mit Hilfe der Medizin möglich sein würde, begann eine Serie dramatischer Ereignisse, die in ihrem Exil gipfelte und mit Viktors Tod endete.

Nach einem Jahr Pause, das sie psychisch überstand, indem sie vom Leben nur den Probenraum, die Bühne und ihr Bett wahrnahm, bat Fürst Mortadini seinen Freund und Anwalt, dieser möge ihr in seiner Abwesenheit an seiner Stelle die Schicksalsfrage stellen. Und als sie auf dem Flughafen von Rom mit einer positiven Antwort anrief, begann für sie die neue Ära mit einem Besuch von Capri. Er nahm sie dorthin zum ersten Male mit, nachdem er mit Präsident Cossiga aus Lateinamerika zurückgekehrt war. Die magische Insel war schon der fromme Traum ihrer Mutter gewesen, den Julias nichtleiblicher und trotzdem einzig echter Vater seiner Frau und seiner Tochter bei ihrer Verabschiedung zu erfüllen geschworen hatte: »Wenn man an meiner Statt einen anderen jüdischen König gewählt hat!« Nach der Flucht aus der Tschechoslowakei nach Italien zusammen mit Viktor schien dieser Traum in Reichweite, und beide nahmen sich die Insel als erstes Ziel vor, nachdem sie sich durch die Anfangsprobleme des Exils gekämpft haben würden. Dies war bald der Fall, doch dann wurden sie zuerst durch ihre Arbeit und dann durch seine Krankheit gebremst. Der Fürst hatte von diesem Traum in einem ihrer Interviews mit Journalisten gelesen, doch er wartete, bis er ihr seine Frage stellen konnte. Nachdem sie ihm ihr Jawort gegeben hatte, erledigte er alles Notwendige unterwegs.

Peppino brachte sie von Rom aus in den altrömischen Hafen Ostia, dessen antiker Ruhm schrittweise vom Schlamm des Tibers überdeckt worden war, was ihn für ferne Nachfahren rettete. Ein Picknick erwartete sie in der wundervollen Ausgrabungsstätte des Neptunbades vor einem riesigen Mosaik des Herrschers der Meere. »Millionäre mieten hier große Ruderboote, um den Kaisern zu gleichen, die von hier aus nach Capri fuhren«, erklärte dann der Fürst, »doch ich hatte den Eindruck, dass Ihnen dies nicht so angenehm wäre, und so habe ich eine normale Yacht gemietet.« Auch diese schien eine Kombination aus Spitzenluxus und moderner Technik zu sein, so tauchte nach knapp vier Stunden aus dem flimmernden Mittagsdampf eine Silhouette auf, die schnell wuchs und deren Anblick sich ihr für immer in die Netzhaut brannte; sie wäre in der Lage gewesen, auch blind ihre Umrisse zu zeichnen. Sie ließen jedoch die Einfahrt nach Marina Grande liegen und gingen erst an der Südspitze vor Anker, von wo aus ihnen ein Boot entgegenkam. Mit dem Fürsten redeten die Ruderer in einer Sprache, die er verstand, Julia jedoch fast nicht ans Italienische erinnerte. An der Anlegestelle trat eine mächtige Wand direkt aus dem Meer hervor, und unter einem mit Resten antiker Fliesen geschmückten Vorsprung lag an der Schwelle einer Felsentreppe eine kleine Wanne, die sich erst aus der Nähe als eine Sänfte erwies. »Das gehört nicht mehr zu den touristischen Requisiten der Reichen«, erklärte

Vittorio, »sondern ist das hiesige Verkehrsmittel für jeden, der es nicht gewohnt ist zu klettern, und in Ihrem Fall sollte er Beine und Arme schonen, die den Zuschauern Schönheit vermitteln.«

Klettern hatte Julia gelernt, wenn sie ausgerissen war, um ins Theater gehen zu können, und kehrte über die Mauer des Brünner Klosters zurück, später dann sogar über die Fassade des zweiten Stocks im Wohnheim; die Vorstellung, wie ein Paket von zwei Männern spediert zu werden, die den steilen Aufstieg mit ihr, in diesem Waschtrog gefangen, bewältigten, gefiel ihr überhaupt nicht. Unfälle drohten ihr im Theater bei jedem Pas-de-deux und bei jeder Pirouette, sie schaltete also ihr antrainiertes Radar zu, und die drei hatten zu tun, ihr ohne Gewicht zu folgen. Aus Reiseführern wusste sie längst, dass sie ganz oben für ihre Leistung vom Podest der ehemaligen Kaiservilla aus mit einem faszinierenden Blick über einen Streifen des Tyrrhenischen Meeres an das andere Ufer belohnt werden würde. Zu ihrer Verwunderung erschien jedoch die Großstadt unterhalb des Vesuvs von hier aus wie eine riesige Müllhalde, auf die antike Giganten ohne jeden Schönheitssinn Abfälle der schlimmsten Architektur geworfen hatten.

»Also das da ist Neapel«, fragte sie den Fürsten enttäuscht, »das man gesehen haben muss, um glücklich sterben zu können?«

»Das ist das Neapel, das hier viele Menschen in dem Schrecken gesehen haben, sterben zu müssen«, erklärte er ihr, »denn bis hierher ließen Tiberius und Augustus, die von hier aus die damalige Welt beherrschten, ihre Dissidenten bringen, um die kaiserliche Gnade durch einen freiwilligen Sprung von der Klippe zu erlangen.«

»Und worin bestand diese?«, wollte sie wissen.
»Sie konnten Anlauf nehmen und so bis in die Wellen springen.«
»Das hat jemand überlebt?«
»Nein, aber man wurde sonst vom Henker so hinabgeworfen, dass der Körper an den Felsen zerschellte. Würden Sie sich bitte zur anderen Seite umdrehen?«
Dort breitete sich in der Mittagssonne der türkisfarben fluoreszierende Teppich des Wasserspiegels aus, um am Horizont mit der amethystfarbenen Plane des Himmels zu verschmelzen. Vor diesem Hintergrund stand auf einem Steinquader ein Eimer aus Neusilber mit Eis, aus dem ein Flaschenhals ragte. Ein Begleiter erschien mit Gitarre und sang dann zusammen mit dem anderen wahrscheinlich ein Lied der Region. Während sie sangen, bekam Julia ihren Verlobungsring, und gleichzeitig stellte ihr der Fürst die Frage, ob die zwei Eheringe gleich hinzukommen könnten.
»Ihr Schicksal«, sagte Vittorio zu ihr, »hat mir souffliert, dass es Gewalt hieße, Sie zu einer kirchlichen Hochzeit zu nötigen, deshalb habe ich den Präfekten des hiesigen Rathauses gebeten, uns kraft des Staates zu vermählen.«
Der Mann, den sie für einen Ober gehalten hatte, weil er den Sekt gebracht und eingegossen hatte, legte sich eine Schärpe um, öffnete eine Ledermappe und nahm die zivile Zeremonie vor, beide Musikanten waren die Trauzeugen. Da die nachmittägliche Siesta herrschte, der in Italien auch Touristen verfallen, waren sonst nur noch Bienen, Zikaden und zwei Greifvögel zugegen, die so aufdringlich über der feierlichen Handlung kreisten, dass ihnen der Fürst die Namen seiner beiden Brüder verpasste.

»Antonio! Alberto!«, prostete er ihnen ironisch zu, »die Frau, die ihr verflucht, wird euch wie ich die Stirn bieten!« Zur Villa Iovis hin war flink Julia Jandová gelaufen, von ihr weg stieg langsamen Schrittes Giulietta Mortadini zum Städtchen hinab, zu ihrem Beruf Primaballerina war der Titel Fürstin gekommen.
Die Jungvermählten machten zusammen mit dem Standesbeamten des Rathauses und den beiden Musikern zum Hochzeitsmahl in einer von Weinbergen umgebenen Trattoria Halt. Auch dort kannte man den Fürsten, die Braut wurde fast zerquetscht und abgeküsst, es glänzte die Küche des Ortes; vor allem die mit Basilikum gefüllten Ravioli, übergossen mit heißer Butter und zermahlenem Safran sollte sie nun für immer als Speise der Könige betrachten, zu der sie Jahr für Jahr aus der Gefangenschaft der Nobelgastronomie des Grandhotels Quisisana flüchtete. Im immer selben Apartment dieses Hotels verbrachte sie nicht nur die Hochzeitsnacht, sondern auch Dutzende weitere, wenn sie mit Vittorio Jahr für Jahr bis zu seiner Erkrankung herkam, um den Hochzeitstag zu feiern. Nachdem er gestorben war, war es auch für viele Jahre mit Capri vorbei. Dass sie wieder zurückkam, hatte Giorgios Tochter Lucia bewirkt. Ihr Vater war dann mit Giulietta auch hier, als Havel nach Capri kam, und er kümmerte sich um die Einladungen für das Bankett, damit sie den neuen Präsidenten ihrer freien Urheimat persönlich kennenlernen konnte.
Der Anwalt hatte ihr schon längst bekannt, dass er bewundert habe, wie ergeben sie sich bis zur letzten Sekunde auch um ihren zweiten kranken Mann gekümmert und sogar für ein Jahr ihre Starkarriere in Mailand unterbrochen habe. Damit weder Körper noch Geist durch den Verlust des Wesentlichs-

ten, das sie in Höchstform hielt, zu sehr litten, ließ sie ein Zimmer in der Villa in einen Spiegelsaal mit Ballettstange umbauen, und nachdem sie die Milongas entdeckt hatte, verfiel sie dem Zauber des intelligenten Tanzes mit seinen unzähligen Varianten. Peppino chauffierte sie in die Tanzsäle Roms ebenso oft wie vorher zu den Vorstellungen in die Scala. Mit seiner letzten Entscheidung, die nur Professor Mariniello kannte, gab ihr Vittorio die Kraft, über seinen Tod hinwegzukommen und erfolgreich auf die Mailänder Bühne zurückzukehren, doch gleichzeitig brach eine neue Runde des Familienkrieges aus, in dem sie bei aller Willenskraft keine Chance gehabt hätte, wenn nicht Doktor Guido gewesen wäre, der für ihren gesunden weiblichen Instinkt wirksame Paragraphen gefunden hatte. Später gestand er ihr, er habe sich nicht vorstellen können, wie sie das habe überstehen sollen, was dann folgen musste. Die Brüder Antonio und Alberto begruben das Kriegsbeil und verbündeten sich, um mit mächtiger Hilfe der Boulevardpresse die Öffentlichkeit davon zu überzeugen, dass es ungültig sei, wie sie nach dem Krieg ihrer Erbansprüche enthoben wurden und es sei ebenso unrechtmäßig gewesen, Titel und Vermögen auf eine Ausländerin zu übertragen, die sie fast als eine von östlichen Geheimdiensten angesetzte Mätresse hinstellten. Ein Frontalangriff auf Giulietta, als sie von einer mächtigen Clique nach der Coppélia-Premiere ausgepfiffen und über den Stehplätzen ein Transparent mit der Aufforderung ABBASSA COMMUNISTA! ausgerollt wurde, scheiterte jedoch.

Die Medien brachten sofort eine Erklärung führender italienischer Künstler, unter denen auch der Schriftsteller Alberto Moravia, der Regisseur Federico Fellini und Julias bekannte

Namensvetterin und Bewunderin, die Schauspielerin Giulietta Masina nicht fehlten, es handele sich um eine Fortsetzung des Krieges auf ziviler Ebene, in dem die beiden völlig diskreditierten Nebenzweige des berühmten Geschlechts versuchten, dem Faschismus nachträglich zum Sieg zu verhelfen. Zur ersten Reprise kamen fast alle Unterzeichner, und das Fernsehen brachte ein Bekenntnis von fünf aus der Hundertschaft der Auspfeifer, sie seien von einem Konzipienten jenes Anwaltsbüros angemietet und gut bezahlt worden, dessen Klient Antonio Mortadini gewesen sei. Die Brüder bereiteten sich unter dem Beschuss der Kritik darauf vor, warten zu müssen, bis einer ihrer Söhne die kinderlose Fürstin beerben würde, und während sie den weiteren Kampf um die Nachfolge nur unter sich führten, schmiedete Julia den Plan mit der Adoption, der nun in seine entscheidende Phase trat. Kurz nach Vittorio starb an der »weißen Blutkrankheit« auch die relativ junge Frau des Anwalts, und Giulietta konnte ihm nun den Rechtsbeistand damit vergelten, dass sie sich um seine Tochter Lucia, ihre Patentochter, kümmerte, die sie klug und mit Einfühlungsvermögen durch die Pubertät führte und zu ihrer zweiten Mutter wurde. Und es war dann wiederum Lucia, die nicht davon abließ, sie mit ihrem Vater zu verkuppeln, damit beide wieder eine Familie hatten. Im Grunde gelang es auch ihr, sie beide zu überreden, zusammen nach Capri zu reisen und Julias jahrelange Abneigung gegen die Insel zu brechen. Es war jedoch eher uferlose Traurigkeit, denn Capri bedeutete für sie Vittorio.

Sie dachte nach, als ihr ihre Patentochter Lucia einmal sagte, sie habe sinnloserweise den Ort verdammt, den ihr Mann über alles geliebt habe. »Giulietta, er hat doch dort auch das erste Mal geheiratet!« Das hatte Julia von ihm schon vor ihrer Hochzeit gewusst und nie unter der Vorstellung gelitten, dass sie das wunderschöne Ritual wohl als Reprise erleben musste. Jahrelang hatte sie Tage, Ereignisse und Gespräche mit ihm in sich abgespeichert, bis sie der Schwerpunkt ihres Lebens zu sein schienen, jetzt, nach seinem Tod, fürchtete sie, dass weitere Besuche der Insel dies alles überdecken und am Ende auslöschen würden. Schon einmal, nach Viktors Tod, hatte sie es erlebt, dass von den Erinnerungen an das gemeinsame tägliche Leben nur einzelne seiner Verse oder ironische Kommentare übrig blieben. Einige Jahre später aber spürte sie selbst, dass sich die gewaltsam von ihr abgetrennte Insel geradezu körperlich in Erinnerung brachte, wie sie es von amputierten Gliedmaßen gehört hatte. So kam es endlich zu einem Ausflug, bei dem sie Doktor Guido begleitete. Ihre zwei Zimmer reservierte sie jedoch nicht im Quisisana, sondern im Nachbarhotel Syrené, in das sie nie zuvor einen Fuß gesetzt hatte, doch immer hatte sie die weitläufige Terrasse fasziniert, die zu den zwei Apartments gehörte, auf die sie jahrelang von ihrer Suite aus geblickt hatte.

So wie in den letzten Jahren mit Vittorio brachte ein Hubschrauber Giorgio und sie direkt von Rom aus auf das Polygon im oberen Teil der Insel, der als Anacapri bezeichnet wurde. Der Anwalt war hier mehrmals zusammen mit seiner Frau gewesen, um den Fürsten zu besuchen, somit musste sie ihn nun mit nichts bekanntmachen. Das erste Abendessen nahmen sie am Felsentor Arco naturale in jener Pizzeria ein, wo sie mehrmals zu viert Insalata caprese geschlemmt hatten, ein Pendant zu ihren Tomaten mit Quark aus Studienzeiten, und Spaghetti auf Öl mit Knoblauch und Paprika. Plötzlich

waren von den vieren nur noch zwei übrig, die damals nicht zueinander gehört hatten. Sie staunte, wie freundlich die Insel sie aufnahm, und im Geiste war sie Vittorio dankbar, dass er ihr durch nichts seinen Unwillen äußerte. Das zu Beginn angenehme Gespräch zu unverfänglichen Themen kam jedoch bald ins Stocken. Sie blickte auf den dunkler werdenden Meeresspiegel, den in einer Tiefe von dreihundert Metern die weißen Fäden der Kielwellen auslaufender Fischerboote bestickten. Erst jetzt wurde sie sich voll bewusst, dass sie mit allergrößter Wahrscheinlichkeit nach vielen Jahren eine gemeinsame Nacht mit einem anderen Mann erwartete. Der Anwalt dachte möglichweise an dasselbe, und so wurden beide gleichzeitig vom Schweigen erfasst. In einem Moment, als es absolut dunkel geworden war, weil der Neumond am Himmel hing, standen sie gleichzeitig auf, er bezahlte bereits im Gehen, und sie liefen den langen Weg zum leuchtenden Zentrum zurück, nach und nach immer mehr von Einheimischen und Touristen umgeben, bis sie der Menschenstrom zum Hotel führte. Ohne einen Gruß schloss jeder von ihnen sein Apartment auf, und einen Moment später trafen sie sich, immer noch schweigend, auf der Terrasse wieder, sie mit ihrem Malt-Whisky und er mit Cognac und Pfeife.
Über die Straße, von der ein Stimmengewirr zu ihnen aufstieg, leuchtete die Ecksuite des Quisisana, das Vittorio traditionell angemietet hatte, weil man von dort aus das Meer, den Monte Solaro und die bewegte Promenade sah, und sie stellte sich vor, wie er sie von dort aus ermunterte.
»Schade«, hatte er ihr auf dem Bett gesagt, das er freiwillig zu einem Totenbett gemacht hatte, »dass Giorgio Guido nicht frei ist, ich kenne niemanden, dem ich dich lieber anver-

trauen würde als ihm …« Giulietta nahm allen Mut zusammen und beschloss, das zu klären.

»Du weißt wahrscheinlich, warum uns deine Tochter hierher geschickt hat!« Sie hatten schon zu Vittorios Lebzeiten auf Giorgios Hochzeit begonnen, sich zu duzen.

»Ich glaube es zu ahnen …«

»Und wie siehst du das?« Als sie sah, dass ihm die Antwort Probleme bereitete, fügte sie hinzu: »Ich habe dich gern, Giorgio, sehr! Man könnte altmodisch sagen, dass ich dich schon lange liebe.«

»Ich dich auch«, wagte er zu sagen.

»Aber ich sage dir ganz ehrlich«, fuhr sie fort, »dass ich für die Liebe einige Begleiterscheinungen nicht mehr brauche. Sie würden mich sogar sehr stören.«

»Meinst du, mit jemandem zu schlafen?«

»Ja, ich meine mit dir zu schlafen. Genauer gesagt, ich will definitiv mit niemandem mehr schlafen. Das ist mir völlig vergangen.«

»Das ist interessant«, sagte er.

Sie lachte: »Gerade dieses Wort habe ich von dir zu diesem Thema nicht erwartet!«

»Interessant ist«, wiederholte er, »dass genau das auch ich gesagt hätte, wenn ich mich nicht schämen würde …«

»Das ist dann aber wirklich interessant«, sagte sie schon ernst, »womit wir das eigentlich toll geklärt hätten, und jetzt können wir uns ungestört nur lieben.« Sie prosteten einander zu, er steckte sich seine Zigarre an, und sie sprachen über alltägliche Dinge, bis ihnen die Worte ausgingen, diesmal vor Müdigkeit. Ehe sie sich in ihre Zimmer zurückzogen, nahmen sie sich bei den Händen, in denen sie ihre Gläser hielten, und sogen schweigend die Atmosphäre des Ortes in sich ein, die der Atem so vieler Herrscher, Philosophen und Künstler getränkt hatte, dass Vittorio ihm den Titel »Geschichtsgrube« verliehen hatte …

»Hallo«, grüßte sie Giorgio, der von der Internetkonferenz mit seiner Tochter zurückgekehrt war, »in Rom ist alles in Ordnung, wohin gehen wir? Zum Heiligen Abendmahl?«

»Die Rezeption hat uns Karten für morgen besorgt«, Giulietta erhob sich, »also heute den Dom, die Einkaufspassage auf der Piazza und Bistecchi im La Carbonara. Andiamo!«

XI. Leo

Noch Sekunden bevor er die drei Typen aus Prag gesehen und geahnt hatte, dass sein bisher so erfolgreicher Flug ins Trudeln geraten würde, hatte auch Leo an Capri gedacht. Keine einhundert Stunden trennten ihn von der Erkenntnis, dass sein Schicksal Carla Castellione hieß, und Julias heutiges Angebot, sie könne mit ihm zum ersten Mal ein Wochenende in der Villa verbringen, besiegelte dies. Doch während seine Zukunft in Rom vor der Trattoria an der Rotunde auf ihn wartete, versperrte ihm seine Vergangenheit den Weg zu ihr. Er musste erneut die Villa entsichern und alle Alarmzonen in der richtigen Reihenfolge ausschalten, damit eine Ungenauigkeit nicht die Aufmerksamkeit der Security in der Stadt auf sich zog. Dabei überkam ihn kalter Schweiß. Er kannte die Jungs zu gut, um zu wissen, dass auch sie für ihre Arbeit eine Sicherheitsüberprüfung absolvieren mussten, auch waren sie Kumpel, doch waren sie es auch geblieben, nachdem er alle Brücken hatte abreißen lassen? Zum Glück verhielten sie sich bisher noch recht normal, auch hatte er ihnen schließlich nichts gestohlen, er hatte nur eine Chance ergriffen, die nicht wiederkommen würde, und das hätte sicher jeder von ihnen so gemacht. Langsam beruhigte er sich, doch er saß wie auf Kohlen, als er Bier aus der Küche holen musste und beim Gehen bemerkte, wie sie mit ihren Blicken alle Schätze im Haus taxierten. Ehe er die Gläser aus der Bar nehmen

konnte, tranken alle drei aus der Flasche, und Kája wunderte sich.
»Bist du abstinent, Spacko?«
»Nein, aber ich muss noch nach Rom, und die Carabinieri ziehen gern zusammen mit der Geldbuße auch das Auto ein …«
»Das Gefährt ist deins?«
»Mein Dienstwagen. Ich nutze ihn …«
»Bist du hier bei der Oma der Hausmeister?«
»Nein … ich kümmere mich um ihre Technik …«
»Und fickst du sie?«
Er versuchte, dem glaubwürdig zu widersprechen. »Wenn überhaupt jemand, dann der charmante Typ, der sie chauffiert hat!«
»Was machst du dann hier die ganze Zeit, Spacko?«
»Ich lerne Italienisch … und ich gehe auf Milongas …«
»Wieviel kriegst du hier pro Abend?«
»Sie gibt mir Taschengeld …«
»Wie viel?« Dies alles ähnelte schon sehr einem Verhör, dem Míra und Láďa fast wie Häscher assistierten.
Er beschloss, mit offenen Karten zu spielen. »Eintausend pro Monat …«
»Das heißt dann in diesem Jahr mal zwölf, also schuldest du jedem von uns drei Euroscheine und alles zusammen also zweihundertfünfundzwanzigtausend tschechische Kröten, hab ich das richtig gerechnet, Spacko?«
»Ich habe davon Verpflegung, Benzin und anderes bezahlt …«
»Hab ich richtig gerechnet??«
»Ja …«
»Dann spuck sie aus!«

»Jungs, ich musste davon wirklich ...«

Der grobschlächtige Láďa hielt das Schweigen nicht mehr aus. »Spacko, du willst doch deine Zähne behalten?« Er boxte sich in die Hand wie ein Sportler vor dem Kampf, und Leo erkannte, dass die unverbindliche Konversation vorbei war. Gegen die drei hatte er keine Chance.

»Jungs, ich zahle euch aus, wirklich!!«

»Wovon denn, Spacko, wenn du nichts hast??«

»Ich werde das Geld auftreiben!«

»Und wie??«

»Gebt mir Zeit!!«

»Wir haben nur drei Tage Urlaub.«

Er griff nach dem letzten Strohhalm.

»Morgen nehme ich einen Kredit auf, ich bekomme sicher einen!« In dem Moment fiel ihm auf, dass er sich direkt über einem der Alarmknöpfe auf die Platte des Esstisches stützte, es würde ausreichen, mit dem Daumen draufzudrücken, und drei Minuten später wären die Sicherheitsleute da. Aber was dann?? Er fühlte sich in der Falle, wie ein Schachspieler, dem in der Schlussphase kein Zug mehr einfiel. Und vielleicht, möglicherweise, wahrscheinlich, sicher – dessen war er sich schon mit geringem Abstand bewusst – hätte er gedrückt, wenn nicht der Chef der Truppe dem Geschehen eine unerwartete Richtung gegeben hätte.

»Das muss doch kein Geld sein.«

»Wie meinst du das ...?«

Kája wanderte mit dem Blick über die Vorderwand der Halle, und Leo wusste schon im Voraus, was er hören würde.

»He, Spacko, gib jedem von uns zum Beispiel so ein Bildchen als Andenken!«

»Das … geht doch nicht!!«
»Die hat doch so viele hier, die merkt das doch gar nicht!«
Auch die Kumpel staunten.
»Spinnst du, Spacko?«, meinte Míra.
»Du bist verrückt, Spacko! Willst du etwa warten, bis der wieder abhaut? Zöllner gibt's nicht mehr, und das können wir in Prag auf jeden Fall verticken!«
Leo wählte aus taktischen Gründen ihren Wortschatz: »He, spinnt eure Software? Jedes Bild ist gesichert wie in der Nationalgalerie! Hängt eins ab, dann sind zwei Minuten später zwei Wagen der Sheriffs hier!!« Er erwartete ein weiteres Drängen, doch er erntete erstaunlicherweise Zustimmung.
»Also, das ist das Einzige, was ich dir glaube.«
Doch gleichzeitig erkannte er, dass er das Trudeln bei Weitem noch nicht ausgeschöpft hatte.
»He, Kumpel«, meinte Kája, und das klang erstaunlicherweise noch unfreundlicher als »Spacko«, »du hast gesagt, du kümmerst dich hier um die Technik, wenn du also ein IT-Heini mit Hochschulabschluss bist, dann kannst du mal eine Nacht drüber nachdenken, wie du dich selbst überlisten kannst, damit du uns morgen um diese Zeit drei von den Teilen anschleppst und in deinem Interesse weder die Oma noch die Sheriffs davon was mitkriegen. Na, und wenn du uns ein bisschen kennst, dann weißt du nur zu gut, dass wir uns absichern, damit du uns keinen Dreck lieferst.«
Dann erhoben sich überraschenderweise alle drei und gingen ohne Drohungen, die er erwartet hatte, die Treppe hinab. Sie fuhren ohne zu grüßen ab, und als er aus der Ferne das untere Tor geöffnet und wieder geschlossen hatte, hinter dem der Wagen von den Weinbergen verschluckt wurde, hatte er das Ge-

fühl, dies alles nur geträumt zu haben. Doch oben auf dem Esstisch lag wie eine Zeitbombe ein Blatt, herausgerissen aus der Touristenkarte Roms, auf dem der Ort eingekreist war, an dem man ihn morgen um zwei Uhr am Nachmittag erwarten würde.

Leo beherrschte glücklicherweise eine Art, Angst und schlechten Gedanken zu entfliehen, diesen Trick hatte ihm Robert im ersten Studienjahr vor einer Serie schwerer Prüfungen beigebracht.

»Du musst versuchen, an etwas Sensationelles zu denken, was du erlebt hast, zum Beispiel ein tolles Spiel oder einen prima Kinofilm oder wie du super Sex hattest, und das dann Sekunde für Sekunde in dir ablaufen zu lassen, bis das alles andere in dir verdrängt!« Das Rezept war diesmal umso wirkungsvoller, weil Leo die schönste Woche in seinem Leben hinter sich hatte. Kaum also hatte er die Villa wieder per Code gesichert und war auf dem Weg nach Rom, radierte er die letzte Stunde mit den einhundertachtundsechzig mit Carla verbrachten aus.

Seit dem Tag, an dem er seinen Arbeitsvertrag unterschrieben hatte, war er mit Julia nur an Allerheiligen in Mailand gewesen, wo sie das Grab ihres ersten Mannes und ein paar Vorstellungen in der Scala besucht hatte, dann noch zu Weihnachten in Venedig und zu Ostern in Florenz, ansonsten pendelte er fünfmal pro Woche von der Villa nach Rom und zurück. Das »Ausgezeichnet« in Italienisch, das er von der Prüfungskommission der Sprachschule erhalten hatte, freute Julia so, dass sie beschloss, Schüler und Lehrerin, deren Arbeit damit beendet war, mit einer Woche auf Capri zu belohnen. Im Hotel Syrené gegenüber dem berühmten Quisisana erwarteten beide zwei Zimmer mit einer großen gemeinsamen Terrasse, wo sie sich jeden Tag um neun zum Frühstück trafen und gegen Mitternacht mit Wein der Region verabschiedeten. Der Juni war außerordentlich heiß, somit verbrachten sie die meiste Zeit des Tages am Strand bei den zwei Felsen, Faraglioni genannt, am Meer oder mit einem Buch. Am frühen Abend entdeckten sie auf den zehn Quadratkilometern der Insel zahlreiche Ecken, die Spuren aller Schichten der menschlichen Geschichte trugen. Sie bestachen den Wachmann, damit sie, wenn alle Touristenboote abgelegt hatten, allein im phosphoreszierenden Wasser der Blauen Grotte schwimmen durften, sie baten die Mieter, ihnen zu erlauben, die herrliche Villa zu besichtigen, die sich hier der Guru von Fürst Vittorio, der Schriftsteller Malaparte, hatte errichten und statt Bildern die Durchsichten auf Meer und Felsen hatte rahmen lassen. Fast eine Stunde lang saßen sie schweigend da und verfolgten vom Umgang vor dem Haus von Axel Munthe, dem Verfasser des berühmten Buches von San Michele, den dramatischen Sonnenuntergang, unterhalb der Seilbahn bezwangen sie stolz auf eigenen Füßen den höchsten Punkt am Monte Solare und ließen auch keinen der empfohlenen Aussichtspunkte aus.

Der Musterschüler wollte zum letzten Mal noch ein wenig angeben und studierte die Insel aus dem Lonely Planet so perfekt ein, dass er hier als Capri-Guide hätte arbeiten können, Carla aber staunte vor allem deshalb, weil sie nur selten einen Grammatikfehler korrigieren musste. Die Überraschung, die sie ihm das ganze Schuljahr lang versprochen hatte, wenn er ihr bei der Prüfung keine Schande bereite, servierte sie ihm erst zwei Tage vor Abfahrt, als sie ihn nach all den Trattorias,

in denen sie die Zeche geteilt hatten, zu einem festlichen Abendessen ins Quisisana einlud.
»Was für einen Aperitif hätten Sie gern?«, fragte sie ihn, nachdem sie der Maître an den bestellten Tisch im Garten mit dem besten Ausblick gebracht und den Kellner gerufen hatte. Auch in dieser Hinsicht hatte Julia Leo absolut angesteckt.
»Whisky. Malt. Wenn möglich einen irischen.« Der Kellner war da, und sie bestellte.
»May I ask you to bring us an irish Malt-Whisky for the gentleman, and gin-tonic for me?« »You're welcome!«, meinte der Italiener mit einem sehr schlechten Akzent, und Leo bemerkte, dass sie im allerreinsten Englisch gesprochen hatte.
»Nein …«, stieß er aus.
»Ja«, sagte sie, »Leo, ich muss mich bei Ihnen wirklich für dieses Versteckspiel entschuldigen, das mir Schwierigkeiten bereitet hat, als ich Ihnen anfangs einige Dinge nicht in einer Sprache erklären konnte, die Sie anständig beherrschen, doch das war die Grundbedingung meiner und Ihrer Arbeitgeberin. Übrigens ist das auch ein Grundsatz der Berlitz-Schulen, die Sie wieder einmal bestätigt haben, der das, was ich als Durchbrechung der Sprachbarriere bezeichnet habe, ungewöhnlich beschleunigt hat. Verzeihen Sie mir?« Er verzieh gern, und auch der Kellner freute sich, als er wieder in die Sicherheit seiner Muttersprache gleiten durfte.
Nun erfuhr Leo auch den bisher verheimlichten Teil ihres Lebenslaufes: nach der Pariser Sorbonne, wo sie ein Studium der romanischen Sprachen abgeschlossen hatte, war sie zu einem einjährigen Aufenthalt nach Oxford gegangen, ein weiteres Jahr lang eignete sie sich noch amerikanisches Englisch in Yale an. Seine Bewunderung für sie erhielt eine neue Dimension, denn

urplötzlich wurde er sich bewusst, dass er diese tolle junge Frau in Zukunft nur noch sporadisch treffen würde. Der Abend fand ein seltsames Ende. Als sie ihr Gute-Nacht-Glas Wein tranken, klingelte erstmals während des gesamten Aufenthaltes in Leos Zimmer das Telefon. Julia wollte sich vergewissern, ob alles in Ordnung war und es ihnen gefiele, und sie äußerte eine Bitte, die er an Carla weitergeben sollte: sie sollten morgen noch einmal zur Villa Iovis hinaufsteigen und sich an ihrem Fuße in der Trattoria melden, wo sie ihnen ein Abendessen bestellt habe, doch sollten sie dort keinesfalls zu etwas geriebenen Parmesan verlangen, »denn das wäre so«, sagte sie, »als würde jemand in Tschechien zu Aprikosenknödeln Senf bestellen!« Dann wünschte sie beiden noch einen schönen Urlaub und legte auf. Sie verstanden diese seltsame Bemerkung nicht und wunderten sich, dass sie bei einem früheren Spaziergang an dieser Stelle kein Lokal bemerkt hatten. Am Abend des nächsten Tages waren sie schlauer: da es tagsüber geschlossen war, verfloss es mit den anderen in den Weinbergen verstreuten Bauten, nun aber war es schon aus der Ferne an seinen leuchtenden Lampions, Gitarrenklängen und menschlichen Stimmen zu erkennen. Für das Lokal sprach, dass der Garten voll besetzt war, doch auf sie wartete trotzdem ein freier Tisch in einem luftigen Altan. Die Kellnerin, die sie hinbrachte, lief wieder weg, um einen Moment später mit einer älteren Frau zurückzukehren, die zuerst Carla und dann Leo an die molligen Polster ihrer Brust drückte.

Im Dialekt der Insel, der nur entfernt dem Italienischen glich, schilderte sie ihnen begeistert, gerade sie habe als Tochter des Padrone einst an diesem Tisch den Principe Vittorio und die neue Principessa bei ihrem Hochzeitsmahl bedient.

»Und Ihre Mamma«, wieder presste sie Leo an ihren Busen, »hat nun für Sie dasselbe Menü bestellt, wie sie es hier auch später häufig gegessen und immer gesagt hat, unser Papa sei ein cuoco divino!« Es folgten seltsame, entfernt an Büroklammern erinnernde, in Minzsauce gekochte Muscheln, mit Basilikum gefüllte Ravioli, die mit Butter und gemahlenem Safran übergossen waren, mit Schafskäse überbackenes Krabbenfleisch und die Spezialität der Insel, torta di mandorla, ein gebackenes Gemisch aus Schokolade und Mandeln, dazu tranken sie leichten Rosatello della casa, einen Roséwein vom eigenen Weinberg. Die redegewandte Inhaberin war glücklicherweise auch selbst Köchin, somit konnte sie das Paar nur einmal während des Essens mit dem Bericht überfallen, wie Principessa Giulietta, ihrer Meinung nach Leos Mamma, beim ersten Mal zu den safrangewürzten Ravioli geriebenen Parmigiano bestellt habe und der Vater aus der Küche gerannt gekommen sei, um schreiend diese Barbarei zu verhindern, wofür sie ihm dann dankbar gewesen sei, und wie man sehen könne, habe sie auch ihren figlio belehrt! Doch die richtige Bombe platzte am Ende. Die meisten Gäste waren schon gegangen, als sich die Inhaberin mit einer Aufmerksamkeit des Lokals, gekühltem Lemoncello, zu ihnen setzte, ihnen zuprostete, ihre Ehe solle umso glücklicher sein, auf dass sie der Tod nicht so schnell scheide wie Leos Eltern.

Es folgten verwirrte Erklärungen, wie die Missverständnisse entstanden seien, bis die Italienerin zugab, nur so habe sie sich die liebevolle Beziehung der Fürstin zu ihnen beiden erklären können und konkret den Satz, sie würden heute bei ihr das erste gemeinsame Jahr feiern. Daraufhin stellte sie ihnen die logische Frage, wann sie denn nun wirklich heiraten würden.

Sie wollten ihr die Freude nicht verderben und redeten sich mit der Befürchtung heraus, ihre persönlichen Pläne vorher zu verraten, damit sie nicht jetzt schon die Boulevardpresse und ihre Paparazzi verfolgten, für die jedes Ereignis im Hause Mortadini ein Familienscharmützel sei. Das wusste die Wirtin, und sie schwor sie nur noch darauf ein, sie sollten ihr Hochzeitsmahl traditionell bei ihr veranstalten, und nachdem sie ein weiteres Mal ihre Gesichter an ihren Busen gequetscht hatte, stattete sie die beiden für ihren Weg zum Altar mit ihrem Segen aus. Darüber lachten sie bis auf die Piazza, wohin sie jeden der vergangenen Abende zu einem Eis gekommen waren, um die nicht enden wollende Commedia dell'Arte zu beobachten und zu kommentieren, mit der sich verändernden Komparserie aus Touristen, aber auch mit ständigen Protagonisten wie Kellnern, Carabinieri, Geistlichen, Postboten, Straßenkehrern und Fahrern, die sich mit Elektrokarren, Taxis, Ambulanzen und einmal auch mit einem Leichenwagen durch diesen Zirkus schlängelten, alle so gebaut, dass sie durch die mittelalterlichen Gässchen passten, die nur so breit wie ausgestreckte Arme waren. Leo wartete, ob Carla stehen bleiben würde und war ihr dankbar, als sie die Piazza nur überquerten und direkt zum Hotel gingen. Auf ein Eis hatte er heute nicht den geringsten Appetit, dafür wurde ihm mit jedem Schritt immer klarer, dass beide die letzte Gelegenheit haben würden, sich zu verabschieden, begann doch am Montag für beide ein völlig anderes Leben, das sie nicht mehr gemeinsam teilen würden. Als sie ihre benachbarten Zimmer aufschlossen, wollte er sich darüber klar werden: »Sicher sind Sie müde …«
»Ein bisschen, das war eine sehr anstrengende Woche.«

»Sie gehen also schlafen?«

»Wir trinken nicht noch gemeinsam unser letztes Glas?«

»Aber klar doch!«, entgegnete er erleichtert, »also bis gleich!«

Er entkorkte eine Flasche leichten Montepulciano, von dem sie sich gestern die Hälfte für heute aufgespart hatten, doch zuvor rief er noch Julia an, denn er nahm an, sie werde heute darauf warten.

Er hatte sich nicht getäuscht. Sie hörte seinen Dank für den kulinarischen Festtag und einen Kurzbericht, wie er in der Trattoria ihr Sohn und Carla ihre Schwiegertochter geworden sei. Daraufhin stellte sie ihm eine seltsame Frage: »Und ist dir das nie in den Sinn gekommen?«

»Was?«

»Carla zu heiraten.«

»Ich dachte …«, er beendete den Satz nicht.

»Was?«, fragte sie wiederum.

»Ich dachte, du bezahlst sie, damit sie mir Italienisch beibringt, und es hätte dich wütend gemacht, wenn ich stattdessen mit ihr angebändelt hätte …«

»Das hätte mich wirklich sehr wütend gemacht, bei meiner Seele«, bestätigte sie.

»Ich verstehe dich nicht!«

»Aber Italienisch kannst du schon, zumindest hast du einen Nachweis darüber, warum also tust du jetzt nichts? Ich stelle dir ungern diese indiskrete Frage, aber bist du vielleicht schwul?«

»Ich?? Sehe ich vielleicht so aus??«

»Eben drum, du siehst nicht so aus, also wundere ich mich, wie du das ein Jahr ausgehalten hast. Bist du in ein Bordell gegangen?«

»Na erlaube mal …??«
»Entschuldige, wahrscheinlich hast du dafür einen Trick. Doch als Schüler hast du bestanden, jetzt bist du wieder ein freier Mann. Carla gefällt dir also nicht?«
»Doch …«, gestand er auch sich selbst ein.
»Dann pass auf, da bist du nicht der Einzige!«, beendete sie das Gespräch, »buona notte!«
Er war vor Carla auf der Terrasse. Das Quisisana strahlte mit all seinen Lichtern gleich einem Luxusliner, die Straße darunter rauschte so wie den ganzen Tag, doch er sah und hörte nichts, er nahm nur weiterhin Julias Stimme und ihre unerwartete Botschaft wahr. Ja! gestand er sich ein, wären letztes Jahr nicht die Bedenken des frischgebackenen Lieblings der Sterne gewesen, dass er durch einen einzigen Fehler alles verlieren könnte, hätte er natürlich ab dem ersten Augenblick um Carla geworben, dazu hätte ihm auch die tschechische Sprache gereicht …
Sie betrat die Terrasse, wie immer frisch geduscht im weißen Bademantel, und wunderte sich, dass nicht auch er sich umgezogen hatte, »Mitternachtsstrand« nannte sie die tagtäglichen letzten Minuten bei einem Glas Wein, wo sie angenehm müde über alles geredet hatten, was ihnen gerade in den Sinn kam. Dann gewahrte sie seinen Gesichtsausdruck. »Ist was passiert?«
»Ich habe mit Julia gesprochen …«
»Hat sie irgendein Problem?«
»Sie denkt, dass eher ich eins habe.«
»Aha …« Sie wartete einen Augenblick und setzte dann schnell hinzu: »Aber wenn Sie nicht darüber reden wollen …«
»Ich denke, ich sollte darüber reden. Ich denke sogar, ich muss!«
Er goss beiden ein und stieß mit ihr an, doch dann stellte

er zerstreut das Glas auf den Tisch und kam sich vor, als schnappe er nach Wörtern wie ein Ertrinkender nach Luft.
»Was hindert Sie?«, fragte sie schließlich.
»Wahrscheinlich die Scham, und ich weiß mir keinen Rat, weil ich mich normalerweise nicht schäme.«
»Vielleicht sollte man nur anders beginnen? Direkt zur Sache kommen!«
»Grazie!«, sagte er, »das ist eine sehr gute Idee. Sind Sie allein?«
»Ist etwa noch jemand hier?«
»Ich meine im Leben. Allein als Frau.« Offensichtlich hatte sie verstanden und wollte nur Zeit gewinnen.
»Ich habe doch Eltern und noch zwei Schwestern.«
»Und einen Freund?«
»Freunde unheimlich viele, von Schulkameraden angefangen bis hin zu Kollegen.«
Auf einmal schämte er sich überhaupt nicht mehr.
»Und einen Geliebten?« Nun zögerte sie.
»Das ist eine sehr intime Frage …«
»Aber endlich kann ich sie stellen. Julia hat mich daran erinnert, dass Sie nicht mehr meine Lehrerin sind und ich nicht mehr Ihr Schüler.«
»Das hat Sie also gestört, deshalb haben Sie nicht früher gefragt?«
»Früher hätte ich nicht gefragt, aber alles dafür getan, dass ich selbst es gewesen wäre.«
Zuerst nippte sie am Wein, dann fragte sie: »Und haben Sie das Gefühl, dass Sie es gewesen wären, um im Konjunktiv zwei zu sprechen, den Sie schon meisterlich beherrschen?«
»So ein Gefühl, um den Konditional zu verwenden, mit dem

auch Sie mich ausgestattet haben, hätte ich nie gewagt auszusprechen.«

»Und wie wäre es, wenn Sie mich mit einem einfachen nicht erweiterten Satz nach meinem fragen würden?«

»Ich frage.«

»Und ich antworte mit einem erweiterten Satz. Ich habe das Gefühl, dass Sie dazu geworden wären. Doch weil mir ein Englischverbot auferlegt wurde, könnten wir uns dabei nicht so wesentliche Dinge wie jetzt sagen.« Die Lichter in den Zimmern des Grandhotels erloschen langsam, das rege Treiben auf der Straße ließ nach, und Leo und Carla hielten in ihrem Gespräch inne wie zwei Ringer, die vor der nächsten Runde Kraft sammeln. Von der Piazza drang die klare metallene Stimme der Rathausuhr herauf.

»Und jetzt ist es zu spät?«, fragte Leo.

»Jetzt ist es genau halb eins«, sagte Carla.

»Also das gestrige Morgen ist schon heute?«

»Genau. Das gestrige Morgen ist schon heute«, wiederholte sie seinen Satz mit offensichtlicher Wonne, »Sie bringen in meine Muttersprache, Leo, die witzige Poesie der Ihrigen, die von dem historischen Zusammenleben mit Deutschen und Juden gewürzt ist.«

»Carla!«, sprach er sie auf einmal mit einem völlig anderen Tonfall an als bisher, »wenn unser Morgen gestern wird, dann sollen wir durch die Logik der Beendigung unseres Zusammenwirkens bis ans Lebensende Fremde sein. Wäre dies nicht möglicherweise ein fast schicksalhafter Verlust?«

»Ich glaube, das wäre es. Ja, ich denke das schon lange.« Er geriet so sichtbar in Erstaunen, dass sie es ihm selbst erklärte.

»Als die Fürstin Mortadini in die Berlitz-Schule kam und ich ihr als Lehrerin empfohlen wurde, hatten wir ein langes privates Gespräch, in dem sie mir Sie zwar als sehr angenehm, aber auch sehr kritisch schilderte. Sie verhehlte nicht, dass sie wie auf eine Zahl im Roulette auf Ihre Intelligenz, Ihre Bildung und Ihr Auftreten gesetzt habe, aber sie sei sich überhaupt nicht sicher, was Ihre, so nannte sie das, Ihre innere Konsistenz betreffe. Sie konnte sich nicht erklären, weshalb ein junger Mann mit einem hohen IQ und einer erstklassigen Qualifikation eine gute Anstellung bei einer soliden Firma verlassen und in einem postkommunistischen Land die Stelle eines bezahlten Tangotänzers antreten konnte, auch wenn Sie ihr darin außerordentlich begabt vorkamen. Und sie hat nicht verstanden, warum Sie, wie sie es unter Verweis auf Ihr Fachgebiet bezeichnete, ›so inkompatibel mit der Geschichte und dem Schicksal der Menschheit überhaupt‹ seien. Sie schloss mit mir eine ungewöhnliche Vereinbarung, die ich als Angestellte der Schule nicht ablehnen konnte, die mir selbst jedoch sehr unangenehm war: sollte ich definitiv feststellen, dass Sie, so formulierte sie es, ein ›leeres, weil löchriges Gefäß seien, das nur ein Irrer zu füllen versuchen könne‹, sollte ich ihr das unverzüglich melden, und sie hätte den Unterricht sofort beendet, wobei sie mir das ganze Jahr bezahlt hätte …, ich gehe davon aus, dass sie Ihren Lehrer für Gesellschaftswissenschaften um dasselbe gebeten hat. Etwa ein halbes Jahr später, im Januar, wollte sie mich noch einmal sehen, um sich zu versichern, dass mein Schweigen gute Gründe habe und nicht notwendig sei, ja, Leo, sie hat gefragt, ob wir beide was zusammen haben und schien paradoxerweise enttäuscht, dass dem absolut nicht so war. Doch eben diese Frage hat bewirkt, dass mir Ihr Desinteresse fast … ja, deprimierend vorkam, und sie steigerte mein Interesse an Ihnen. Als ich trotzdem keinen verdeckten Mangel bemerkte, fand ich es schon damals schade, dass wir uns trennen würden …«

Die Rathausuhren schlugen wieder irgendeine Stunde, im Quisisana leuchteten nur noch die Treppen und Gänge, unter der Terrasse fuhr ein Elektrokarren aus der Stille in die Stille. Sie tranken einen Schluck.

»Was unternehmen wir also?«, fragte er.

»Es wird das Beste sein, wenn wir schlafen gehen«, schlug sie vor und ließ ihm die Wahl: »Zu dir oder zu mir …?«

Nun, zehn Tage später, die ihm wie ein Monat vorgekommen waren, war Carla in dem kleinen Garten des Cafés bei Luigi in ein Buch vertieft, um sie herum spazierten Tauben, denen sie wie immer trotz Verbot Bröckchen eines Cornettos zuwarf, Leo hatte sie schon früher wegen ihrer Liebe zu Vögeln Franziska von Assisi genannt. Noch als er in die nahe gelegene Tiefgarage rollte, war er der ersten Nacht voll, die ihm und wahrscheinlich auch ihr bestätigte, dass sie sich gefunden hatten, obwohl sie sich nicht gesucht hatten. Nachdem er am Morgen Julia mitgeteilt hatte, wie schnell er ihre nächste Aufgabe erfüllte, verlängerte sie ihnen den Aufenthalt auf Capri um drei Tage. »Damit sich euch das alles eingräbt!« Der Graveur waren das schöne Wetter und vor allem das Gefühl des Staunens, wie schnell sich ihre Körper der Verwandtschaft der Seelen anglichen. Carla flog dann dem ursprünglichen Plan gemäß anschließend direkt von Neapel nach Sizilien zu ihrer Familie, die sie seit Ostern nicht mehr gesehen hatte, und Leo telefonierte mit ihr in den nächsten zehn Tagen mindestens doppelt so viele Stunden. Nun dachte er bei der Fahrt von der Villa nach Rom intensiv daran, womit er beginnen sollte und wie ihre erste Begegnung in der neuen Beziehung verlaufen würde, die Vorstellung radierte ihm unterwegs wirklich alles andere aus dem Gedächtnis. Doch kaum trug ihn der Aufzug von der Garage auf die Piazzetta, überkam ihn statt Glück die Angst.

Ohne aus der Glaskabine auszusteigen, beobachtete er seine Liebste und wurde sich bewusst, dass er nicht die geringste Ahnung hatte, wie es weitergehen sollte. Eigentlich hätte er gleich Julia anrufen und sich mit Giorgio beraten sollen, und eigentlich müsste er sich sofort der Frau anvertrauen, mit der er sein ganzes weiteres Leben verbinden wollte. Doch was sollten ihm die drei schon raten? Höchstens, dass er sich an die Carabinieri vor Ort wenden solle. Und was wollte er dort eigentlich anzeigen? Dass ihn jemand, dem er etwas schuldete, zum Diebstahl fremden Vermögens angestiftet habe? Womit würde er dies beweisen? Also die Drohung einfach ignorieren und die paar kritischen Tage bei Julia warten? Sein Kopf, aus dem die Bilder von Capri wie Luft aus einem geplatzten Ballon wichen, war weiterhin leer, er nahm keine vernünftigen Gedanken auf. Die Kabine fuhr auf einmal mit ihm nach unten, ausgelöst von einem anderen Fahrer. Er tauschte mit ihm und blieb reglos und ohne rettende Idee in der Tiefgarage. Dann hörte er aus seiner Kindheit die Mutter, wie sie ihren kleinen Sohn entschuldigte, der Angst vor einer Rechenarbeit hatte, »Frau Lehrerin, Leošek hat Zahnschmerzen …« Er zog das Handy hervor, doch ehe er ihre Nummer eingab, ging er auf die Parkhaustreppe, damit ihn die Geräusche der Autos nicht verrieten.

»Pronto?«

»Sono io …«
»Leošku, ich hatte schon Angst, dass dir etwas passiert ist!«
»Das ist es ja auch …«
»Mein Gott, was?« Er schaffte es zu lachen.
»Mir tut meine Weisheit weh!«
»Was?«
»Mein Weisheitszahn hat sich bemerkbar gemacht, die Acht rechts, wahrscheinlich feiert er mein Zeugnis. Dir müssen doch sicher systematisch alle vier wehtun!«
»Meine Zähne haben mir nie Sorgen bereitet, aber ich habe oft mit den Patienten meines Vaters mitgelitten, tut es sehr weh?«
»Ganz schön, angeblich so wie wenn eine Frau Wehen hat. Wenn das zwei Tage früher passiert wäre, wäre ich zu deinem Vater geflogen, und du hättest mir das Händchen gehalten!«
»Muss der Zahn gezogen werden?«
»Ich denke nicht, höchstens muss das Zahnfleisch etwas eingeschnitten werden, damit er schneller durchbricht, aber ich nehme lieber eine Schmerztablette, und damit will ich mich nicht ans Lenkrad setzen …«
»Und soll ich nicht hinkommen?«
»Bitte nicht, ein Hämmern im Zahnfleisch erschlägt auch die stärkste Liebe, und unsere ist noch zu jung!«
Er versprach, heute ganz sicher noch einmal anzurufen, und kehrte zum Auto zurück. Auf dem Heimweg konnte er an gar nichts denken, denn seine Aufmerksamkeit wurde von dem Anschein getrübt, dass zur Strafe nun wirklich sein Backenzahn erwachen würde, unter dem er schon zweimal reichlich gelitten hatte. Er deaktivierte den Code des ersten Alarmkreislaufs, um in die Garage fahren zu können, doch sofort akti-

vierte er wieder den elektronischen Wall der Villa, so als sei sie leer. Daraus schloss er, dass er wohl das erste Mal in seinem Leben wirklich Angst hatte, die nicht vergleichbar war mit allen anderen, die in Tschechien vor allem die Prüfungen betroffen hatte. Er hatte zwar keinen Angriff seines Zahns heraufbeschworen, aber dafür meldete sich sein Magen heftig zu Wort. Er goss sich aus der Hausbar ein Glas Fernet ein, setzte sich an den Küchentisch, trank in kleinen Schlucken und versuchte, den unterbrochenen Denkprozess wieder zu erneuern, ähnlich wie er es gewohnt war, die Ursache eines nicht funktionierenden Chips zu klären. Schrittweise schloss er aus, dass er fähig und bereit sein würde, der Truppe ihren fürchterlichen Wunsch zu erfüllen, aber auch, dass er sie von der Unmöglichkeit dieses Einfalls überzeugen könne. Im Laufe seiner Tänzerkarriere hatte er verstanden, dass die Milongas eine seltsame Welt waren, in der völlig andere Sitten herrschten als im normalen Leben. Als er die italienischen kennenlernte, staunte er darüber, dass das Phänomen des Tangos auch die Tschechen angesteckt hatte, die aus dem rohen Sozialismus sowjetischer Prägung über Nacht in den rohen Kapitalismus aus Pionierzeiten gestolpert waren. In Prag und in Krakau brachten ebenso wie in Rom die meisten Tänzer saubere Schuhe mit und zogen sich mit ihnen auch sauberere Manieren und ein besseres Auftreten an im Vergleich zu dem, was auf der Straße üblich war.

Kája, Míra und Láďa unterschieden sich in ihrem Verhalten auf den ersten Blick nicht von den meisten Tangotänzern, erst der anfängliche Konflikt mit ihnen zeigte, dass es sich um Kerle handelte, die durch ihren Beruf als schwarze Sheriffs derbe Typen waren. Und er musste immer wieder bewundern, wie sie zusammen mit ihren Schuhen auch ihren Wortschatz wechselten, wenngleich dieser Zauber eine einfache Erklärung hatte: sie beschränkten sich größtenteils auf einen Gruß und widmeten sich dann wieder voll dem Tanz. Anders als Leo studierten sie keine Feinheiten ein, auf viele kamen sie zwar selbst, aber nur dank ihrer Gewandtheit und ihrer Lust zu tanzen. Ganz sicher motivierte sie nicht nur das Geld, was Leo schätzte, und weswegen er mit ihnen den Pakt abgeschlossen hatte. Dass sie ihn irgendwo in der weiten Welt suchen und erpressen würden, wäre ihm nie eingefallen. Erst nachdem dies geschehen war, erkannte er, dass diese professionellen Hüter des Rechts und des Vermögens über eine Energie verfügten, die man tatsächlich als kriminell bezeichnen konnte. Paradoxerweise beruhigte ihn das. Wie würden sie diese konkret anwenden? Erpressung setzte voraus, dass die Erpresser über den Erpressten irgendetwas wissen mussten, womit sie ihn schrecken konnten. In diesem Fall handelte es sich nur um die ungeschriebene Verpflichtung, alles mit ihnen gleichermaßen zu teilen, was sie jedoch nicht auf seine anschließende Tätigkeit in einem völlig anderen Bereich beziehen konnten. Sie durch einen Diebstahl von Julias Vermögen auszuzahlen, betrachtete er vom ersten Moment an nicht nur als technisch unmöglich, sondern vor allem als absolut unmoralisch und deshalb undenkbar. Ihm ging es aber auch um die Frage, ob er ihnen überhaupt etwas schuldete. Sollte er dies nicht direkt von sich weisen oder sofort beginnen zu verhandeln? Zu dem morgigen Treffen müsste er ja übrigens auch gar nicht gehen, wahrscheinlich würden sie sehr wütend sein, aber das wäre dann auch alles. Sie könnten ihn höchstens noch zusammenschlagen, doch würden sie das hier wagen? Außerdem beherrschten sie nur Tschechisch und dazu Englisch im Slang ihrer Branche. Nein, sie würden nicht die geringste Chance haben! Und gestehen wir es uns ein: wäre das auch moralisch sauber? Er war mit ihnen ein Stück Wegs gegangen, hatte es mit ihnen buchstäblich getanzt! und durch sein plötzliches Verschwinden hatte er sie wirklich um etwas gebracht, hatte er doch zumeist den größten Teil in den gemeinsamen Topf eingebracht …

Leo hatte immer noch nicht den Fernet ausgetrunken, doch sein Magen hörte in dem Moment auf zu grummeln, in dem er eine Lösung ausgedacht hatte. Er ging in seine Wohnung und schloss die untere Schublade des Schreibtischs auf, wo er, nachdem er seiner Familie die Schulden bezahlt hatte, seine Lohnüberschüsse aufbewahrte. Es waren viel zu geringe Beträge, und er war viel zu faul, diese auf die Bank zu bringen, er wollte sie verwenden, wenn es einen Grund dafür geben würde, und seit seiner Rückkehr von Capri dachte er daran, Carla auf seine Kosten nach Prag einzuladen, das sie nur aus seinen Erzählungen kannte. In dem Umschlag zählte er viertausendzweihundert Euro und fasste einen konkreten Beschluss: Er würde jedem eintausend geben, was sie wohl kaum ablehnen könnten, und außer seiner Ruhe würde er auch das Gefühl erlangen, sich fair verhalten zu haben. Er legte das Geld in drei leere Umschläge und steckte sie in die Brusttasche seines Sakkos, schloss den Rest wieder ein und rief Carla an. Sie hatte schon auf sein Telefonat gewartet, denn sie fragte, ehe er etwas sagen konnte.

»Wie geht es dir?« Er schilderte ihr, der Zahn habe sich, bevor er zu Hause eingetroffen sei, beruhigt, und so werde er eine Schlaftablette nehmen und am nächsten Morgen entscheiden, wie es weitergehen solle.

»Ich freue mich, dich morgen zu sehen, schlaf gut, amore mio!«

XII. Giulietta

Sie war gleich am Morgen allein auf dem Friedhof gewesen, schon aus Tradition, weil sie die Einzige war, die Viktor hier kannte. Eine Ausnahme war Leo, den sie bei einem Besuch zu Weihnachten hierher mitnahm, schon mit dem Hintergedanken, dass vielleicht er sich dereinst um die Urne kümmern würde. Zwischen den Tafeln an den Nachbargräbern mit den stolzen Titeln dottore, professore oder commendatore nahm sich eindrucksvoll die tschechische Aufschrift VIKTOR KONEČNÝ, ČESKÝ POETA aus, die sich auch optisch durch Hatscheks und Längenstriche von den anderen abhob. Bei ihrem Treffen auf Capri hatte Präsident Havel ihr versprochen, in Prag einen Verleger für Viktors Verse zu finden, und er hatte sein Versprechen gehalten. Auf Giorgios Rat versprach sie dem Interessenten, die Publikation finanziell zu unterstützen, somit erschien diese kurz nach der Wende, noch vor der Einführung der Konvertibilität der einheimischen Währung, in einer Auflage von zehntausend Exemplaren, die sofort vergriffen waren. Damals hatte sie nicht gewagt, in ihre Heimat zu reisen, wie sie sich eingestand, aus der Furcht der Emigrantin heraus, dass die Heimat, auch wenn sie nun frei war, ihr trotzdem nicht mehr so nah sein könnte, wie sie es in ihrer schweren Kindheit und Jugend gewesen war. Der Verleger schickte ihr eine Videokassette mit einer Sendung des Tschechischen Fernsehens, das Viktors »Autogrammstunde posthum« gedreht hatte, die erste nicht nur nach dem Zusammenbruch des Sowjetimperiums, sondern überhaupt, wo doch seine anspruchsvolle Poesie vorher nur von einer Handvoll elitärer Leser geschätzt und geliebt worden war. Die Herausgabe des Sammelbandes »Immer und nie« wurde in einem kleinen Buchladen in der Prager Altstadt gefeiert, das schmale Büchchen signierte sein bekannter Illustrator, und sie hatte Tränen in den Augen, als sie die lange Schlange der Wartenden sah, die sich durch die gesamte Straße Kaprova bis weit hinter die Ecke zog; der Kommentator hob hervor, dass der Autor, durch und durch Demokrat, sein ganzes Leben lang unnachgiebig gewesen sei und »sich nie mit den Kommunisten eingelassen habe und auch nicht ihrem verlogenen Prager Frühling 1968 aufgesessen sei, der mit der schmachvollen Unterzeichnung der Moskauer Protokolle und der Okkupation endete«. Am Schluss folgte noch ein Appell an den Kulturminister, er solle die Überführung »des großen Barden Viktor Konečný aus dem unwürdigen Grab im Ausland auf den Vyšehrader Friedhof der großen Tschechen« veranlassen, »wohin er ebenso wie der Dichterfürst Karel Hynek Mácha gehöre«.

Kurz nach der Entwertung der Krone stiegen jedoch auch die Buchpreise deutlich, somit wurde der Nachdruck zum Ladenhüter, auch wenn Julia den würdigen Vertrieb in alle Bibliotheken finanzierte, gelangte der Dichter Viktor Konečný nicht in die Lesebücher und verschwand erneut aus dem Gedächtnis der meisten Leser. Ihre freundliche Anfrage beim nächsten Kulturminister wegen des Grabes landete bei einem Referenten, der ihr mit der Aufrichtigkeit eines Rüpels und der Schreibfähigkeit eines Hilfsschülers mitteilte, dass »auf dem Vyšehrad nur Autoren von Werken das Recht haben zu liegen, die auf

Dauer den Geist des Volkes angesprochen haben. Mit Gruß«. Sich in dieser Sache an Präsident Havel zu wenden, wagte sie dann nicht mehr. Zu ihrer Freude bat Leo sie von allein um ein übriges Exemplar und behauptete, Viktors Verse hätten ihn angesprochen. Sicherheitshalber fragte sie ihn nicht weiter, um den Techniknarren nicht in Verlegenheit zu bringen.

Heute öffnete sie wie immer eine der Glastüren im Kolumbarium, steckte die mitgebrachte Kerze in den Halter aus Metall, zündete sie an, blieb aber nur eine Weile an dem »unwürdigen Grab« stehen. Es war seltsam, dass sie gerade hier nie von einer starken Erinnerung übermannt wurde, während sie sonst unterbewusst recht oft an Viktor dachte. Ehe hier weiter gedankenlos umherzuschweifen, streichelte sie wie immer die Urne, schloss das Türchen und ließ sich vom Taxidienst des Hotels zum Dom zurückbringen. Dann setzte sie sich wieder in die Cafeteria, vor der der Flugtag der Tauben weiterging, sie wartete, bis Giorgio die Skype-Konferenz mit seiner Tochter in der Kanzlei in Rom beendet hatte und stimmte sich gedanklich auf Leonardos Heiliges Abendmahl ein, das sie zum letzten Male mit Viktor gesehen hatte.

Es war am ersten Jahrestag nach der Invasion gewesen, im Prager Rundfunk verfolgten sie in der bescheidenen Theaterpension schon den zweiten Tag per Direktübertragung das Ende der Reformhoffnungen. Ihr Träger Alexander Dubček war der Mitunterzeichner eines neuen Gesetzes, das die Kommentatoren gerade noch als »Schlagstockgesetz« bezeichnen konnten, ehe sie von einer Stunde auf die andere durch die neuen Chefs des Rundfunks gefeuert wurden. Auf die Demonstranten mussten dann nicht mehr, wie noch ein Jahr zuvor, die Russen schießen, nun durften tschechoslowakische Polizisten und sogar Soldaten sie ganz nach Herzenslust verprügeln und einsperren. Am Horizont der Scala sollte Julias Stern erst einen Monat später aufgehen, doch Viktor, auf ihre Aufforderung hin, in einem Land mit Freiheit des Wortes dürfe er angesichts des nationalen Unglücks nicht ewig schweigen, überwand den ihm eigenen Unwillen, öffentlich aufzutreten – »das, liebes Julchen, ist in unserer Firma dein Part!« – und trat, simultan gedolmetscht, in der Sendung des italienischen Fernsehens mit der höchsten Einschaltquote auf, wonach er bei Einkäufen, in Bistros und auf der Straße von den Mailändern angesprochen wurde. Bis auf einen Einzigen, der vor ihm ausspuckte und ihm die bolschewistisch geballte Faust zeigte, drückten sie ihnen beiden die Hände, klopften ihnen auf die Schulter und unterhielten sich mit ihnen lange und temperamentvoll. Viktor in seiner Perfektionssucht lernte intensiv Italienisch, doch er hasste sich dafür, dass er bei Weitem nicht in der Lage war, seine pointierten Gedanken auszudrücken – »ich rede wie ein Buschmann, und wenn man mich als Dichter vorstellt oder anspricht, dann spüre ich, wie ich Scham ausschwitze!«. Seine Freizeit verbrachte er also lieber an Orten, wo sich eher Touristen bewegten, denen beide nichts sagten, und so konnten sie ungestört die Atmosphäre ihrer »Reserveheimat«, wie Viktor sie nannte, aufsaugen: »sie hat sich für uns beim freien Fall wie ein Notfallschirm geöffnet!« Da Vincis Abendmahl sparten sie sich bis zum Schluss auf, und bei dem, was sie kurz nach der Besichtigung erlebten, musste der Gott der Christen und der Juden Regie geführt haben, denn damit stellte er die Weichen und brachte ihr Leben auf ein Gleis, auf dem sie bis heute fuhr …

Sie roch den bekannten Duft der Zigarre und hörte eine Raucherstimme.
»Cara mia!« Giorgio war aus seinem Zimmer zurückgekehrt und setzte sich zu ihr. Diesen unsicheren Ton in seiner Stimme kannte sie nur allzu gut.
»Was ist passiert?«
»Ich muss zurück. Doch den morgigen Abend schaffe ich bestimmt!«
Sie war sich sicher, dass es dafür nur einen einzigen Grund geben konnte: »Dein Scheich?«
»Leider!«
»Doch eher Gott sei Dank, oder?« Der älteste Sohn eines Emir aus Kuweit und deshalb dessen Nachfolger war viele Jahre Giorgios Klient gewesen, der ihm das Fünffache der Causa des Hauses Mortadini einbrachte.
»Das Auto lasse ich hier, ich fahre mit dem Zug nach Rom, Lucia bestellt mir auf dem Bahnhof einen Mietwagen, ich muss noch zu dir in die Villa, an den Unterlagen habe ich dort gearbeitet.«
»Die Schlüssel hast du? Peppino und seine Frau sind zu einer Beerdigung gefahren, und Leo ist wahrscheinlich bei Carla.«
»Dann erschrickt er wenigstens nicht und löst keinen Alarm aus.«
»Ich rufe ihn zur Sicherheit an«, versprach sie, »doch du wirst mir verzeihen, dass ich mir den Leonardo jetzt alleine anschaue.«
»Mea culpa!«, er stimmte zu, »also ciao!« Er stand auf, setzte sich aber wieder hin und nahm sie bei der Hand. »Ich habe dir lange nicht gesagt, dass ich dich liebe …«
»Das fehlt mir nicht.«

»Wieso??« An ihrer Mundbewegung musste er erkennen, dass sie hinter der dunklen Brille lachte.

»Weil ich es weiß. Und du weißt das hoffentlich auch.«

»Was?«

»Dass ich dich liebe.«

»Dann fehlt mir jetzt absolut nichts mehr!« Er nahm die Brille ab, legte sie ins Etui, das er wie immer in die Innentasche seines Sakkos steckte, stand auf und bückte sich, um sie zu küssen. Diesen Kuss erwiderte sie herzlich.

»Ciao, mio caro! Pass auf dich auf, dich würde ich nicht mehr überleben!«

XIII. Leo

Leo wurde erst durch Carlas Anruf wieder wach: »Buon giorno, Leošku! Wie geht es dir?«
Er blinzelte und gab zu: »Das weiß ich noch nicht …«
»Habe ich dich geweckt?«
»Ich habe im Schlaf darauf gewartet, dass du es tust!«
»Das klingt gut. Und was macht dein Zahn, tut er noch weh?«
Schon kam er zu sich, erinnerte sich daran, welche Strategie er ausgedacht hatte, und kam der Wiederholung ihres Angebots, ihn zu besuchen, zuvor.
»Mit dem kläre ich das heute allein, und morgen hole ich dich ab. Giulietta hat mir das angeboten und wird sicher froh sein, dich hier zu sehen!«
Noch eine halbe Stunde plauderten sie wie immer, dann lief sein Plan an. Nach seiner täglichen Portion Training im Fitnessstudio des Hauses überstand er auch die eiskalten und die heißen schottischen Güsse aus der Druckdusche, er bereitete sich Bacon and eggs zu, trank einen Pott Caffè Latte und fühlte sich ebenso gut wie an der Hochschule nach dem Konditionstraining vor einem Basketballspiel, das es angesichts der Stärke des Gegners nicht zu verlieren galt. Eine gute Stunde »intellektualisierte« er sich im Netz, dieser Ausdruck gefiel sowohl Julia als auch Carla, durch das Lesen italienischer und englischer Nachrichten, nach langer Zeit schaute er sich auch wieder mal die tschechischen an. Zu Hause liefen

gerade irgendwelche Wahlen, und er wurde sich bewusst, dass er wieder einmal längere Zeit Julias Anweisung nicht gefolgt war, ständig das Geschehen in ihrer beider Heimatland zu verfolgen, wohin eventuell ihr frei gewordenes Kapital fließen könnte. Lange hatte er dazu weder Zeit noch Lust gehabt, und jetzt kam er sich vor wie ein Zuschauer bei einem Fußballspiel zweier unbekannter Klubs. Er gab sich selbst das Versprechen, sich das so bald wie möglich genauer anzusehen, dann musste er auch schon los.

Er verschloss wiederum das Anwesen zu einem uneinnehmbaren Safe aus unsichtbaren Wellen und stellte in seinem Navigationsgerät das Ziel ein. Er nahm an, ein Hotel oder ein Café zu finden, deshalb überkam ihn Beklommenheit, als die mechanische Stimme von oben den Wagen vor das Tor einer Art Lager navigierte, das offensichtlich nicht genutzt wurde. Ähnliche Objekte verfielen hier im Industriegebiet der Vorstadt mehrere, auch in den angrenzenden Straßen traf er keine Menschenseele. Seine Überlegung, ob er hupen oder aussteigen und klingeln sollte, wurde von der Bewegung des Eisentores unterbrochen. Die Automatik funktionierte und schloss es hinter ihm, nachdem er auf einen weitläufigen Hof gerollt war, wo drei Autos standen, die auf den ersten Blick nicht zueinander gehörten; neben dem bekannten Wagen stand noch eines mit einem Prager Kennzeichen, in der gegenüberliegenden Ecke parkte ein Lieferwagen mit dem Logo einer großen europäischen Speditionsfirma. Aus dem ersten Wagen sprang der komplette »Kamil«. Leo stieg also auch aus und grüßte mit dem üblichen »Ahoj«.

»Ahoj«, antwortete Kája, während Míra und Láďa wie gewohnt schwiegen, »was hast du uns denn Schönes mitgebracht?«

Leo versuchte, die Situation etwas zu entspannen: »Gestern wolltet ihr einen Kaffee, kann ich euch heute nicht auf einen einladen?«
»Wohin meinst du?«
»In Rom gibt es an jeder zweiten Ecke ein Café.«
»Und dort packst du das dann auf dem Tisch aus?«
Er wusste nur allzu gut, wovon die Rede war, doch er versuchte, es zu verdrängen: »Was meinst du …?«
»Das, was du uns schuldest, Spacko! Hast du's im Kofferraum?«
»Ach so … nein … eben das würde ich euch gern in Ruhe erklären …«
»Erklär es uns hier, hier ist es doch auch ruhig, oder?«
Er verstand, dass er keinen anderen Ausweg hatte und seinen Plan hier würde durchsetzen müssen, dazu noch im Stehen. Er stützte sich also wenigstens mit dem Ellenbogen auf das Dach seines Piccolinos, um cooler zu wirken und mit seinem Augenpaar gleichzeitig alle drei Paar Augen ihm gegenüber zu fixieren.
»Jungs, ich glaube nicht, dass ihr an meiner Stelle gezögert hättet, wenn sich euch eine solch einzigartige Chance in eurem Leben geboten hätte, aber ich kann verstehen, dass ihr angepisst wart, weil ich nichts gesagt hab und einfach abgehauen bin. Aber dass ihr meinen neuen Job als Teil des großen Topfes von den Milongas versteht und die Anteile für ein Jahr wollt, scheint mir übertrieben und ganz sicher nicht fair. Auch könnt ihr es nicht ernst damit meinen, dass ich euch drei Bilder von der Wand abhänge, die mir nicht gehören und sicherlich einen viel höheren Wert haben, wobei der Verdacht nur auf mich allein fallen würde, weil ich mich um das Alarm-

system kümmere, und ich bezweifle, dass ich ein gründliches Verhör überstehe, und so würde ich zusammen mit euch im Knast landen. Ich mach euch einen Vorschlag, der meiner Meinung realitätsnah ist, wollt ihr ihn hören …?« Da zerrte schon der angestrengte Blick der drei begleitet von eisigem Schweigen mächtig an seinen Nerven. Dass sie nicht einmal jetzt reagierten, dramatisierte die Szene nur noch, und Leo wurde plötzlich von seiner morgendlichen Sicherheit eines leichten Matches verlassen, es gelang ihm aber aufrechtzuerhalten, was er als sorglosen Ton betrachtete.

»Jungs«, begann er noch einmal und zog die drei Umschläge aus der Brusttasche, die er schon am Tag zuvor vorbereitet hatte, jedoch am Morgen noch mit dem Rest seiner Ersparnisse aufgefüllt hatte, weil ihm einfiel, ein ungerader Betrag werde seine Möglichkeiten glaubhafter erscheinen lassen, »ich habe in diesem Jahr genau viertausendzweihundert Euro zusammengespart, also einhundertfünftausend Kronen, das sind eintausendvierhundert Euro oder fünfunddreißigtausend Kronen für jeden von euch, dann sind wir fair quitt!«

Er lehnte sich nicht mehr auf seinen Wagen, tat einen Schritt nach vorn und bot ihnen die Umschläge an; als sich jedoch auch jetzt keiner von ihnen regte, konnte sein Arm ein Zittern nicht mehr verbergen, nur ganz wenig zwar, trotzdem erregte es Aufmerksamkeit.

»Spacko«, grinste Kája, »deine Haxe zappelt schon, und ich warte, dass dir bei deinen Lügen auch noch 'ne krumme Nase wächst, denkst du wirklich, Spacko, dass wir dir diesen Schwachsinn abkaufen? Wem willst du erzählen, dass dich die Oma, die eine ganze Nationalgalerie zu Hause hängen hat, wie einen Milchwagenfahrer bezahlt?«

»Jungs«, begann er ein drittes Mal und spürte selbst, dass das bei Weitem nicht souverän, sondern immer verzweifelter klang, »ich schwöre euch das beim Tod meiner Mutter!«

Láďa ballte schon wieder vor der Brust seine Hände zu Fäusten. »Spacko, du willst also wirklich, dass ich dir die Fresse poliere?«

Leo versuchte eine letzte Möglichkeit: »Dann nehmt das zumindest als Anzahlung und lasst uns weiter überlegen, wie wir das klären …«

Zu seinem Erstaunen und seiner Erleichterung lachte Kája recht normal und legte seine Hand fast beschwichtigend auf Láďas geballte Fäuste.

»Das ist eine gute Idee!« Und noch ehe Leo durchatmen konnte, hörte er: »Dann steig ein!«

»Wohin …?«

»Na dahin, von wo du ausgestiegen bist!«

»Ins Auto …?«

»Siehst du hier vielleicht eine Kutsche, Spacko? Na, setz dich ans Lenkrad!«

Blitzschnell fuhr ihm durch den Sinn, dass dies das Vernünftigste war, was er tun konnte, und so gehorchte er. Kurz darauf klappten vier Türen, nachdem sich Kája neben ihn gesetzt hatte und Míra und Láďa hinten eingestiegen waren. Statt einer Erklärung hörte er von rechts: »Dann gib Gas!« Er startete, doch als er keinen weiteren Befehl bekam, fragte er selbst: »Und wohin …?«

»Na, hast du uns denn keinen Kaffee versprochen?«

»Klar … aber wo wollt ihr …«

»Na, bei dir doch, Spacko, das letzte Mal hatten wir das doch nicht geschafft.«

Der Motor lief, doch er stand noch, weil sich das Tor nicht öffnete und weil er sie immer noch überreden wollte, deshalb wandte er sich jetzt an den Einzigen, der das entscheiden konnte: »Kája, wenn ihr dort wirklich was wegnehmen wollt, dann kommt ihr nicht mal bis zum Tor damit, dort ist echt alles gesichert wie in der Nationalgalerie!!«

»Das glaub ich dir, Spacko, aber wir haben ja einen Fachmann dabei, der diese Tricks kennt und überlistet!« Er begriff, dass er gemeint war, und er erschrak.

»Und dann soll ich mit euch zusammen abhauen?? Ich stecke ja dann am tiefsten drin!!« Kája redete auf einmal wie ein guter Freund.

»Darum geht's dir also? Du hast Angst um dich selbst? Spacko, wir sind nicht wie du, dass wir im Notfall die Mücke machen würden! Wir haben alles ausspioniert, also zögere nicht länger und fahr zu!«

Ohne dass sich jemand von den dreien regte, öffnete sich das Tor, und er trat nun aufs Gaspedal. In der Aufregung vergaß er, das Navi einzuschalten, und war vollauf beschäftigt, sich aus dem Irrgarten von kleinen Fabriken und Werkstätten herauszuschlängeln. So versuchte er erst auf der Ausfahrtstangente, ihr hartnäckiges Schweigen zu brechen, indem er fragte, was denn ihr Plan sei. Kája unterbrach ihn wieder grob, das erklärten sie ihm erst in Ruhe beim Kaffee, wie er es sich gewünscht habe. Die nächsten zwanzig Minuten nutzte er dazu, sich zu beruhigen, und vor allem dachte er darüber nach, was er unternehmen solle, wenn sie ihn wirklich zum Komplizen eines Diebstahls machten. Er wusste nur allzu gut, dass er in seinen Warnungen übertrieben hatte, die Villa war als Ganzes so durch einen Panzer von elektromagnetischen Impulsen gesichert, dass es Vittorio und nach ihm auch Julia nicht für notwendig erachtet hatten, jedes Bild einzeln zu schützen. Außerdem lagen die teuersten schon lange in einem entsprechend großen Tresor in Rom.

»Je prächtiger das Werk«, hatte Julia einmal geseufzt, »desto geringer die Chance, dass es noch jemand anderer sieht als der Besitzer und der Schlüsseldienst der Bank, das heißt also, mehr als eure teuren Spielchen zahlt sich für mich die Versicherung aus.«

Jetzt bedeutete dies, wenn er sie durch den Schutzwall aus Wellen ließ, würden sie mitnehmen können, was ihnen gefiel. Dieses Ansinnen verrieten sie auch ohne Worte. Als er kurz vor dem Städtchen vom Autobahnzubringer auf den Weg zur Villa abbog, sah er plötzlich weder Kája neben sich noch die beiden hinten im Rückspiegel, sie hatten sich so tief geduckt, dass von außen ein zufälliger Spaziergänger oder ein entgegenkommender Fahrer nur ihn sehen konnte.

Mit der Bestätigung ihrer Absicht reifte in ihm auch blitzschnell eine Entscheidung, eine durch die extreme Notsituation aufgestachelte Hirnzelle sendete ihm Erinnerungen an den Rottweiler seines Großvaters; er schützte das Wochenendhaus dadurch, dass er jeden nett hineinließ, aber nicht mehr hinaus, da knurrte er nur noch und fletschte die Zähne, bis sein Herrchen kam. Ja! Natürlich!! Selbstverständlich!!! Er würde sie in die Villa lassen, aber nicht mehr hinaus, denn in der Halle würde er sicher unauffällig den Schalter unter der Tischplatte drücken können, und den Italienern, die dann sofort anrückten, würde er dann eine etwas andere Parole durchgeben. Vor diesen Erpressern wäre er dann aus dem Schneider, denn er hatte sie ja schließlich gewarnt, und ehe die Carabi-

nieri einträfen, würde er ihnen wieder die Umschläge in die Hand drücken mit dem Versprechen, sie aus allem rauszuhauen, und sie würden dann für alle Zeiten Ruhe geben. Den Polizisten vor der Villa würde er dann erklären, er habe irrtümlich den Alarm ausgelöst und den richtigen Satz unter diesem Schock vergessen, Julia würde er sofort anrufen, dass er die Ausgaben für seinen dummen Irrtum abarbeiten werde, dann würde er den dreiköpfigen Kamil nach Rom zu seinem Wagen bringen und daraufhin Carla überraschen, die er wiederum dort abholen würde ... diese plötzliche klare Lösung gefiel ihm so, dass er ohne Bedenken den elektronischen Wall öffnete und bis in die Garage fuhr, wo sich die drei wieder aufrichteten und ausstiegen. Gleich schloss er den Wall wieder und führte sie in die Halle, wo er sie schon recht ruhig fragte: »Soll ich also den Kaffee machen?«
Es überraschte ihn nicht, als er Kájas »Wir sollten keine Zeit verlieren, setz dich lieber!« hörte. Er setzte sich an das Kopfende des Tisches, somit konnte er den Schalter auch mit den Knien erreichen.
»Also Spacko, in ein paar Minuten kommt ein Lieferwagen, vielleicht hast du den ja dort im Hof gesehen, und du regelst für ihn freie Fahrt, denn da drin sitzt ein Italiener, der auch Englisch kann und vor allem, Spacko, der sich mit diesen Waren auskennt«, er umkreiste mit dem Kopf die Wände voller Gemälde. »Und mit ihm zusammen kommt ein Typ aus unserer Schwesterfirma in Rom, die dich für uns aufgespürt hat, und der wird dann aufpassen, dass die Waren die richtigen Abnehmer finden und deren Knete dann uns. Und was dir sicher gefallen wird, Spacko, ist unser guter Wille, dass sich auch darauf der große Topf bezieht, den du dir in Prag

ausgedacht hast, also behalt deine Almosen und spiel mit, damit du auch was von dem Paket abkriegst, Spacko!«
Leos Entschluss erlaubte es, einen recht amüsierten Ton anzuschlagen, der eher zum Kaffee gepasst hätte: »Und dieses Paket hol ich mir dann von der Post ab, wenn ich nach zehn Jahren wieder aus dem Knast komme?«
Kája sah die beiden anderen an und sagte, als ob er sich für Leo schämen würde: »Der Blödmann denkt immer noch, wir sind solche Idioten, dass wir ihn hier den Bullen überlassen und er uns dann verpfeift? Spacko«, wandte er sich an Leo, »wir sind nicht so eiskalt, dass wir dich zum Beispiel in Beton gießen, wie es hier in der Gegend üblich ist, weil wir selbst auch ruhig schlafen wollen. Kapierst du's denn immer noch nicht? Spacko, du bist überfallen worden! Hast du nie was von der russischen Mafia gehört? Dann schau sie dir genau an, dass du uns dann den Bullen völlig anders beschreibst. Wir verprügeln und fesseln dich ein bisschen, und wenn sie dich dann finden, kriegst du das schon selbst hin, so wie das mit dem Tango, oder?«
Ihr Plan lag jetzt bildlich auf dem Tisch, und er brauchte nur noch mit dem Knie den Schalter unter der Tischplatte zu betätigen, also konnte er es sich erlauben, ihnen eine letzte Chance zu geben.
»Und wo ihr doch schon mal so nett seid, dass ihr mir nur die Fresse polieren wollt, was habt ihr denn geplant, wenn ich trotzdem Nein sage?«
Kája seufzte wie ein Lehrer über einen Schüler, der zu lange seine Geduld missbraucht. »Mein Gott, Spacko, du provozierst vielleicht!« Und er wandte sich an Míra: »Dann spiel ihm das mal vor, Spacko!«

Der Angesprochene zog ein kleines Gerät aus der Tasche, schaltete es ein und Leo hörte eine Stimme, die er als seine eigene erkannte, wie er trotz mehrerer Schnäpse im Hotel in Olmütz ziemlich aufgeschnitten hatte.

»Jungs, ich werde diesen alten italienischen Klepper einreiten, dass sie von selbst pariert, auch wenn ich dann jedes Mal von dem Gammelfleisch das große Kotzen kriegen sollte …«

»Glaubst du, dass das deine Frau Fürstin freut, Leolein?« Auch der Vorname, darüber hinaus in der Verkleinerungsform, der aus Kájas Mund das erste Mal erklang, wirkte auf Leo, als hätten die morgendlichen schottischen Güsse sein Gehirn aufgepeitscht. Er stellte sich lebhaft vor, dass dies die Frau hören könnte, die ihn aus der Gosse geholt, ihm eine Perspektive gezeigt, das Selbstvertrauen zurückgegeben, seine Bildung ergänzt und somit ermöglicht hatte, dass er ein Mädchen wie Carla finden konnte, und alles nur dafür, dass er zweimal pro Woche drei Stunden Tango tanzte. Nie hatte ihn irgendetwas mehr in Schrecken versetzt als die Sicherheit, dass Julia und auch Carla, wenn sie dies in der Übersetzung hören, ihn für einen Bastard halten würden, den, mit den Worten von Julias erstem Mann zu sprechen, »ein anständiger Mensch nicht einmal ignorieren darf!«.

In dieser psychischen Ohnmacht entsicherte er auf Kájas Anweisung wieder die Villa, er hörte, wie der Lieferwagen kam und zwei Männer eintraten, von denen einer, etwas älter und mit Bart, an einen ehrenwerten Professor erinnerte, während der andere, ein hochaufgeschossener junger Mann mit einem schmalen Schnurrbart, wie ein Mafioso aus dem Bilderbuch aussah. Ein paar Zentimeter mit dem Knie vom Alarmknopf entfernt saß Leo da wie versteinert und beobachtete matt, wie der Bärtige mit Kennerblick ein Bild nach dem anderen betrachtete und seine Meinung vorbrachte, worauf Míra und Láďa hin und wieder eines abnahmen und auf den Boden stellten. Obwohl er wie betäubt war, erkannte er, dass sie sich auf kleine Gemälde konzentrierten, von denen der Italiener die absoluten Prunkstücke auswählte, und durch seinen völlig leeren Kopf rauschten immer dieselben Worte Was nun? was nun? was nun? was nun … bis diese Endlosschleife von dem stärker werdenden Geräusch eines neu ankommenden Wagens unterbrochen wurde. Wer ist das? dröhnte sein Gehirn, wer ist das? wer ist das? wer ist das?

»He Spacko, wer ist das??«, zischte ihm Kája direkt ins Ohr, während die anderen ein lebendes Bild darstellten, das an Arbeiten von Schülern Rubens' erinnerte, die ein Atelier des Meisters voller geschenkter Werke malten.

»Ich weiß nicht …«, röchelte er und überlegte verzweifelt, wie er reagieren sollte. Als Erster verlor Míra die Nerven.

»Verstecken wir uns …!« Schon wollten sie auseinanderlaufen, als ein scharfer Befehl des jungen Mannes mit Schnurrbart die Luft zerschnitt: »Alt!!«

Sie verstanden und erstarrten erneut, und so hörten sie in der eingetretenen Stille bis hierher, wie sich unten in der Eingangstür ein Schlüssel im Schloss drehte. Logischerweise konnten das nur Peppino und seine Frau sein, die vorzeitig von der Beerdigung heimkehrten, doch über die Treppe kamen nur die Schritte einer Person näher.

»Leo …?« Er erkannte den warmen Bariton und sah dann auch schon das Gesicht, das über dem Horizont der Treppe auftauchte. Als der Anwalt die unbekannten herumstehenden

Männer und den am Tisch sitzenden Leo erblickte, schien er sich fast zu entschuldigen: »Du hast Besuch?«

Auf den letzten beiden Stufen zog er aus der Brusttasche das Brillenetui hervor, konnte diese Bewegung jedoch nicht beenden, weil ein Schuss fiel. Der junge Mann mit dem Schnurrbart hielt plötzlich eine Pistole in der Hand und schoss noch ein zweites Mal, doch da brach Giorgio Guido schon zusammen und stürzte die Treppe hinab.

»Neeeeeeeeeein!«, schrie Leo auf, doch dann verspürte er schon einen scharfen Schmerz, während die Halle und die ganze Welt in zahllose schnell verlöschende Funken zersplitterten.

PERIPETIEN

Kap. XIV.–XXIV.

XIV. Giulietta

Sie saß am selben Tisch, an dem sie sich früh von Giorgio verabschiedet hatte, und nippte an ihrem Malt-Whisky, rauchte ihre Zigarette, doch nahm sie diesmal weder die Tauben, noch die Menschen vor dem Dom wahr, auf ihrer Netzhaut hatte sich da Vincis Bild einer der menschlichsten Situationen eingebrannt – des Verrats. Und dann ließ sie die Geschichte, die Giorgio am Morgen mit seiner schnellen Verabschiedung unterbrochen hatte, weiter Revue passieren. Viktor, den sie auf dem Friedhof nicht hatte wahrnehmen können, war wieder bei ihr. In diesen frühen Zeiten ihres Exils war der Zutritt der Besucher zum Saal mit dem Bild an der Wand, das wie durch ein Wunder die Bombardements überstanden hatte, noch nicht per Eintrittskarten limitiert, damit das Gemälde nicht durch den ätzenden Atem vieler Menschen beschädigt wurde. Sie kamen einfach, traten ein und waren begeistert. Sie erinnerte sich nach all den Jahren noch so lebendig daran, dass sie direkt seine Stimme hörte, mit dem er erst nach einer langen Weile das geniale Werk kommentierte.
»So muss unser Politbüro bei den Verhandlungen in der Nacht auf den einundzwanzigsten August ausgesehen haben, ehe sowjetische Fallschirmspringer über ihnen niedergingen«, hatte damals ihr teurer Held der Ironie eher traurig gesagt, »und Dubček, der Ärmste, ahnte immer noch nicht,

dass ihn nicht wie Christus einer von ihnen verraten hatte, sondern gut die Hälfte!« Beide wurden von dem Original des Werkes, das absolut alle bekannten Reproduktionen übertraf, so angesprochen, dass sie vor Ort beschlossen, erstmals Lire für ein Mittagessen in einem ordentlichen Restaurant auszugeben, wie sie es in Prag gewohnt waren, wo sie sich das hatten leisten können.

Der gedruckte Reiseführer durch die Metropole der italienischen Lombardei schlug ihnen das Lokal »La Carbonara« vor, das nur ein paar Dutzend Schritte von der Kirche mit dem Bild entfernt lag. Es war klassisch eingerichtet und wurde von einer offenen Feuerstätte dominiert, wo ein Koch mit weißer Mütze die berühmte Spezialität des Lokals, Beefsteaks, zubereitete. Julia bestellte sie sich heißhungrig medium, Viktor so blutig wie möglich, und sogleich landete, ohne dass sie dies bestellt hätten, eine Flasche Chianti classico Jahrgang 1948 auf dem Tisch. Julia wollte sofort protestieren, weil sie sich ausrechnen konnte, dass der Preis eines so alten Weines den Preis der Beefsteaks deutlich in die Höhe schrauben würde, die sofort, auch übermäßig groß, eintrafen, wenngleich sie, weil diese der Speisekarte zufolge nach Gewicht berechnet wurden, um »eher kleine« gebeten hatten. Viktor aber legte die Hand auf ihre, mit der sie den Irrtum reklamieren wollte, und bat, sie solle dies nicht tun, »damit wir uns endlich wie freie Menschen fühlen!« Nach ihm vergaß auch sie sehr schnell, wie man die Miete für eine ordentliche Wohnung zusammen kriegen könnte, und während dieses »Festmahls der Freiheit«, wie sie es danach immer bezeichnete, verließ sie beide wirklich der letzte »Hauch von Emigrantentum«, wie er dies nannte, und in ihnen keimte langsam das Gefühl, Bürger einer europäischen Macht zu sein. Das überraschende Ende des Mahls setzte allem die Krone auf. Nachdem sie auch das nicht bestellte Tiramisu verspeist und zum Espresso den nicht angeforderten Grappa getrunken hatten, bat Viktor mit der Geste eines Granden, der sich solche Genüsse tagtäglich leistet, um die Rechnung. Der Ober im Frack legte sie ihm etwas später mit einer leichten Verbeugung in einer Ledermappe vor. Als er sie mit einer ähnlichen Grandezza öffnete, erblickten sie auf der Rechnung statt Ziffern fünf Wörter: VIVA LA CECOSLOVACCHIA, VIVA DUBCEK! Dazu applaudierte ihnen ein Tisch, und nacheinander schlossen sich ihm fast alle Gäste an. Auch auf eindringliche Bitte hin verriet ihnen der Ober nicht, wer der edle Sympathisant war, nur, dass ihn »der mutige Auftritt des Signore im Fernsehen begeistert« habe.

Heute erinnerte sie sich daran wie an einen Traum, denn an dem Tag und in diesem Moment hatte Viktor ohne es zu ahnen den Zenit seines Lebens erreicht, von dem aus er dann nur noch langsam, aber sicher bis in sein Grab sank. Gleichzeitig wurde auch die Unterstützung für den ermordeten Prager Frühling weniger, als die linken Intellektuellen des Westens zu der Ansicht tendierten, auch ein gegeißelter Sozialismus sei immer noch besser als gar keiner, und seine Kritiker nach sowjetischem Vorbild auch in der demokratischen Welt als Diener der Bourgeoisie angesehen wurden. Da konnte glücklicherweise Julia beide existenziell absichern, der bald ein unbekannter Verehrer half, der bei all seiner Erhabenheit kein Problem damit hatte, ihr »wie ein Buschmann« einen Brief auf Tschechisch zu schreiben … Immer wenn sich wie jetzt in ihren Erinnerungen ihre beiden »Vittorios« begegneten, verspürte sie wiederholt tiefe Dankbarkeit, dass sie gerade mit ihnen beiden den gefährlichsten Abschnitt des »Irrgartens des Lebens« – so bezeichnete ihn ihr Dichter – hatte gehen dürfen, und gleichzeitig das Glück, dass ihr fast unverdient großzügig auch ein weiterer Mann gegönnt worden war, mit dem sie »ihren Marathon bis ins Stadion laufen konnte«, wie sich ihr Fürst ausgedrückt hatte.

An den Tod zu denken hatte sie sich schon verboten, als sie ihn das erste Mal herbeiwünschte, in der Zeit, in der sie in der Scala Beifallsstürme erntete und zu Hause ohnmächtig mit ansehen musste, wie die Krankheit einen schönen, genialen Mann zu einer kläglichen Ruine werden ließ. In dem kritischen Moment, als in ähnlicher Form auch ihr zweiter geliebter Mann gehen musste, war ihre Rettung, dass sie die Milongas entdeckte, doch sie suchte immer noch eine geeignete Sicherung vor dem Leid, das nach ihrem nichtleiblichen und einzig echtem Vater, nach der Mutter und nach Viktor nun auch Vittorio ertragen musste. Die Lösung hatte jedoch gerade er ihr eingegeben, und die Angst nahm ihr Professor Mariniello, als er ihr den »Tod an der Kette aus der Apotheke amerikanischer Henker« besorgte, eine Tablette, die in den Staaten bei »humanen Hinrichtungen« eingesetzt wurde. Diese Art von Humanität verursachte bei ihr Gänsehaut, doch weil sie aus der Nähe miterlebt hatte, wie wunderbar dieses Mittel wirkte, zweifelte sie nie daran, dass ihr der Hausarzt wirklich den echten Tod und nicht ein einfaches Schlafmittel gegeben hatte, wie es vielleicht ein Psychiater getan hätte. Seitdem sie ihren Tod eingeschlossen im Medaillon um den Hals trug und diesen goldenen Strang weder beim Baden, beim Tanzen, noch in der Nacht ablegte, hatte sie alle Angst verloren und dachte auch nicht mehr an den Tod; sie war nicht in seiner Hand, sie hatte ihn in ihren Händen! Davon wusste nur Giorgio, der …

»Signora principessa …« Der Kellner mit einem Mobiltelefon in der Hand beugte sich über sie.

»Ein Gespräch für Sie.«

»Grazie, Adelmo!« Freudig ergriff sie den Apparat. »Giorgio?«

»Nein! Lucia …«

Sie erstaunte. »Giorgio muss schon dort sein, aber er wollte noch in der Villa vorbeifahren …«

»Ja, das hat er auch getan …« Langsam machte sie sich Sorgen.

»Er ist noch nicht zu Hause eingetroffen?«

»Giulietta, Capitano Varella hat mich angerufen …«

»Unser Varella …?« Das war der Chef der Carabinieri des Ortes, und dies trieb ihr den Schweiß auf die Stirn.

»Ein Unfall??«

»Nein … er hat aus deiner Villa angerufen …«

»Mein Gott, was ist dort passiert??«

»Sag, sitzt du?«

»Was ist passiert??«

»Wahrscheinlich ein Raubmord …« Blitzschnell dachte sie daran, dass Peppino und seine Frau auf der Beerdigung waren, und erschrak.

»Leo??«

»Nein … mein Vater … dein Giorgio …«

XV. Leo

Er war wieder in Bulgarien und war fast bis zu den Bojen gewatet, über die man nicht hinaus durfte, denn gleich hinterm Horizont warteten, wie die Genossin Lehrerin es nannte, »die bösen Kapitalisten mit einer dicken Zigarre im Mund, die alle Flüchtlinge bestechen, damit die dann den fortschrittlichen Menschen überall auf der Welt schaden, also auch euch, Kinder!« Der Vater bestätigte es ihm, weil er wütend geworden war, als ihn die Mutter einmal gefragt hatte, warum die Bulgaren auf die Schwimmer schießen, denen es bei Ebbe keinen Spaß machte, im nur hüfttiefen Wasser herumzuplanschen.

»Du hast immer noch etwas von einem Kulaken in dir!«, schrie er, für Leo unverständlich, worauf die Mutter weinend hinter die Sanddüne flüchtete und erst wiederkam, um das Abendessen aus Tomaten und einer Dose Lunchmeat zu kochen. Heute lauerte Leo, bis der Vater nach der Fischsuppe mit Tomaten seine Siesta hielt und die Mutter zum Abendessen Tomaten mit Auberginen kochen würde, um allein ans Meer laufen zu können. Wie immer grüßte er den Soldaten am Ufer, der ihm wie immer nicht antwortete, und kämpfte sich durchs Wasser, bis er durch die Flut nicht weiterkam und tauchen konnte. Er liebte es zu tauchen, er konnte die Augen offen lassen und freute sich immer länger über Unterwassergetier aller Art, je länger er die Luft anhalten konnte. Heute wollte er endlich wissen, wie es hinter dem Horizont aussah.

Der Plan war einfach, warten, bis sich der Soldat eine Zigarette ansteckte und nicht mehr genau wissen würde, wo er eigentlich abgetaucht war, damit er ihn nicht treffen konnte. Der Wind trug dazu bei, er zwang den Wächter, das Streichholz in der Handfläche anzuzünden, und Leo tauchte schon ganz in der Nähe einer Boje ab, als er sich nochmal richtig umsah, wohin er unter Wasser gleiten musste, um statt hinterm Horizont nicht wieder am Ufer aufzutauchen. Er atmete gründlich ein, bis er sich sicher war, erst weit hinter den Bojen wieder auftauchen zu müssen. Auch beschloss er, am Grund zu bleiben, doch dieser entglitt ihm schnell, und er bemerkte bald, dass er nicht nach vorn, sondern nach unten schwamm, doch in diesem Moment leuchtete tief unter ihm ein Licht auf, wie wenn oben die Sonne aufging, und er beschloss hinzuschwimmen, denn er begriff, dass der Horizont genau dort war. Die Luft wurde nicht knapp, im Gegenteil, mit jedem Schwimmzug merkte er, dass er mehr als genug davon hatte, also beschleunigte er noch und näherte sich wie ein Pfeil dieser Lichtquelle, die immer größer und stärker wurde, bis sie sich in eine unendliche blendende Fläche verwandelte. Gleichzeitig aber wurde ein Schmerz im Gesicht stärker, also doch dieser Zahn? Auch schmeckte er im Mund einen abstoßend süßen Brei, er hat mich also betäubt! der Zahnarzt hat mich also wirklich betäubt, um ihn mir ziehen zu können! aber warum hat er ihn im Mund gelassen? er versuchte, den Zahn auszuspucken, und als das seine Zunge nicht schaffte, wollte er ihn mit den Fingern herausholen, doch die bisher starken Arme des Schwimmers gehorchten ihm nicht mehr und er spürte auch in ihnen einen scharfen Schmerz.

Allmählich kam er zu sich. Damit ihm nicht auch noch die Augen schmerzten, drehte er sich mit dem Rücken zum Licht auf die linke Seite, und dann merkte er, dass der Brei geronnenes Blut war, das ihm aus dem Mund auf einen weißen Stein floss, er verstand auch, dass beide Arme hinterm Rücken gefesselt waren, wohl mit Draht, der ins Fleisch einschnitt. Er war sich nicht sicher, ob dies immer noch ein Traum war, in dem er getaucht war, um den Horizont zu finden, und ihn nicht kurz vor dem Ziel der Bulgare getroffen hatte. Zwei Zentren starker Schmerzen, eines im Mund und das andere in den Handgelenken, ergriffen von seinem Bewusstsein Besitz, in das deshalb keine Informationen dringen konnten, was geschehen war, wo es geschehen war, wie es geschehen war und warum. Eine Erinnerung erwachte in ihm wieder, wie er einmal als Kind seiner Mutter die Pinzette weggenommen hatte, mit der sie sich die dichten Augenbrauen zupfte, und mit den Fingern ihre Enden in beide Öffnungen einer Steckdose steckte, um endlich zu sehen, wie der sonst unsichtbare Strom über das Metall von einem Loch ins andere strömte. Sein wachsamer Schutzengel feuerte schon eine Sekunde später die Sicherungen raus, doch er ließ sich nie mehr davon überzeugen, dass die wilde Kraft, die plötzlich seinen ganzen Körper umfasst und ihn heftig geschüttelt hatte, nur einen lächerlich kurzen Moment gewirkt hatte, er war sich sicher, unter Weinen und Schreien mindestens eine Stunde sich gewehrt zu haben.

Auch jetzt hatten die Schmerzen Zeit und Raum ausgeschaltet. Die Augen, die er bereits ein bisschen öffnen konnte, um das zu erforschen, tränten stark, doch er war nicht in der Lage, sie zu trocknen. Als er auch nicht aufstehen konnte, weil die gefesselten Hände an etwas Festes gekettet waren, versuchte er, seinen Willen zu mobilisieren, um die Sinne anzuregen. Auf den Tastsinn musste er also verzichten, Geruchs- und Geschmackssinn waren mit bisher nicht getrocknetem Blut besetzt, das Gehör nahm nur die rauschende Stille des großen Raumes wahr, helfen konnten also nur die Augen, die bisher aber lediglich zwei glänzende Streifen wahrnahmen. Er versuchte, sie offen zu halten, damit sie so schnell wie möglich trockneten und den Linsen die Arbeit ermöglichten. Langsam schärften sich darin zwei helle Linien zu Metallstangen, die im Blickfeld von oben nach unten führten. Auch das Gehirn funktionierte allmählich, er erkannte das Treppengeländer und an der weißen, blutbeflecken Marmorfliese die Stelle, wo sich die Stufen zum Eingang wandten. Er wusste also schon, dass er auf dem Absatz in der Drehung lag, und was ihn vorher geblendet hatte, musste die Nachmittagssonne gewesen sein, die hinter der runden Glaswand auf ihrer Bahn tiefer und tiefer sank. An dieses Geländer, das verstand er wenig später, war er auch gekettet. Von wem?? Und schon lief in ihm eine rasante Handlung ab, irgendwie zufällig zusammengefügt aus einzelnen Szenen, woraus sich die Haupthandlung nicht erkennen ließ. In der Zwischenzeit stießen seine nicht gefesselten Beine, mit denen er den Raum um sich herum untersuchte, an etwas Ähnliches, das aber dadurch seltsam war, dass es sich überhaupt dort befand. Seine Schuhe, die nun statt der Hände zu Tastfühlern geworden waren, erkannten andere Schuhe, die in Hosen übergingen, und sie meldeten der Hirnzentrale, dass er nicht allein dort lag. Er versuchte also, sich zurückzudrehen, so weit er konnte, und die begrenzte Bewegung des Körpers durch eine weitere Rechtsdrehung des Kopfes zu verlängern. Erneut übermannte ihn der Schmerz, als seine zerschlagene Nase auf ein Hindernis stieß. Er ertastete es mit dem Kinn. Es war auch eine Nase! Er zwang sich noch einmal dazu, die Augen zu öffnen und die Schultern einzuziehen, um zu dieser Nase Abstand zu gewinnen. Und so füllte seinen gesamten Horizont ein marmorweißer Smiley aus, der komisch die Augen verdrehte. Als er darin ein ihm bekanntes menschliches Gesicht erkannte, fiel er vor Schrecken wieder in Ohnmacht.

XVI. Giulietta

Zu ihrem gecharterten Hubschrauber musste sie sich auf den Mailänder Flughafen bringen lassen, über den Ort der Landung konnte sie selbst entscheiden. Zweihundert Meter oberhalb der Villa hatte Vittorio im Park einen Landeplatz anlegen lassen; das Polygon war ein Kreis aus dickem Panzerglas mit eingelassenen Lichtern, dessen Mitte ein grün leuchtendes Kreuz bildete. Der Flug dauerte kaum eine Stunde, die Sonne war noch nicht untergegangen, blendete aber vor der Landung so stark, dass jemand das Polygon sicherheitshalber eingeschaltet hatte. Um die sich aufdrängenden Gedanken zu vertreiben, erinnerte sie sich an die Erzählung ihres nichtleiblichen und doch einzig echten Vaters, wonach Gott Joshuas Bitte erhört und den Sonnenuntergang anhielt, bis die Israeliten die Philister geschlagen hatten. Heute passierte kein Wunder, ihr blieb die traurige Landung nicht erspart.

Begrüßt wurde sie von Giorgios Tochter und Capitano Varella, der Lucia und sie persönlich in seinem Polizeijeep über den Verbindungsweg zur Villa brachte. Unterwegs sprach keiner auch nur ein Wort, auf dem Rücksitz umarmten sich die beiden nur schweigend. Seltsam, fiel Giulietta ein, jede von uns hat denselben Grund, die andere zu trösten! Vor dem Eingang zur Villa standen mehrere Polizeiautos, deren Besatzungen wahrscheinlich in dem erleuchteten Haus ihren Dienst taten, zu dem bisher kein anderer Zutritt hatte. Auch standen dort eine Ambulanz und ein großer Leichenwagen, an dem der Bürgermeister der Gemeinde, der ihr sein tief empfundenes Beileid aussprach, und ein untersetzter Zivilist, wohl einer der Fahrer, warteten.

Giulietta wies auf den Krankenwagen: »Ist Leo dort?«

»Nein«, sagte Varella, »ich habe noch einen bestellt, falls wir noch ein weiteres Opfer finden sollten. Signore Leo ist in der Klinik des Herrn Professor, ich dachte, Sie hätten ihn wohl auch dorthin geschickt.«

Sie nickte. Auch die Klinik ihres Hausarztes ließ Vittorio mit Spitzengeräten auszustatten, wofür ihn die gesamte Umgebung segnete, war man doch dadurch nicht auf Rom angewiesen. Und nur sie wusste, woran er dabei vor allem gedacht hatte …

»Was ist mit ihm und wie geht es ihm? Kann ich ihn sehen?«

»Der Professor persönlich hat sein zerschlagenes Gesicht und die verletzten Handgelenke behandelt und ihm ein kombiniertes Serum zum Schlafen und gegen die Schmerzen verabreicht. Glücklicherweise hat er auf dem Röntgenbild nichts als eine gebrochene Nase und den angebrochenen rechten Wangenknochen entdeckt, er geht davon aus, dass der Angreifer beide Fäuste benutzt und den Schlag mit viel Kraft ausgeführt hat, auch hat der Signore nur eine leichte Gehirnerschütterung und sein Auge wurde nicht nachhaltig geschädigt. Er erwartet jederzeit Ihren Besuch, soll ich Sie gleich hinbringen?«

Schon an Bord des Hubschraubers hatte sie sich durch die Mobilisierung all ihres Willens wieder fassen können, wie sie es einst vor jeder Vorstellung gewohnt war, sei es auf der Bühne oder bei den Gerichten für Erbangelegenheiten; während der Landung war sie sich sicher, dass sie in der Lage sein würde, rational zu denken und zu handeln. Der »Stopp-Stand«

funktionierte auch diesmal. Für Leo konnte sie in diesem Augenblick nichts tun. Für Giorgio auch nicht! seufzte sie gleichzeitig, doch er war zuerst an der Reihe, nur er!
»Später«, antwortete sie, »ich gehe später vorbei. Hast du ihn schon gesehen?«, wandte sie sich an Lucia, die sofort wusste, wen sie meinte.
»Ja … ich wollte nicht, dass sie ihn wegbringen, solange du dich noch nicht von ihm verabschiedet hast …«
»Ist er irgendwie …«, fragte Giulietta und wagte nicht, den Satz zu beenden, doch die Tochter tat es selbst.
»Nein … er sieht aus, als würde er schlafen.«
Auch Lucia hielt sich wacker, niemand außer Giulietta konnte ihr ansehen, wie schrecklich sie sich fühlte. »Du kommst mit mir mit!« Giulietta unterbreitete eher einen Vorschlag, als dass sie eine Frage stellte. Aber sie war sehr froh, als die Tochter den Kopf schüttelte. Varella begleitete sie zum Leichenwagen. Ein Mann in Schwarz öffnete die hintere Tür, ein anderer half ihr das Treppchen hinauf, das man an den Wagen gestellt hatte, und ehe er die Tür rücksichtsvoll schloss, sagte er leise: »Decken Sie sein Gesicht auf …«
In dem recht großen, klimatisierten und gedämpft beleuchteten Wageninneren ohne Fenster standen an der linken Wand der Katafalk und an der rechten zwei Sessel. Sehr leise drang aus verdeckten Lautsprechern Rachmaninows Zweites Klavierkonzert. Lucia war ein Goldstück! in all diesem Wirrwarr hatte sie nicht vergessen, ihm von zu Hause seine Lieblingsmusik mitzubringen! Sie setzte sich und verharrte eine Weile reglos, mit geschlossenen Augen nahm sie die brillante Musik wahr, wie oft hatte sie diese zusammen mit ihm bei Konzerten und auch in quadrophoner Wiedergabe in der Halle der

Villa gehört …? Sie wartete auf die Passage, die beide am liebsten hatten, das große Klaviersolo im Mittelsatz, erst jetzt hob sie mit beiden Händen das Seidentuch an, das Giorgios Gesicht verdeckte. Lucia hatte recht gehabt, es war das Gesicht, das sie sehr genau kannte, weil sie so oft des Nachts neben ihm wach wurde. Es hatte die übliche Farbe, und Giuliettas Herz fing an, höher zu schlagen bei dem Gedanken, dass man Giorgio lebendig hierher gelegt haben könnte, von einem Aufschrei hielt sie nur ab, dass sie die Hand auf sein Gesicht legte und statt lauwarmer Haut Eis tastete. Sie verdrängte auch den verzweifelten Gedanken, ihn mit beiden Händen erwärmen zu wollen und gestand sich ein, dass dies ein Trick des Beerdigungsinstituts mit einem rosa Lichtfilter war, sie legte das Tuch auf das schwarze Leinen, das Giorgios Brust bedeckte und faltete ihm die Hände wie einst bei den Beerdigungen von Viktor und Vittorio. Das Gedächtnis legte ihr aus tiefster Tiefe das fromme Sprüchlein auf die Lippen, zu dem man sie in Brünn so viele Male am Tag gezwungen hatte, dass sie gar nicht mehr wusste, worum es darin ging, weil es zu einer Litanei, einem alten Kinderreim ähnlich, geworden war.

»Vater unser im Himmel«, flüsterte sie in den Donner der Klavierklänge, die nur aus dem Himmel kommen konnten, »geheiligt werde dein Name, dein Reich komme, dein Wille geschehe, wie im Himmel, so auf Erden …«, flüsterte sie bis zum »denn dein ist das Reich und die Kraft und die Herrlichkeit in Ewigkeit …«, und nach vielen Jahren erlebte sie wieder, wie mit jeder Silbe ihr Körper von Kopf bis Fuß mitschwang. Und als nach dem »Amen!« – »dieses Wort hat euch Christen unser Herr der Heerscharen verliehen!«, sagte der Mutter zufolge stolz ihr jüdischer Vater – das große Symphonieorches-

ter einsetzte, wusste sie, dass sie sich auch diesmal dem Willen, der den ihren überstieg, unterwerfen und sich mit ihrer Sterblichkeit abfinden würde.
In diesem Augenblick dachte sie an Leo, und Dankbarkeit überkam sie, dass ihr das Schicksal zuvor den geschickt und jetzt auch gerettet hatte, den sie ihr gesamtes Leben als Erwachsene vermisst hatte und der ihr Trost sein würde: einen Sohn! Sie stand auf, beugte sich über ihrem Freund, der für sie erst jetzt wirklich gestorben war, und küsste ihn auf die Lippen.
»Danke für alles, carissimo, vor allem deinetwegen habe ich meinen Tod an der Kette nicht benutzt, auch nicht, wenn ich mir vorkam wie ein getretener Hund, weil du mir immer wieder bewiesen hast, dass das Leben dazu da ist, gelebt zu werden!«
Sie nahm wieder das Seidentuch und bedeckte damit behutsam das ihr so vertraute Gesicht. Derselbe Mann in Schwarz half ihr wieder aus dem Wagen hinaus, er schloss hinter ihr die Tür und setzte sich nach vorn zu dem anderen, der schon darauf wartete, losfahren zu können. Giulietta fasste Lucia bei der Hand, der Capitano stand in Achtungstellung und legte die Hand an die hohe Mütze mit der metallenen Flamme der Carabinieri. Der Leichenwagen fuhr an ihnen und an mehreren weiteren Polizisten vorbei, die ihm die Ehre erwiesen, und rollte dann langsam weiter in Richtung unteres Tor. Giulietta erschrak, als ihn dort aus der Dunkelheit ein violettes Feuerwerk empfing.
»Paparazzi«, erklärte ihr Varella, »ich habe ihnen mit einer Klage gedroht, falls sie das fremde Grundstück betreten. Wenn Sie in die Klinik fahren wollen, werden sie wie Heuschrecken

über Sie herfallen. Auch dorthin wurden sie vom Hubschrauber angelockt, doch er flog wieder ab, ehe sie ankamen, und so hat die Horde wieder am Tor Warteposition bezogen.«

Sie bat Lucia, mit ihr zu kommen, sie hatte ihr schon vorgeschlagen, hier zu übernachten.

»Keine von uns sollte heute Nacht allein sein …« Außerdem hatte sie das Bedürfnis, ihr etwas sehr Wesentliches gerade bei Leo zu sagen. Sie fuhren über den Hintereingang aufs Klinikgelände, und der Capitano verabschiedete sich, Peppino, den er vom Leichenschmaus bei seinen Verwandten abgezogen hatte und dessen Frau die Halle schon wieder herrichtete, damit nichts mehr an die Tragödie erinnerte, werde sie abholen und zurückbringen.

»Mit Ausnahme der leeren Stellen von den gestohlenen Gemälden«, fügte er hinzu, »darüber nehmen wir dann ein Protokoll auf, sobald die Principessa dafür den Kopf frei hat!« Er versicherte ihr noch einmal, dass die Villa bis auf Weiteres bewacht wurde, dann nahm sich ihrer auch schon der Professor an.

Als Vittorio den Entschluss gefasst hatte, in der Gemeinde ein hervorragendes Krankenhaus einzurichten, ließ er Nachforschungen anstellen, wer der jüngste und begabteste Internist im Universitätskrankenhaus in Rom war. Er verblüffte Dozent Mariniello dann mit dem Angebot, er solle auf der grünen Wiese eine kleine Klinik seiner Träume aufbauen, auf die Fachbereiche ausgerichtet, die die Einwohner des ehemaligen Dominiums am meisten benötigen würden: Innere Medizin, Chirurgie, Gynäkologie, Urologie und Rehabilitation. Als der Fürst schwer erkrankte, hatte ihm Mariniello, damals bereits Professor, angeboten, aus den Geräten der Klinik ein Krankenzimmer in der Villa auszustatten, doch er wurde nicht erhört.

»Ich werde unserer Klinik kein Misstrauen entgegenbringen, indem ich aus ihr nach Hause ausreiße.« Mariniello nahm die Frauen zuerst mit in sein Arbeitszimmer, wo er Giulietta fragte, ob sie die Aufnahmen der verletzten Körperpartien sehen wolle. Nachdem sie abgelehnt hatte, erklärte er, Arme und Gesicht würden innerhalb eines Monats heilen, die Narben dauern länger, dafür aber seien diese dann »fast unsichtbar, ganz sicher weniger auffällig als die, die sich deutsche Studenten gegenseitig mit Säbeln zum Zeichen ihrer Männlichkeit zugefügt haben. Signore Nerad«, lachte er sogar, »kann erfolgreich behaupten, sie im Duell erworben zu haben!« Dann brachte er sie beide in ein Apartment, das ausschließlich den Angehörigen oder Gästen der Fürstenfamilie vorbehalten war. Giulietta war nie so krank gewesen, dass sie ins Krankenhaus gemusst hätte, und hatte diesen Raum nicht wieder betreten, seit es hier zur Schlussszene ihres Lebens mit Vittorio gekommen war ... die Erinnerung an sie verscheuchte sie nun aus Aberglauben mit Gewalt.

Leo schlief, so sie glauben konnte, dass er es war, denn das Einzige, was in seinem Gesicht nicht verbunden war, waren die Augen, die er geschlossen hielt. Ehe er sie allein ließ, wies der Professor auf die Sessel an einem kleinen Tisch, auf dem zwei Gläser und eine geöffnete Flasche im Kühler standen. Giulietta nahm die Flasche heraus und freute sich über den Champagner, das einzige Getränk, das ihr ihren Malt-Whisky ersetzen konnte.

»Lucia«, sagte sie, als sie beiden eingegossen hatte, »nach dem Tod deiner Mutter habe ich zusammen mit dir deinen Liebes-

kummer erlebt und deine Erfolge im Beruf, mit denen du dir ersteren wiedergutzumachen wusstest. Der Tod deines Vaters, den ich geliebt habe, soll uns noch mehr zusammenschweißen. Schon lange warst du seine rechte Hand, und all meine Probleme mit den Paragraphen kennst du außer ihm am besten. Also bitte ich dich schon jetzt, dass du mich auch weiterhin in allem vertrittst. Und dass du auch gleich seine letzte Aufgabe weiterführst, die Adoption Leos als meinen Universalerben. Ich will beweisen, dass auch eine Familie, die in Ermangelung leiblicher Nachkommen ausgestorben ist, gesetzlich weiterexistieren kann. Übernimmst du das?«
Als sie von draußen das Brummen des Ghost hörte, sagte Giulietta zum letzten Male »Cin-cin« und verabschiedete sich winkend von dem reglos daliegenden Leo, ließ sich vom Professor die Hand küssen, nahm Peppinos Beileidsbekundungen entgegen und setzte dann im Wagen sogleich eine Zigarette in die Spitze. Sie wies ihn an, von hinten an die Villa heranzufahren, stieg mit Lucia am Dienstboteneingang aus und führte sie über den Turm hinauf, um nicht über die Haupttreppe gehen zu müssen. Es fielen nur die nötigsten Worte. Sie trat Lucia die Duschkabine ab und nahm selbst die Wanne. Peppinos Frau, die sie wohl nach einem solch schrecklichen Tag nicht stören wollte, hatte ihnen wenigstens zwei gebügelte Nachthemden bereitgelegt. Giulietta überließ Giorgios Tochter die linke Seite des breiten Bettes, auf der manchmal er geschlafen hatte, umschlang ihren Hals, und so lagen beide bewegungslos da, ehe sie mit Shakespeares Worten, die Viktor oft zitiert hatte, »die Erquickung aller Wesen, der Schlaf«, beruhigte.

XVII. Leo

Professor Mariniello, den er bisher nur flüchtig von einigen Partys in der Villa kannte, brachte ihn mit der Mitteilung wieder zu Bewusstsein, er habe fünfundsiebzig Stunden geschlafen, solle aber in der Klinik bleiben, bis er selbst spüre, dass er sie verlassen könne. Er richtete ihm Grüße vom Chef der Carabinieri des Ortes aus, auch er würde mit den leider notwendigen Fragen warten, bis er gerufen werde, er habe im Übrigen mit der kriminalistischen Auswertung der sichergestellten Fingerabdrücke und der gefundenen Spuren genug zu tun. Leo war glücklich, wichtige Zeit gewonnen zu haben, um sich auf die Vernehmung vorzubereiten. Der körperliche Schmerz war durch Injektionen und Heilmittel gelindert worden, doch nichts konnte das Chaos verscheuchen, das schon in der Villa in seiner Seele ausgebrochen war, als er nicht verhindert hatte, dass der falsche Lieferwagen aufs Gelände fuhr, und das in Panik überging, als er Giorgio hatte kommen sehen. Er war diesen Gaunern eigentlich dankbar, dass ihm Láďas gezielter Faustschlag, wahrscheinlich kräftiger als die drei geplant hatten, weitere Eindrücke ersparte, auch wenn sich ihm der schrecklichste auf ewig in die Netzhaut eingebrannt hatte: Giorgios Hand, die das Brillenetui aus der Brusttasche zog und das der Mörder wohl für eine Waffe gehalten haben musste. Man hatte ihm somit die Chance gegeben, eine eigene Version der Geschichte auszudenken, da-

mit ihm die beiden ernsten und schmerzhaften Verletzungen ein glaubwürdiges Alibi boten.
Er wartete auf Julias angekündigten Besuch, die sich auf Anraten des Arztes nicht lange bei ihm aufhielt und ihn ausschließlich nach dem Zustand seines Körpers fragte.
»Was dort passiert ist, das werde ich lieber in Varellas Protokoll lesen, ich möchte nicht, dass du es im Geiste noch einmal durchleben musst!«
Giorgio erwähnte sie nicht, an ihn mahnte nur ihre schwarze Kleidung ohne die üblichen farbigen Schals. Es war Leo, der nach der Zeit der Beerdigung fragte, und erfuhr nur, dass dies ihnen allen am nächsten Tag Lucia mitteilen würde. Dann küsste sie ihn auf die Stirn und setzte sich den Herrenhut auf, den sie zuvor in der Hand gehalten und den er deshalb nicht bemerkt hatte.
»Ein Taxi hat mich gebracht und holt mich auch wieder ab«, erklärte sie, »die Klinik ist ständig von diesen lästigen Schnüfflern umlagert, ich hebe dir alle Zeitungen auf, damit du sie lesen oder direkt selbst wegwerfen kannst!«
Nachdem sie gegangen und bis zur Verabreichung von Schlafmitteln noch der größte Teil des Nachmittags übrig war, gelangte er zu der Ansicht, jeder Tag Versteckspiel vor Varella könnte ihn nur noch mehr durcheinanderbringen, wenn er aber seine Legende sofort präsentieren würde, werde ihm das Kooperationsangebot, auch wenn er geschwächt war, noch mehr Glaubwürdigkeit verleihen. Eine gewisse Zeit widmete er der Überlegung, ob er sich überhaupt etwas ausdenken solle: würde er die Wahrheit und nichts als die Wahrheit sagen, würde er sich nur dadurch schuldig machen, wenn man dies überhaupt als Schuld bezeichnen konnte, dass er den

drei ihm bekannten Typen aus Prag nicht geglaubt hatte, dass sie ihn wirklich erpressen und zwingen würden, ihnen beim Diebstahl zu helfen! Deshalb war er ihnen hinterhergefahren, um dies zivilisiert zu regeln, doch als er buchstäblich gefangen war und die Verbrecherkumpane in die Villa einlassen musste, war er entschlossen gewesen, bei der erstbesten Gelegenheit den Alarmknopf zu drücken, aber er war nicht rechtzeitig an den Tisch gekommen … diese scheinbar kleine Lüge, die er jedoch unbedingt brauchte, nahm ihm vollends alle Sicherheit.

Und warum? hörte er im Geiste den Staatsanwalt fragen, warum haben Sie sich nicht schon einen Tag vorher abgesichert, indem Sie Ihr Problem offen ansprachen, und wenn schon nicht bei der Fürstin, dann zumindest bei Ihrer Freundin, damit diese, wenn nötig, auf eine Gefahr hätte hinweisen können? Die nächste logische Frage zerfetzte diese Quasi-Wahrheit endgültig. Wie also heißen Ihre guten Bekannten, wo kann man sie vorführen lassen und vernehmen? Die drei, da war er sich sicher, würden ihn ohne Erbarmen von Anfang an in alles mit hineinziehen, und seine Prahlerei im Suff, die sie garantiert liebend gern ausspielten, würde ihn schließlich noch zum Kopf der Bande machen, der das ganze Jahr über alles ausgetüftelt und geplant hatte. Nein!! Helfen konnte ihm nur eine Legende, die so konstruiert sein musste, dass kein Zeuge sie widerlegen konnte, schon deshalb, weil sich keiner finden würde. Das Gedächtnis brachte ihm in seiner Not einen Gesprächsfetzen zurück: »Hast du nie was von der russischen Mafia gehört? Dann schau sie dir genau an, dass du uns dann den Bullen völlig anders beschreibst.« Er beruhigte sich und begann, daran zu arbeiten.

In der vierten Nacht brauchte er nur noch eine leichte Tablette, um durchzuschlafen. Am Morgen hatte er noch immer heftige Schmerzen, trotzdem bat er den Professor, den Carabinieri Bescheid zu geben, dass er gern eine Aussage machen wolle, um seine furchtbare Geschichte aus dem Kopf zu bekommen. Zuvor wollte er sein Gesicht sehen, und was er im Spiegel erblickte, entsetzte ihn und passte ihm zu gleichen Teilen. Der Professor war froh, dass der Patient diese vorübergehende Entstellung nicht verdecken wollte, denn so kam Luft an die Wunde. Capitano Varella, sein Stellvertreter und vor allem ihre Sekretärin hatten dann zu tun, den Anblick der frisch operierten Nase und die rechte Wange in der Farbe sich zersetzenden Fleisches auszuhalten. Die Vernehmung dauerte knapp neunzig Minuten, auch deshalb, weil es nach kurzer Zeit nichts mehr gab, wonach man hätte fragen können. Die junge Frau, die alles in den Computer eingab, schaute so gut es ging aus dem Fenster, Varellas Stellvertreter, der für die Tonaufnahme zuständig war, widmete sich nur dem Gerät, so als arbeite er das erste Mal damit, und Varella selbst atmete hörbar auf, als er dem zweiten Opfer und gleichzeitig Kronzeugen das Protokoll zur Unterschrift reichen konnte. Leo hatte ihm überwiegend die Sätze diktiert, die er sich gestern zurechtgelegt und am Morgen wiederholt hatte, trotzdem las er das Protokoll zweimal durch. Dann unterschrieb er es, und als die drei gegangen waren, spürte er das erste Mal, seitdem ihm das Auto mit »Kamil« an Bord den Weg versperrt hatte, Erleichterung. Nun war er sich sicher, dass er dieses Trauerspiel meistern würde, und er schwor sich, dass dieses das letzte seines Lebens sein würde.

XVIII. Das Protokoll

Dokumentkopf. Aktenzeichen. Persönliche Angaben des Zeugen. Bericht des behandelnden Arztes Prof. U. Mariniello über den Umfang der Verletzungen und den derzeitigen Zustand des Zeugen. Bestätigung des behandelnden Arztes Prof. U. Mariniello über die Fähigkeit des Zeugen, sich einer Vernehmung zu unterziehen. Zustimmung des Zeugen L. Nerad, Staatsbürger der Tschechischen Republik, zur Vernehmung.

Text:

»Ich, der unterzeichnete Leo Nerad, sage aus, dass mich letzte Woche ein starker Zahnschmerz überkommen hat. Dem habe ich keine besondere Aufmerksamkeit geschenkt, weil mir dieser bereits in Prag als Durchbrechen des achten Zahns, des sog. Weisheitszahnes, bestätigt worden ist. Für den Fall, dass sich dies weiter fortsetzen sollte, habe ich mir aus Prag noch die restlichen starken Schmerztabletten mitgenommen. Diese wollte ich nehmen, bis mich die vorübergehend abwesende Fürstin Mortadini mit ihrem Zahnarzt bekannt macht. Eine der oben erwähnten starken Tabletten habe ich sofort genommen, eine zweite um Mitternacht, als ich nicht einschlafen konnte. Am Morgen hatten die Schmerzen nachgelassen, und so fuhr ich nach Rom, um meine Verlobte C. Castellioni (Angaben zur Person, Anschrift) zu einem Besuch in der Villa abzuholen. Aber kurz vor Rom kehrte der Schmerz verstärkt zurück. Da ich die letzten beiden Schmerztabletten in der

Villa vergessen hatte, beschloss ich umzukehren und die Einladung der oben erwähnten C. Castellioni, welche eine Überraschung sein sollte, mit einer Entschuldigung zu widerrufen, weil ich nach einer weiteren Einnahme der angeführten Tabletten auch die Wirkung dieses starken Medikaments spürte. Es kam zwar schnell zu einer Ausschaltung des Schmerzes, aber auch zu einem Einfluss auf meine Reaktionen, die verlangsamt wurden. Auf Nachfrage sage ich aus, dass ich mich an den Namen der oben genannten Tabletten nicht erinnere, weil ich sie vor einiger Zeit zufällig in meinem Necessaire gefunden habe. Doch weil ich bisher nie andere genommen habe, erkannte ich in ihnen die oben angeführten Schmerztabletten gegen den durchbrechenden Zahn, der nach Informationen meines tschechischen Arztes manchmal bis ins mittlere Alter hinein wächst. So beeinflusst, aber meine Umgebung nicht gefährdend, weil ich beschloss, mich ausschließlich zu Hause aufzuhalten, hörte ich die Klingel des Grundstückstors. Auf die Entfernung von dreihundert Metern konnte ich von der Halle aus gut einen Lieferwagen erkennen, wie sie üblicherweise zu uns kommen, wenn eigenhändig zu übergebende Sendungen ausgeliefert werden sollen. Auf Nachfrage sage ich aus, dass ich angesichts meines durch die oben erwähnten starken Tabletten ausgelösten Zustands nicht unter Garantie beschreiben kann, wie genau ich das Vorgehen bei der elektronischen Entsicherung und Sicherung der Villa im Falle von Besuchen eingehalten habe. Aber ich bin mir ziemlich sicher, weil ich als Ingenieur, der auf Elektronik spezialisiert ist, solche Tätigkeiten automatisch ausführe. Aus dem Lieferwagen stieg wie immer einer der vielen Angestellten des Lieferservice aus, der neben dem Fahrer saß, er bat mich, ein Paket entgegenzunehmen, das er aus dem hinteren Teil des Lieferwagens ausladen müsse. Ich folgte ihm, doch statt des erwähnten Pakets sprangen drei Männer heraus, die mir die Fernbedienung für die Sicherung und den Alarm entrissen. Somit konnte ich weder die Eingangstür sichern, noch Alarm auslösen. Auf Nachfrage antworte ich, dass zwei Männer aus dem Wagen mit an Sicherheit grenzender Wahrscheinlichkeit Italiener waren, während drei andere Männer eine Sprache sprachen, die ich am ehesten auf Russisch oder Ukrainisch schätze. Ihre genaue Beschreibung beschreibe ich wie folgt: 1. Italiener, etwa dreißig Jahre, mittelgroß, mit Glatze, 2. Italiener unbestimmten Alters, der mir das Paket versprochen hat, groß und schlank, mit schwarzen Haaren, 3.–5. Männer um die fünfzig, in einer Sprache sprechend, die ich am ehesten auf Russisch oder Ukrainisch tippe, mittelgroß, helle Haare, muskulös, mit dem Aussehen ehemaliger Boxer. Einer von ihnen, zweifellos wohl am ehesten der Anführer der Bande, forderte mich in einer Sprache auf, die ich nur teilweise verstand, obwohl sie Merkmale einer slawischen Sprache aufwies, sie in die Villa zu lassen. Ich tat, als verstehe ich nicht, und er befahl einem der anderen beiden, mir die Frage deutlicher zu stellen, wobei er auf seine beiden Fäuste zeigte. Ich tat weiter so, als ob ich nichts verstehen würde, dann weiß ich nur noch, dass der Anführer der Gruppe dem Mann, der mich immer deutlicher fragte, eine Anweisung gegeben hat, die nichts anderes bedeuten konnte, als dass er mich gegebenenfalls niederschlagen solle. Auf Nachfrage sage ich aus, dass ich weiter nichts weiß, denn ich kam erst wieder in diesem Krankenhaus zu Bewusstsein, wo mir mitgeteilt wurde, dass meine Handgelenke von Fesseln, meine Nase und mein Gesicht scheinbar von einem Schlag verletzt sind, den mir wohl der Mann versetzt haben muss, der mir mit den in Boxermanier geballten Fäusten gedroht hat. Ich erkläre, auf alle mir gestellten Fragen wahrheitsgemäß geantwortet und dem nichts hinzugefügt zu haben.«

Ausgefertigt und eigenhändig bei vollem Bewusstsein und nach bestem Gewissen unterzeichnet. Leo Nerad. Staatsbürger der Tschechischen Republik. Passnummer. Nummer der Aufenthaltsgenehmigung. Nummer der Arbeitsgenehmigung. Nummer des Gesundheitsausweises. Versichertennummer. Vernehmung vorgenommen und Protokoll diktiert von Capitano Vicenzo Varella. Mortano, Datum. Stempel.

XIX. Giulietta

Sie bot Lucia ein freies Grab auf dem ehemals privaten Friedhof an, den Vittorio, als die alte Begräbnisstätte hinter dem ehemaligen Dorf nicht mehr ausreichte, zu einem Großteil für die Gemeinde freigegeben hatte. Seine Brüder verloren eine weitere Klage, in der sie ihn der Beschmutzung der Familientradition beschuldigt hatten, die ehemaligen Untertanen jedoch schätzten es hoch und waren auch Giulietta dankbar, die dies durch Eintragung in die Grundbücher der Stadt bekräftigte. Auch so blieb für die Gräber der Familienangehörigen, von denen das älteste die Jahreszahl 1530 trug, so viel Platz wie im Parco dei principi in Rom. Lucia willigte gern ein, sie erbat sich nur, der Vater möge im bürgerlichen Teil begraben werden, wohin sie auch die sterblichen Überreste ihrer Mutter aus dem heimatlichen Elba überführen lassen wollte; dorthin konnte sie nicht so oft reisen, wie sie es sich gewünscht hätte. Giulietta war zufrieden, dass sie zwei ihrer teuren Seelen so nahe bei sich haben würde, wo sie doch nach wie vor nicht den Mut gehabt hatte, den »tschechischen Dichter« noch weiter von seiner Heimat zu entfernen; sie glaubte, dass ihn in Mailand die Liebhaber seiner Verse eher finden würden, die wollte sie noch einmal, schön gebunden, zu Viktors einhundertstem Geburtstag herausgeben lassen,

Lucia schlug vor, mit der Beerdigung nicht auf Leos Genesung zu warten, es sei nicht zweckmäßig, dass er in seinem Zu-

stand die Tragödie, bei der er fast selbst umgekommen wäre, noch einmal über sich ergehen lassen müsse. Die Boulevardzeitungen brachte sie gegen sich auf, indem sie keine Prominenz zur Zeremonie einlud, sondern nur ein paar von Giorgios Mitarbeitern, Klienten und Richtern, die immer seinen ausgewogenen Sinn für das Recht geschätzt hatten. Wenn sich Capitano Varella anfangs wunderte, dass die Principessa die Erfassung der erlittenen Verluste bis nach der Beerdigung aufschob, so wurde er später noch mehr überrascht. Der Angestellte der Versicherung, den sie angefordert hatte, gab ihm gegenüber eine vertrauliche Erklärung ab, weshalb es nicht im Interesse der Geschädigten liege, öffentlich eine Fahndung nach den gestohlenen Bildern einzuleiten. Alle entwendeten Stücke zeugten zwar von der Auswahl eines Experten, der jedoch nicht ahnen und in der dramatischen Situation auch nicht erkennen konnte, was nun Varella die Versicherungssumme verriet. Für fünf ausgewählte Werke, wie die von Modigliani, Klee, Schiele, Pissarro und Picasso, werde die Geschädigte nur einen Bruchteil des angenommenen Preises erhalten, denn es handele sich um Kopien.
Die Originale hatte Vittorio zuweilen seinen engsten Freunden oder auch Forschern im gepanzerten Salon einer Bank in Rom gezeigt, wobei er sich bei den verstorbenen Malern immer wieder symbolisch entschuldigte, dass er sie in dieser zivilisierten Gefangenschaft halten müsse, damit sie nicht noch viel schlimmer endeten. Ebenso musste in einem unterirdischen Atelier einer der besten italienischen Kopisten arbeiten, dank dem nun die Halle der Villa bekannte Gemälde eines unbekannten Meisters zierten. Varella verstand, dass man das nicht hinausposaunen konnte, bevor dies die Räu-

ber früher oder später überführen würde, wenn die Fälschungen auf dem Markt auftauchen würden. Erst durch Varella erfuhr Giulietta von dem bemerkenswerten Umstand, der erklärte, weshalb die Opfer nicht erst einen Tag später bei der Rückkehr von Peppino und seiner Frau entdeckt wurden, was Leo das Leben gerettet hatte. Der diensthabende Offizier der Carabinieri in Rom hatte etwa drei Stunden nach dem Überfall das Notfalltelefon bedient, wo ihm eine Stimme, die zweifelsfrei einem Italiener gehörte, mitteilte, in der Villa von Principessa Mortadini befinde sich jemand in kritischem Zustand. Er teilte dies der Stellvertreterin von Varella mit, die umgehend eintraf, die Villa offen vorfand, den Toten und den Verletzten entdeckte und sofort die Untersuchungen einleitete.

»Wer kann das gewesen sein?«, fragte Giulietta erstaunt.

»Wahrscheinlich einer der Täter«, Varella war sich sicher, »der erschrocken war, dass aus einem einfachen Raub ein Raubmord geworden war, da hat er sich einen Vorschuss auf eine geringere Strafe erarbeitet.«

Sie erinnerte sich an das violette Blitzlichtgewitter am Tor.

»Aber dass er auch die Medien gerufen hat …?«

»Ach, das hat sicher jemand anderes gemacht, die Journalisten bezahlen eine Zentrale, die uns abhört und ihnen Tipps gibt, je mehr man zahlt, desto schneller ist man dran.«

Er versicherte Giulietta, die Schnüffler hätten so zwar den Tatort entdeckt, doch sie würden sich nicht in die Untersuchungen einmischen. Bei dem Gespräch anwesend war auch Lucia Guido, die mit Varella vereinbarte, den Abschlussbericht gemeinsam auszuarbeiten, damit Räuber und Mörder nicht erkannten, dass ihre wertvollen Raubgegenstände gefälscht seien und so von allein aufflogen, wenn es ein hinters Licht geführter Abnehmer merkte …

Wenngleich die Paparazzi bereits beide Tore der Klinik belagerten, verpassten sie Leo. Das war dem Krankenwagen zu verdanken, in dem sie einen Patienten mit einem verbundenen Gesicht erblickten, der vom Gelände rollte und Richtung Rom raste. Ein Dutzend Fotografen und Kameramänner vor dem Haupttor nahmen sofort die Verfolgung auf, die am hinteren Tor schlossen sich wenig später an. Eine halbe Stunde später endete die Verfolgungsjagd über mehrere Landstraßen wieder an der Klinik, wo der gejagte Fahrer und sein Beifahrer, nun schon ohne Verband, ihren Jägern belustigt den Vogel zeigten. Leo war inzwischen von einem Milchwagen in die Villa gebracht worden.

Die folgenden vierzehn Tage kümmerten sich Giulietta, Carla und Peppinos Frau um ihn. Der Professor hatte die Genesungsdauer sehr genau eingeschätzt, einen Monat nach dem Überfall hatte sich die Haut an den Händen erneuert, Nase und Gesicht wiesen nach weiteren vier Wochen nur noch bei starkem Licht Nahtspuren auf. Am fünfzehnten August beging Leo, der den Vornamen aufgrund seines Sternzeichens bekommen hatte, seinen siebenundzwanzigsten Geburtstag. In der Halle fand er einen festlich gedeckten Tisch vor, an dem außer Giulietta auch Carla und Lucia Platz genommen hatten. Das einzige Geschenk übergab die Anwältin dem Geburtstagskind. Sie legte ihm eine Urkunde zur Unterschrift vor, damit er der Adoption zustimmte und den Namen Mortadini annahm. Als der überwältigte Leo wieder zu sich gekommen war, beglückte er Giulietta durch seine erste Reaktion: er beschloss, sogleich ein intensives Ökonomiestudium aufzunehmen, weil er seine bisherigen Qualifikationen als unzureichend empfand, um die unerwarteten Aufgaben erfüllen zu können. Das behördliche Verfahren lief absolut geheim ab, somit platzte die Bombe erst in dem Moment, als Giulietta auf ihrer Webseite verkündete, ihr Adoptivsohn führe nun den Titel »principe successore, Erbprinz« und werde nach ihr auch Verwalter des Vermögens der Familie. Die italienischen Medien und die Öffentlichkeit waren in ihren Meinungen eifrig geteilt, beide Oberhäupter der Nebenzweige reichten mehrere Klagen ein, denen in mehreren Prozessen wiederholt stattgegeben oder die von Neuem abgewiesen worden waren, bis sie mit einem endgültigen Urteil endeten, gegen das keine Berufung mehr möglich war.

XX. Die Medien

CORRIERE DELLA SERA (unabhängiges Tageblatt): Das Oberhaupt eines der ältesten italienischen Geschlechter, Giulietta Mortadini, in den siebziger Jahren des vergangenen Jahrhunderts berühmte Primaballerina der führenden Mailänder Bühne La Scala, hat gestern beim Obersten Gerichtshof der Republik Italien die Bestätigung der rechtlichen Legitimität des Aktes erreicht, durch den ihr Adoptivsohn, Ingenieur Leo Mortadini, Erbprinz und somit auch künftiger Verwalter des gesamten Vermögens seiner Adoptivmutter wird. Der Oberste Gerichtshof hat erneut den Brüdern des verstorbenen Fürsten, Senator und General Vittorio Mortadini, nicht stattgegeben, die versucht hatten, in mehreren Gerichtsverfahren zu beweisen, dass das Nachfolgerecht einzig und allein ihnen und ihren erstgeborenen Nachkommen zustehe. Bemerkenswerterweise haben die Brüder selbst keine verbindliche Erklärung darüber abgegeben, welcher Zweig die Nachfolgepriorität geltend machen wolle. Es ist somit eine weitere Herrschaft ihrer Söhne Riccardo und Romeo zu erwarten. (Bildunterschrift: Fürstin Giulietta Mortadini gratuliert nach der Urteilsverkündung ihre Anwältin Lucia Giudo, Tochter von Anwalt Giorgio Guido, der vor einiger Zeit bei einem Raub in der Villa Mortadini wahrscheinlich der russischen Mafia zum Opfer gefallen war.)

L'UNITÀ (linke Tageszeitung): Das italienische Oberste Gericht hat gestern lobenswerte Weitsichtigkeit unter Beweis gestellt, indem es endgültig jede weitere Klage abgewiesen hat, die mit schöner Regelmäßigkeit durch die Brüder Antonio und Alberto Mortadini gegen ihren älteren Bruder Vittorio, später auch gegen seine Gattin, eingereicht wurden. Der verstorbene Fürst, Senator und General, der seinen militärischen Rang im Kampf für die Freiheit der Heimat erlangte, hatte seit dem Krieg den Oberhäuptern beider Nebenzweige des Geschlechts im Magen gelegen, die über Jahrzehnte bis zu seinem Tode immer wieder unter Beweis stellten, dass es ihnen an Moral und Scham fehlt. Beide aktive Faschisten, haben sie es nur der Beliebtheit ihres fürstlichen Bruders zu verdanken, dass sie nach dem Krieg nicht ähnlich wie ihr Idol Mussolini und die Nazibonzen endeten, mit denen sie kollaborierten, bis Patrioten wie Vittorio die Deutschen mit Hilfe der Alliierten vertrieben. Der letzte Casus belli war der Beschluss von Vittorios Ehefrau, Fürstin Giulietta Mortadini, die Hauptlinie eines der ältesten italienischen Geschlechter durch Adoption aufrechtzuerhalten. Der siebenundzwanzigjährige Ingenieur Leo Mortadini ist ebenso wie die Fürstin von seiner Herkunft her Tscheche, ein außerordentlich intelligenter und vielseitig begabter Mann; in einem Gespräch mit dem Chefredakteur des Blattes (Seite 8) stellt er neben einer perfekten Kenntnis unserer Sprache und unserer Geschichte auch weitere Kenntnisse und Charakterzüge unter Beweis, die ihn in ausreichender Weise zur Verwaltung eines solch riesigen Vermögens befähigen. Außerdem ist er auf dem besten Wege, den prestigeträchtigen Titel Master of Business Administration zu erlangen und pflegt eine ernste Bekanntschaft mit einer Italienerin.

Seine weitere Entwicklung wird auch deshalb außerordentlich interessant sein, weil die ultrarechten Anwärter auf den Titel des regierenden Fürsten in Zukunft ihre Angriffe vor allem auf ihn richten werden. Man kann sich gut vorstellen, in welchen Kanälen das meiste Geld enden würde, wenn sie gerichtlich einen Sieg errungen hätten. Sicher würde es ihnen gelingen, einen neuen faschistischen »Marsch auf Rom« und eventuell auch einen weiteren Putsch zu finanzieren! (Bildunterschrift: Die Fürstin und der künftige Fürst feierten die gerichtliche Entscheidung bei einer Milonga auf dem Lido di Roma, wo ihr Tango argentino begeisterten Beifall fand.)

IL SECOLO D'ITALIA (Blatt der extremen Rechten): Der Oberste Gerichtshof hat gestern einen weiteren Nagel in den Sarg unserer Traditionen getrieben. Nachdem der Fürst der roten Partisanen Vittorio das Wappen des alten Geschlechts mit dem Blut der italienischen Patrioten befleckt und das riesige Familienvermögen an eine Herumhopserin aus dem Osten verscherbelt hat, die wiederum ihre Beute eben dadurch krönte, dass sie mit Hilfe einer rechtlichen Lücke definitiv (?) Titel und Vermögen den legitimen Erben abspenstig gemacht und an einen weiteren Komplizen, einen tschetschenischen (Anmerkung des Autors: in Wirklichkeit tschechischen – es handelt sich wohl um einen Fehler des Redakteurs und des Korrektors) Playboy weitergereicht hat, dessen Beruf die Rolle eines Gigolos ist, mit dem die ehemalige Balletttänzerin in zweifelhaften Tanzlokalen ihre alten Knochen beim argentinischen Tango trainiert, wenn ihr der gelungene »Nachfolger« nicht noch andere Dienste leistet. Die Öffentlichkeit wartet gespannt darauf, dass nach dem kürzlichen Tod beider Oberhäupter der

Nebenzweige ihre erstgeborenen Söhne, die principi Riccardo und Romeo, ihr Banner erheben und den Kampf fortführen, bis sie eine Herrschaft erringen, die die nationalen Interessen wahrt, indem sie aus der Europäischen Union austritt und Italien den Italienern zurückgibt! (Bildunterschrift: Erleben wir vielleicht, dass weitere Patrioten an den Beinen aufgeknüpft an einer Tankstelle enden wie der große Italiener Benito Mussolini und seine getreue Lebensgefährtin Clara Petacci, die Vittorio Mortadini so schändlich hinrichten ließ?)

XXI. Giulietta

Zwei Jahre nachdem Giorgio Guido beerdigt worden und ein Jahr nachdem Leo Mortadini rechtskräftig »Erbprinz« und somit auch künftiger Verwalter des Vermögens und des Eigentums des Geschlechts geworden war, konnte Fürstin Giulietta ihrem nahenden Geburtstag mit dem Gefühl entgegensehen, dass ihr Leben trotz dreier Verluste erfolgreich gewesen war. Nicht nur, dass ihr Adoptivsohn mit Auszeichnung – »Julchen, sieh es als erstes Geschenk zu deinem Geburtstag an, das zweite ist dann, dass ich niemandem verrate, wie alt du bist!« – seine Prüfungen in Ökonomie am römischen Zweig einer bedeutenden amerikanischen Universität bestanden und dadurch zu seinem Titel Ing. vor dem Namen noch den MBA hinter dem Namen erworben hatte, es war ihm gelungen, an einem einzigen Abend die ununterbrochenen Angriffe seiner durch Adoption erlangten Verwandten abzuwehren. Er war zu der bekanntesten Fernsehtalkshow eingeladen worden, brillierte auf Italienisch und stellte seine hohe Intelligenz auch anderweitig unter Beweis. Die Tageszeitungen zitierten zahlreiche Sentenzen, die das Publikum im Studio mit lautem Applaus belohnt hatte. Auf die Frage, ob er als Ausländer, der recht kurze Zeit hier wohne, sich berufen fühle, Erbe eines der ältesten italienischen Geschlechter zu werden, antwortete er unter Aufzählung aller historischen Verbindungen zwischen Italienern und Tschechen, die in den Schlachten tschechoslowakischer Legionäre in italienischen Uniformen gegen die Armeen der österreichisch-ungarischen Monarchie gipfelten, aus deren Reihen sie überliefen, »um lieber für Garibaldis Vermächtnis der Freiheit als für das Habsburger Gefängnis der Nationen zu sterben«. Beifall.

»Übrigens«, fügte er hinzu, »plane ich keine ›feindliche Übernahme‹, wie sie in der Wirtschaft üblich ist, sondern biete allen Nachkommen der Prinzen Alberto und Antonio eine breite freundschaftliche Kooperation an, wenn wir uns gemeinsam auf ein Grundprinzip einigen, das die Demokratie ist und bleiben muss.« Starker Beifall.

Begeistert aufgenommen wurde auch die Antwort auf eine telefonische Frage, ob er nicht die Übernahme des Geschlechts viel raffinierter plane, indem er es schrittweise mit seinen Nachkommen bohemisiere: »Als größter böhmischer Herrscher aller Zeiten wird in der Tschechischen Republik wiederholt der Luxemburger Karl der Vierte, der Kaiser des Heiligen Römischen Reiches Deutscher Nation, ausgerufen. Es war sein Kriegszug nach Italien in seiner Jugend, der ihn bis zu seinem Tode davon überzeugte, dass der Krieg das schlimmste aller Mittel ist, um Macht zu erlangen. Dann verlobte er sich nur noch mit ausländischen Prinzessinnen, und weil ihr Leben mittelalterlich kurz war, erlangte er durch viermalige Heirat den größten Teil Europas. Hier reicht Ihnen eine einzige Sizilianerin mit dem Namen Carla, damit in zwei Generationen Ihres berühmten Adelsgeschlechts tschechisches Blut mit italienischem verdünnt wird, wenn ...«, und hier machte Leo eine dramatische Pause, ehe er lächelnd weitersprach, »wenn nicht der nächste Prinz sein Herz in Böhmen verliert!« Lang anhaltender Applaus, dem sich auch der Moderator anschloss.

Julia und Carla waren auch ins Studio eingeladen, doch sie beschlossen, den Interviewten nicht zusätzlich nervös zu machen. »Und mich noch mehr«, meinte die Fürstin, als sie Carla zu sich in die Villa lud. Kaum war die Sendung zu Ende, hörte sie auf, an ihrem Whisky zu nippen, brachte Champagnergläser, auch schon für Leo, und öffnete geschickt eine Flasche Veuve Clicquot. Carla entschuldigte sich, sie müsse noch fahren, weil sie gleich am Morgen in Rom Wichtiges zu erledigen habe. Dann machte sie eine Bemerkung, die Julia aufhorchen ließ: »Vorerst wird das Blut eins zu eins verdünnt ...« Nachdem sie sich ausgiebig umarmt hatten, folgte nun ein Verhör von Carla. Dass sie eine Stunde später fahren musste, weil man Leo offensichtlich im Studio aufgehalten hatte, störte Julia ausnahmsweise nicht: sie wollte mit ihm allein sprechen. Er kam erst kurz vor Mitternacht, in bester Stimmung und schilderte detailliert, wer ihm alles gratuliert habe, und erst am Schluss ließ er die Bombe platzen, eine E-Mail, die ihm die Mädchen, die mit dem Sammeln der Zuschauermeinungen beauftragt worden waren, kurz nach der Sendung überreicht hatten: »Ich gratuliere und freue mich auf ein Treffen. Dein neuer Cousin Romeo Mortadini«. Julia staunte über den Gruß des fünfzigjährigen Sohnes von Vittorios Bruder Albert, des jüngeren Anwärters auf den Titel.
»Dir ist gelungen, was ich in dreißig Jahren nicht geschafft habe! Wenn du dieses Kriegsbeil begraben kannst, dann bist du endgültig der Favorit der Italiener.« Einen so glücklichen Abend wollte sie nicht mit einem Thema stören, das seinen eigenen verdiente.
Am Morgen fuhr Leo nach Rom, um im Zentrum ein kleines Büro zu mieten. Er versuchte Julia schon im Laufe seines

Studiums davon zu überzeugen, was er gelernt hatte: dass Transaktionen, Geschäfte, Einkäufe und Erträge, mit denen traditionell mehrere Verwaltungen beauftragt waren, zusammengeschlossen werden sollten, damit die Familie wie eine Firma funktionierte. Sie sollte ihr Oberhaupt sein, er Prokurist mit Unterstützung eines guten Sekretärs und einer ausgezeichneten Sekretärin, der Sitz jedoch in der Hauptstadt liegen, damit das Pendeln der Geschäftspartner zur Villa entfiele.

»Es ist höchste Zeit, liebe Julia, dass du von einer russischen Adeligen zu einer europäischen Unternehmerin avancierst.«

Beim Abendessen ließ sie ihn in Ruhe, damit er ihr detailliert schildern konnte, wie die Vorbereitungen voranschritten, sie studierte den Ordner mit den Fotos und den Plänen der von ihm vorgeschlagenen Räumlichkeiten und ergriff dann endlich das Wort.

»Und wie läuft es sonst?«

»Was meinst du?«

»Wie geht es Carla?«

»Wir haben zusammen bei Luigi zu Mittag gegessen. Sie lässt dich grüßen.«

»Und wie geht es ihr?«

»Na ... gut ...«

»Keine Probleme mit dem Essen?«

»Nein ...« Ihm kamen die Fragen seltsam vor.

»Warum sollte sie welche haben?«

»Na, das gehört eben zur Sache, weißt du?«

»Zu welcher Sache ...?«

»Na, zu welcher wohl! Leo, du kommst mir vor wie ein Junge in der Pubertät.«

»Warum bitte schön sprichst du mit mir in Rätseln?«
»Ich? Du spielst im Fernsehen den Macher, dem niemand gleichkommt, und dabei weißt du nicht mal, wann Frauen Magenprobleme haben?«
»Normalerweise, wenn sie in anderen Umständen sind. Ich bin doch nicht blöd!«
»Warum wunderst du dich dann, wenn ich frage, ob es Carla gut geht?«
»Ist Carla denn …??« Jetzt ging ihm ein Licht auf. »Ist Carla denn …« wiederholte er ratlos, und so half sie ihm lieber.
»Ja, wie man es nennt, sie ist schwanger.«
»Nein!!«
»Doch.«
Er suchte nach Worten. »Woher weißt du das?«
»Logischerweise wohl von ihr, oder glaubst du es mir nicht?«
»Und woher weiß sie …«, er bemerkte selbst, wie dumm diese Frage war, und hatte nun die richtigen Worte gefunden, »und warum weiß ich das nicht von ihr??«
»Du hast sie nicht gefragt. Ich schon.«
»Das ist doch wohl ein Unterschied!!«
»Ja, ein großer. Sie hat die Frage von dir erwartet.«
»Ich bitte dich, wer hat ihr … wann ist das … wie weit ist sie?«
»Im dritten Monat. Und schlecht war ihr schon mehrmals, vor einer Woche ist sie doch bei Luigi vom Tisch aufgestanden.«
»Das kommt doch manchmal vor, oder??«
»Bei Carla habe ich das nie erlebt.«
»Na, und ich habe das einfach nicht bemerkt!« Er ging von der Verteidigung zum Angriff über. »Aber warum hat sie mir das nicht selbst gesagt?!«
»Danach habe ich sie auch gefragt.«

»Und?«
»Ich habe das so verstanden, dass sie sich nicht sicher ist, ob du das Kind auch wirklich willst.«
»Mein Gott, warum sollte ich es nicht wollen??«
»In den zwei Jahren hast du angeblich nicht erwähnt, dass du sie gern heiraten würdest.«
»Aber natürlich heirate ich sie gern! Sehr gern! Ich habe nicht daran gedacht, ich wollte das erst angehen, wenn ich mit dem Studium fertig bin. Und das Kind will ich natürlich!!« Er schaute sie an, so als hege er einen Verdacht. »Oder willst du etwa nicht …?«
»Ich? Ich warte darauf, dass es mich endlich befreit, denn einzig und allein das wird mir den Tanz ersetzen können. An dem Tag, an dem es geboren wird, höre ich auf, wie Gevatterin Tod auf den Parketts herumzuspuken und werde wie eine richtige Oma das Kindlein wiegen!«
Er kniete sich zu ihr hin, fast zu Tränen gerührt. »Giulietta …!«
»Ich bin Oma Julchen!« Dabei stand sie auf. »Aber heute gehen wir zur Milonga!«

XXII. Leo

Die ersten Tage brauchte er einen starken Willen, um Roberts Rezept zu folgen und die Bilder von jenem Nachmittag durch andere zu verdrängen. Den Tiefpunkt erreichte er in dem Moment, den alle anderen um ihn herum als seinen Höhepunkt betrachteten: als ihm Julia mitteilte, dass sie die Absicht habe, ihn zu adoptieren und zum nächsten Träger des Fürstentitels zu erklären. Seine Tränen, die wahrscheinlich auch von Carla und Lucia als Ausdruck äußerster Rührung verstanden wurden, waren pure Verzweiflung. Er schaute auf die alte und doch immer noch schöne Frau in Schwarz, die er zweifelsohne durch seine Feigheit um die Perlen ihrer Sammlung und um einen ihr teuren Menschen gebracht hatte, und am liebsten hätte er sich auf die Knie geworfen, um zu gestehen, um Vergebung zu bitten, gleich darauf nur die Sachen zu packen, mit denen er ein Jahr zuvor gekommen war, und zu verschwinden, zuerst auf die Polizei und dann nach Hause. Abgebracht hatte ihn davon nur der Gedanke, dass ihr dann für den Rest ihres Lebens, wie seine Mutter zu sagen pflegte, »die Augen nur noch zum Weinen bleiben würden«. Nein! Diese Schuld musste er selbst in sich tragen, um sie abzugelten! Die Lösung, die ihn erleichtern und sie erledigen würde, wäre doch gleichbedeutend mit absoluter Feigheit! Seine Pflicht war es, sie gerade jetzt glücklich zu machen, so wie sie es für den Kampf ihres Lebens verdient hatte!

In dieser kritischen Sekunde wurde sein Entschluss geboren, der ihn dann wie eine Feder ganze zwei Jahre antrieb und ihn zwang, es in Italienisch zur absoluten Perfektion zu bringen und das Studium noch einmal mit lauter Einsen abzuschließen. Schon nach der Hälfte der Zeitspanne war er in der Lage, die meisten Aufgaben zu übernehmen, die sie von ihrem fürstlichen Ehemann geerbt hatte, somit konnte sie sich voll den strategischen Entscheidungen widmen. Ausgerüstet mit den ersten Kenntnissen unterzog er mit Lucia Guidos Hilfe die Verwaltungssysteme für das Familienvermögen, so wie sich diese über einhundertfünfzig Jahre entwickelt hatten, einer detaillierten Überprüfung. Das ehemalige Fürstentum umfasste ein Dutzend größere Gemeinden und eine Vielzahl an Gütern und Ställen, Weinbergen und Abfüllanlagen, Marställen, Schmieden und weiteren Werkstätten. In den letzten Jahrzehnten war ein Netzwerk von Tankstellen, Kfz-Werkstätten, Großverkaufsstellen und photovoltaischen Anlagen hinzugekommen. Aus der Vergangenheit war eine Reihe verschiedener Eigentumsformen auf der Basis von Verträgen erhalten geblieben, die schon Giorgios Großvater und Vater für die Familie abgeschlossen hatten; die Erfüllung dieser Verträge kontrollierte derzeit eine Sonderabteilung der Kanzlei mit fünf Mitarbeitern. Der Chef Marco Osso, ein robuster Mitvierziger und Marketingspezialist, der getreu seinem Namen hart wie ein Knochen war, belegte Leo und Lucia, dass es allein über fünfzig landwirtschaftliche Güter in Verwaltung von Pächtern gab. In diesem einen Sektor, so berechneten die drei, ließen sich bei allmählicher Übernahme durch einen einzigen Pächter, den sie mit dem Arbeitstitel Maestro Verdura, Meister Gemüse, versahen, die Kosten des Familienunternehmens so deutlich senken, dass die Nettoeinnahmen um ein Drittel steigen würden. Es handelte sich dabei um eine so gewaltige, ja gar revolutionäre Veränderung, dass Giulietta eine unabhängige Wirtschaftsprüfung durchführen ließ – »Damit du, Leo, dann nicht Selbstmord begehen musst!« Nachdem die Berechnungen innerhalb eines Monats fast ohne Korrekturen bestätigt wurden, erhielt er zusammen mit dieser Nachricht einen Kuss und dann auch freie Hand. Ab diesem Moment wurde er mit knapp dreißig Jahren zur vierten Säule, auf die sie sich ebenso verließ wie auf die drei, die sie verloren hatte.

Seine Gewissensbisse versuchte er nicht auszublenden, denn gerade aus ihnen schöpfte er zusätzliche Energie, doch sie waren nicht mehr so verletzend. Mit jeder weiteren erfolgreich erledigten Aufgabe, aber auch mit jedem weiteren Milonga-Abend, wurde in ihm der Grund stärker zu glauben, dass dies ihre Wunden heilte. Es brachte ihn durcheinander, als er nach der Adoption das Geheimnis der Gemäldegalerie erfuhr und sich eine neue Neidattacke der enttäuschten Täter vorstellte, wenn sie erfuhren, dass der angebliche Schatz nur aus Kopien bestand. Gleich darauf beruhigte ihn jedoch die Überlegung, dass ihnen der nicht eingeplante Mord sicher die Lust genommen hatte, noch einmal hier aufzutauchen. In den nächsten vierundzwanzig Monaten ließen sie sich wirklich weder blicken noch von sich hören, somit konnte er diese Gefahr als verjährt ansehen. Aus Prag kamen nur gute Nachrichten; als ihm Julia seine Apanage verdoppelte und er im gleichen Verhältnis die Zahlungen an seine Familie erhöhte, konnte er sich vor Dank nicht retten. Seit dem Überfall brauchte er auch seinen Aufenthaltsort nicht mehr geheim halten, und so nahm

er freudig Julias Angebot an, zu Weihnachten seine Eltern einzuladen.
Sie sollten bleiben, solange sie wollten, doch sie hielten es nur bis zum Dreikönigstag aus und verließen nach einem zweiten Ausflug nach Rom auch die Villa nicht mehr, so hatte sie der wilde Wirbel der italienischen Metropole aufgeschreckt, gegen den ihnen das jetzt freie Prag wie ein Dorf vorkam. Der Vater war in der Zeit, in der sie sich nicht gesehen hatten, stark gealtert, und der alte Unfall schränkte ihn in seiner Bewegung stark ein, die Mutter wiederum wurde damit nicht fertig, dass sie zum ersten Mal in ihrem Leben jemandem »zur Last« fiel, wenn sie beispielsweise nicht selbst das Bett machte; Julia gelang es nicht, sie davon zu überzeugen, dass Annamaria für ihre Dienste ein sehr gutes Gehalt bezog und daher das Gästeapartment nicht als Sklavin putzte. Auch die sehr vorsichtige Andeutung, dass Leos Adoption lief, verstörte die Mutter stark, und er war sich nicht sicher, ob Julia und er es ihr so erklärt hatten, dass sie nicht den Eindruck erhielt, um ihren Sohn gebracht worden zu sein, der auf sie verzichtet habe. Beim Verabschieden weinte sie jedoch aus einem anderen Grund: Sie küsste Julia plötzlich die Hand: »Sie haben mir den Jungen so erzogen, wie ich es selber nicht vermocht habe!« Da kullerten auch bei Julia die Tränen.
Seinen Schwestern, ihren Ehemännern und ihren Kindern mietete er im folgenden Sommer für drei Wochen einen großen Bungalow in dem reizenden Küstenstädtchen Sperlonga in der Nähe von Rom, wohin er sie vom Flughafen aus persönlich mit einem Kleinbus brachte, sie waren schon zu elft. Er wollte mindestens eine Woche bei ihnen bleiben, doch schon nach zwei Tagen gab er auf, dann erklärte er ihnen alles

Notwendige gründlich, schrieb die wichtigsten italienischen Sätze phonetisch auf kleine Zettelchen und ließ ihnen genug Geld da mit der Entschuldigung, er habe viel Arbeit mit dem Studium und werde zwei Tage vor ihrer Abreise wiederkommen. Am meisten störte ihn, dass alle sieben Kinder ständig an ihm hingen und ihn »Onkel« riefen. Er empfahl Julia deshalb, sie erst in einem oder zwei Jahren zu besuchen, denn noch drohe die Gefahr, dass sie sie »Oma« rufen würden, und er redete auch Carla diesen Gedanken aus, damit sie nicht zur »Tante« mutierte, die darüber hinaus niemanden verstehen würde. Schließlich waren die Kinder und die Schwestern begeistert, nur ihre beiden Langweiler beschwerten sich – »über die Pisse, die man hier als Bier bezeichnete«.

Mit Carla erlebte er eine überaus angenehme Zeit. Sie trafen sich, jeder intensiv beschäftigt, manchmal zum Mittagessen, manchmal zum Abendessen nach einem Kinobesuch und regelmäßig an den Wochenenden, entweder in der Villa, wenn Julia dabei war, oder in Carlas kleiner Wohnung in Rom. Sie fühlten sich zusammen wohl und somit auch jeder von ihnen allein, sie freuten sich auch über ein kurzes Telefonat und umso mehr über ein gemeinsames Treffen. Leo wusste von Beginn an, dass ihr Bund »abgesegnet« werden musste, doch es störte ihn, dass dies sowohl standesamtlich als auch kirchlich erfolgen sollte. Das dritte Weihnachtsfest und Neujahr hatte er nämlich auf Sizilien verbracht, und obwohl ihn Carlas Eltern, seine Schwestern und ihre Verlobten aufnahmen, als gehöre er schon seit ewigen Zeiten zu ihnen, störte ihn die völlige Abhängigkeit aller von Glauben und Klerus. Bald kam es ihm so vor, als gehöre das Haus der Familie zur nahe gelegenen Kirche, in die alle mindestens einmal pro Tag gingen, um zu beten. Weil der Heiligabend auf einen Sonntag fiel, machten sich alle sowohl für die normale Messe als auch für die Mitternachtsmesse bereit. Zuvor aß der Priester bei ihnen zu Mittag und machte somit auch diesen Teil des Tages zu einer Andacht. Leo hatte Carla schon auf Capri die böhmische Geschichte erklärt, die zuerst von den Hussiten und dann von den Katholiken zerstört worden war, und so verstand sie, warum er konfessionslos war, umso mehr, als er sich aus Liebe zu ihr eine Legende zurechtlegte: »Ich betrachte mich ganz sicher nicht als einen Heiden, weil ich meinen Glauben habe, ich brauche nur keine Firma dafür, die sich dies patentieren lässt!«

Auf dieses Thema, das sie nicht weiter entzweite, kehrte Carla erst vor dem Abflug nach Catania zurück.

»Meine Eltern haben sich von dir schon längst eine Meinung aus meinen Berichten und deinem Auftritt gemacht, sie haben dich gern und werden dich noch mehr lieben, wenn sie dich persönlich kennengelernt haben, bei ihnen wirst du nicht auf Vorurteile stoßen, auch in der Hoffnung«, lachte sie, »dass ich dich zum rechten Glauben führen werde, aber … könntest du nicht wenigstens evangelisch sein?«

»Warum ausgerechnet evangelisch?«

»Oder Mormone oder Zeuge Jehovas. Einfach jemand, der zwar auf seine Weise, aber an überhaupt etwas glaubt, so dass sie wissen, dass du mit ihrem Glauben kein Problem hast. Du wirst es übrigens auch nicht haben, weil sie dich nicht zwingen werden, mit in die Kirche zu gehen, und andere als katholische gibt es bei uns nicht. Und wenn wir bei uns zu Hause am Tisch beten, dann reicht es, wenn du freundlicherweise die Hände in den Schoß legst, denken kannst du, was du willst.«

Er hielt dies für einen vernünftigen Vorschlag und wählte sich aus dem Angebot das Evangelischsein aus, weil er darüber zumindest etwas wusste. Als er dann mit den Händen im Schoß unauffällig beobachtete, wie sie sich vor dem Essen in den Gebeten abwechselten, denen die anderen konzentriert lauschten, ehe sie das gemeinsame Amen sprachen, dem er sich anschloss, verstand er, dass er das Mädchen, das er liebte, eigentlich nicht kannte, denn sie hatte ihm wahrscheinlich aus Rücksicht auf ihn ihre Frömmigkeit verschwiegen. Er glaubte, ihr Gesicht in allen Facetten zu kennen, von Glück, Müdigkeit, Liebe oder Leidenschaft geprägt. Erst beim Besuch des Pfarrers, den er bisher mit einem sehr kritischen Abstand gesehen hatte, bemerkte er plötzlich, wie Carla bei seinem Gebet tief in sich gekehrt und beinahe nicht von dieser Welt war, und ihn überkam Angst, dass er sie einmal dorthin verlieren könnte. In dem kleinen Gästezimmer, das ihm ihre Eltern, für die er in dieser Hinsicht ein Fremder war, zuwiesen und wo er getrennt von Carla war, dachte er fast bis zum Morgengrauen darüber nach, da ihn diese Befürchtung und die Unsicherheit, ob sich ihre Verschiedenheit in Glaubensdingen überhaupt überbrücken ließe, am Schlafen hinderte. Ohne mit ihr darüber gesprochen zu haben, fragte er nach dem Frühstück, ob er zu beiden Festmessen mitkommen könne. Sie belohnte ihn mit einem Kuss, der ihm verriet, wie sehr sie sich das insgeheim gewünscht hatte. Am anderen Morgen verriet sie ihm, die gesamte Familie habe sich darüber gefreut, dass er mitging, wenngleich er an ihrer Überzeugung rüttelte.

»Inwiefern …?«

»Weißt du, auch sie mussten ihr Misstrauen überwinden, das die hiesigen Katholiken gegenüber dem Zweiten Vatikani-

schen Konzil wegen dessen Dekret Unitatis redintegratio hegen.«
»Karlička, ich hatte kein Latein. Dich liebt ein Dummkopf.«
»Die Erneuerung der Einheit im Geiste der ursprünglichen heiligen Kirche, die Aufforderung zum ökumenischen Verständnis Andersgläubiger als Brüder, die von uns Katholiken getrennt sind.«
»Was also ich sein soll.«
»Was du für mich schon lange bist, weil ich sehr schnell hinter deinen kleinen Betrug gekommen bin.«
»Welchen ...?«
»Dass du dich als Tscheche für deinen Glauben schämst, weil das bei euch nicht angesagt ist. Doch ich bin mir sicher, dass du wie ich gläubig bist, nur willst du es mir nicht eingestehen!«
Am Heiligabend absolvierte er also die erste Messe seines Lebens, und der Zwiespalt seiner Ansichten setzte sich fort. Bereits die Morgen- und noch viel mehr die Mitternachtsmesse kamen ihm – er erinnerte sich an einen Firmenausflug nach London, wo er mit Robert den Krimi »Mausefalle« gesehen hatte, der schon seit zehn Jahren im selben Theater auf dem Programm stand – wie eine wer weiß wievielte Reprise vor, die die Mitwirkenden spielen können, auch wenn man sie aus dem Tiefschlaf holt. Gleichzeitig spürte er aber erneut, dass ihm das Mädchen, das neben ihm saß, in diesem Augenblick nicht gehörte. Warum eigentlich glaube ich nicht an Gott, fragte er sich, unterdrücke ich das wirklich gewaltsam, damit ich mich bei uns nicht lächerlich mache, oder wurde es mir, wie die Mutter einmal von sich und dem Vater gesagt hatte, nicht »von oben gegeben«? So, er kehrte nach langer Zeit zu

seinem Verschulden zurück, so hätte er doch endlich die Möglichkeit zu beichten, die Absolution entgegenzunehmen und seine Seele zu läutern! Er nahm sich vor, am Abend das Wort »Meditation« mit einem Inhalt auszufüllen, um Carla näher zu kommen und sich vielleicht auch mit ihr zu verbinden, aber in der Kirche zerstreute ihn alles nur und lenkte seine Aufmerksamkeit durch Requisiten und Kostüme, Gesten und Töne ab. Er spielte für den Rest des Besuchs den »getrennten Bruder« erfolgreich weiter, um vor allem ihr nicht die Freude zu verderben, doch er wusste schon, dass die Gelegenheit, den wahren Glauben zu finden, ihm hier ein für alle Mal vergangen war.

Das Problem ließ ihn jedoch nicht los, und vielleicht schob er deshalb die Gedanken an eine Heirat weiter hinaus, weil er entscheiden musste, in welcher Form die Hochzeit stattfinden sollte, bei der ihre Verschiedenartigkeit klar ans Licht trat. Dann würde er entweder Carla und ihre Familie verletzen oder er verriet seine ureigene Überzeugung, dass er die katholische »Sündenwäscherei«, wie er das Institut der Beichte nannte, verachtete. Doch in dem Moment, als ihm Julia verkündete, dass er bereits drei Monate lang Vater von Carlas Kind sei, wurde sein innerer Zwiespalt auf einmal von Begeisterung und dem Verlangen fortgeschwemmt, alles zu tun, was sie sich wünschen würde, um sie sein egoistisches Desinteresse vergessen zu lassen. Er rief sie gleich nach dem Gespräch mit Julia an, doch Carla sprach wie sonst über alles und nichts, und so fragte er plötzlich: »Hast du morgen Abend Zeit?«

»Danach habe ich dich doch gefragt, und du hast geantwortet …«

»... dass Lucia mit einem Entwurf der Firmensatzung zu uns kommt, aber das können wir aufschieben, treffen wir uns bei Luigi?«

»Gern. Bleibst du dann bei mir?«

»Noch lieber!«

Julia ging auf die Bitte, die Arbeit mit Lucia zu verschieben, ohne Nachfrage ein; er war sich sicher, dass sie nur zu gut wusste, was er vorhatte, und trotzdem wollte er auch sie überraschen.

In dem Lokal, das für sie schon längst zu ihrem dritten Zuhause geworden war, hatten sie denselben Tisch mit der besten Aussicht auf den kleinen Platz, der jeden Tag bis ein Uhr am Mittag und bis neun Uhr am Abend reserviert war, erst dann ließ Luigi andere Gäste daran Platz nehmen. Sie kamen um halb neun, nur eine Minute nacheinander. Nachdem sie der Padrone umarmt und Carla auch geküsst hatte, brachte er eine Flasche Prosecco und kümmerte sich nicht mehr um sie, bis sie von selbst damit kamen, worauf sie Appetit hätten. »Karlička, dich liebt nicht nur ein Dummkopf, sondern auch ein absoluter Egoist!« Sie verstand und hörte auf zu lächeln.

»Giulietta hat dir mein kleines Geheimnis verraten!«

»Doch wohl unseres!«

»Falls unseres, dann ist das doch kein Geheimnis mehr.«

»Wie hätte ich denn etwas merken sollen, wo du doch immer noch schlank wie eine Gerte bist?!«

»Bald sehe ich aus wie eine Tonne.«

Er nahm sie bei der Hand: »Ich entschuldige mich vielmals bei dir und verdiene eine Strafe. Erlegst du sie mir auf?«

»Nein, tu das selbst. Freust du dich?«

»Und wie! Und umso lieber bestrafe ich mich. Sag mir: darf ein getrennter Bruder in Christus eine strenge Katholikin in ihrer Kirche heiraten?«

XXIII. Giulietta

Als sie dies, noch bevor Leo es ihr sagte, von Carla am Telefon erfuhr, gluckste sie vor Lachen, kam dann aber gleich zur Sache:

»Und was denkst du darüber?«

»Das wollte ich dich gerade fragen. Meint er das ernst?«

»Bisher hat er alles ernst gemeint, was er versprochen hat.«

»Aber das ist gegen seine Natur, ich weiß das!«

»Ich auch, Carla.«

»Soll ich das also von ihm wollen?«

»Du hast nichts gewollt, er hat es dir selbst angeboten.«

»Weil er ein schlechtes Gewissen hatte. Es kommt mir unseriös vor, ihn nun beim Wort zu nehmen …«

»Gut, aber willst du es?«

»Ich gebe zu, Giulietta, ich habe ihn so gern, dass ich nicht darauf bestehen würde. Er hat mir auch nichts ausgeredet, als er in Catania gesehen hat, wie wesentlich der Glauben für mich ist. Ich kann mir vorstellen, dass wir deshalb miteinander nie ein Problem haben werden, ich bin zum Beispiel davon überzeugt, dass er sich bei der Taufe unseres Kindes genauso verständnisvoll verhalten würde wie bei uns in den Messen. Nur …« Sie verstummte. Giulietta hatte sich in der Zwischenzeit eine Zigarette in den Halter geschoben und zündete sie nun an.

»Nur deine Eltern, oder?«

»Ja, natürlich würden sie nicht auf die Idee kommen, mich vor die Wahl zu stellen, sie oder er, doch ihre Beziehung zu ihm würde einen Riss bekommen.«

»Darüber solltest du dir nicht den Kopf zerbrechen und das Angebot annehmen!«

»Nur … das ist nicht so einfach … du bist wahrscheinlich nicht katholisch …?«

»Meine evangelische Mutter ist gestorben, bevor sie mich taufen lassen konnte, mein nichtleiblicher und trotzdem einzig echter Vater war Jude, erzogen haben mich fromme Zisterzienserschwestern, aber wir sind nur bis zum Schutz der Jungfräulichkeit gekommen.«

»Katholikinnen, zumindest bei uns auf Sizilien, dürfen nur Katholiken heiraten. Ist das der Bräutigam nicht, muss er einer werden, er muss ein paar Stunden Katechismusunterricht besuchen und sich dann taufen lassen.«

Giulietta konnte ihr Lachen nicht mehr unterdrücken, doch gleich entschuldigte sie sich dafür: »Ich lache nur bei der Vorstellung, dass Leošek vor dem Pfarrer niederkniet und sich den Kopf beträufeln lässt, entschuldige, Carla, aber wenn er das wirklich tut, dann ist das sicher kein Theater, sondern er wird versuchen, aufrichtig zu glauben.«

»Giulietta, nun entschuldige, aber das kann man nicht lernen, man glaubt oder man glaubt nicht!«

»Da hast du recht, ich glaube nach den drei Glauben, die mich erobern wollten, nur an mich selbst. Darf ich ihn mal unvoreingenommen fragen, wie er es damit hält, Carla?«

»Genau darum wollte ich dich bitten … ehe ich es meinen Eltern sage …«

»Sie wissen das noch nicht??«

»Weißt du, ich dachte, du könntest es ihnen alles auf einmal schonend beibringen ...«
Leo traf erst zu dem verlegten Termin mit der Anwältin in der Villa ein, und Lucia blieb dann noch zum Abendessen. Nach ihrer Abfahrt konnte Giulietta mit ihm reden, und sie vergewisserte sich, dass sie sich in dem, was sie Carla gegenüber gesagt hatte, nicht irrte. »Natürlich meine ich das ernst, todernst! Und du hast mich dazu gebracht. Ich spiele den Macher nicht nur im Fernsehen, sondern im Leben überhaupt, ich habe mir eingeredet, der Anführer des Rudels zu sein, und ich möchte nicht noch einmal so fürchterlich draufzahlen!«
»Wie meinst du das?«
»Was ...?«
»Was meinst du mit – noch einmal?« Bis jetzt war er für seine Verhältnisse gesund erhitzt gewesen, plötzlich erschien er ihr nervös und unsicher.
»Was ich damit meine ...? Ich meine damit den Weggang aus der Prager Firma, in der ich hätte Karriere machen können ... jetzt weiß ich natürlich, dass das für mich ein Glücksfall war, denn sonst hätte ich dich nicht getroffen, doch ohne Glück hätte ich dieses Looping kaum gemeistert.«
Er war schon wieder in Form, doch sie erinnerte er mit dieser Metapher an einen Tänzer, der nur mit viel Glück einen fast sicheren Sturz ausgleichen konnte. Weitere Nachforschungen verschob sie auf später und kam zum zentralen Thema zurück.
»Carla hat Bedenken, dass du dir ein Problem geschaffen hast, das euch entfremden kann.«
»Was für ein Problem? Die Stunde Hochzeit in der Kirche wird mir ganz sicher nicht die Seele schädigen, aber Carla und

ihrer Familie bereitet sie ein Leben lang Freude, meinst du nicht?«

»Auf Sizilien werden, wie ich von ihr erfahren habe, nur Katholiken miteinander verheiratet. Ist dir schon einmal in den Sinn gekommen, dass du deshalb eine Religionslehre absolvieren und dich zum Katholiken taufen lassen müsstest?«

»Du wirst dich wundern, aber das ist mir auch schon eingefallen.«

»Und …?«

»Ich dachte, wenn so ein weises Wesen wie Carla glauben kann, dann ist das nichts Verwerfliches, und ich könnte es auch versuchen.«

»Diese weise Carla hat mir heute gesagt, dass man das allein mit Willen nicht erreichen kann, entweder man glaubt oder man glaubt nicht. Und sie hat mich gebeten, ihrerseits anzubieten, es dir gut zu überlegen. Sie liebt dich so sehr, dass du für sie Priorität hast, wovon sie ihre Eltern und ihre Schwestern überzeugen will, und sie ist sich außerdem sicher, dass ihr dabei die Zeit helfen wird, wenn sie dich besser kennenlernen und einsehen, dass du ein Christenmensch bist«, lachte sie, »ob du willst oder nicht!«

Zu ihrer Überraschung kam er nicht auf ihr Angebot zurück: »Ich will nicht durch Willenskraft gläubig werden, sondern aus einem inneren Bedürfnis heraus!«

»Ich bitte dich …!«

»Ich spüre schon lange, dass mir im Leben ein Korrektiv fehlt.«

»Dazu reicht doch wohl Carla, wie du mir gerade beweist. Leo, ich achte dich zu sehr, als dass ich in deine Intimsphären eingreifen will wie Liebe oder sogar Glaube. Aber ich denke

wirklich nicht, dass du eine so gravierende Entscheidung unter Zeitdruck treffen solltest. Die Hochzeit kann man nicht aufschieben, weil ein Bauch der Carla in Weiß nicht die Schönheit verderben sollte, das würde die Familie vielleicht noch mehr stören. Wenn ihr beide es wünscht, dann übernehme ich gern die Rolle des Parlamentariers!«
Julia wartete die Antwort nicht ab und erklärte ihm gleich: »Früher nannte man diese Funktion Heiratsvermittlerin, aber diese Phase liegt längst hinter uns, ich habe dir Carla schon vor drei Jahren vermittelt. Ich werde den Eltern sowohl dein Angebot als auch Carlas Befürchtung darlegen und überlasse es ihnen, alles frei selbst zu beurteilen. Ich müsste mich sehr irren, wenn es keine andere Lösung im Rahmen der Ökumene gäbe. Nur würde ich gern bei deiner frommen Lüge bleiben, wie meine Mutter sie nannte, auch wenn die Nonnen dies als Sünde betrachteten: dass du nicht praktizierend evangelisch bist. Einverstanden?«
Er stimmte zu, und es dauerte nur vierzig Stunden, bis Carla Julias Besuch bei den Eltern angekündigt und Peppino sie zum Flughafen gebracht hatte. An der Treppe zur Cessna begrüßte sie Michal Comar. Das überraschte sie, denn seit Leos Adoption hatte sie Flüge immer in letzter Minute bestellt, auch wenn ihr lange vorher klar war, dass sie ihr ihr Trumpf-Ass nicht anbieten konnten. Obwohl er nicht ahnen konnte, dass sie bei ihrem Adoptionsplan auch über ihn nachgedacht hatte, war es für sie auf einmal ein Problem, ihm zu begegnen. Umso mehr freute es sie, dass er sie begrüßte, als seien sie erst vor Kurzem zusammen geflogen, und ließ sie nicht merken, dass ihm ihr Desinteresse eventuell leidgetan haben könnte, im Gegenteil! er schien aufrichtig erfreut, dass heute

Morgen ein Kunde abgesagt hatte, weshalb er ihr zugeteilt worden war.
Nachdem sie in ihrem bekannten »vatikanischen« Interieur Platz genommen und einen großen Schluck aus dem Flachmann genommen hatte, konnte sie mit ihm sprechen. Ehe er die Starterlaubnis erhielt, lehnte er an der Kabinentür und berichtete ihr von seinem neuesten Lebensabschnitt, den sie noch nicht kannte. Die Ehe war ihm diesmal – »Toi-toi-toi!« – gelungen, er liebte seine Neuseeländerin immer noch und sie ihn anscheinend auch, sie war zum zweiten Male schwanger, das erste Mädchen gesund und hübsch, sein Verhältnis zu den Müttern seiner übrigen Kinder hatte er auf eine solide Basis gestellt. Als Pilot war er umso gefragter, als er weniger flog, die Aviatica, so sagte er zufrieden zu ihr, schule ihn langsam aber sicher für eine der führenden Positionen im Management. Er war männlich gewesen, seit sie ihn kannte, doch in den zwei Jahren, da sie ihn nicht gesehen hatte, war er noch weiter gereift. Nachdem er sein ewiges Problem mit den Frauen geklärt hatte, schien er vollkommen zu sein! so bezeichnete sie seinen Zustand im Geiste. Diesen Flug verkraftete sie viel besser als frühere Flüge, weil sie die ganze Zeit damit beschäftigt war, Michal und Leo in Gedanken miteinander zu vergleichen. Schließlich gelangte sie zu dem Schluss, dass, wenn es diese schicksalsträchtige Prager Milonga nicht gegeben hätte, vermutlich er ihr Adoptivsohn geworden wäre. Mein Gott! seufzte sie, ich liebe wohl Gewissensbisse! Beim Abschied in Catania war sie dann schon wieder froh, als er sich entschuldigte, dass sie, wenn sie Bescheid sage, einer von den Kollegen abhole. Sie küsste Michal traditionell auf beide Wangen und machte sich auf, Leos Hochzeit zu vermitteln.

Carlas Eltern fühlten sich durch den Besuch der berühmten Künstlerin und Fürstin so geehrt und gesellschaftlich aufgewertet, dass sie die Nachricht von Carlas Kind, das wenige Monate nach der Hochzeit zur Welt kommen sollte, mit unerwarteter Toleranz aufnahmen. Beim abendlichen Familienessen im Hause übertrug sich diese auf die Schwestern, deren Männer und seltsamerweise auch auf den Pfarrer, der das Dilemma sogar selbst löste.

»Die heilige Kirche«, ergriff er beim Dessert das Wort, »fischt in der Tradition Petrus' des Fischers nicht in den Wassern anderer christlicher Kirchen und legt das Wort Gottes für ihre Schäfchen aus und nicht gegen sie.« Von der Modernität seiner Gedanken zeugte auch, dass er oft mit Google verkehrte, denn er wertete es hoch, dass Signore Leo Mortadini, auch wenn er in einem Land geboren worden sei, das durch eine Mehrheit von Nichtgläubigen traurig berühmt sei, trotzdem seinen Weg unter die Christen gefunden habe, wenngleich auch eines anderen Bekenntnisses.

»Als künftiges Oberhaupt eines berühmten Geschlechts, das Ihre Gunst und Fürsorge genießt, teure Principessa«, erklärte er am Schluss, auch wenn er aus dieser Quelle ebenfalls ahnen musste, dass sie wahrscheinlich überhaupt keine Christin war, »kann die Zustimmung zum Sakrament der Ehe schon auf der Basis einer eidesstattlichen Erklärung des Bräutigams erfolgen, dass seine und Fräulein Carlas Nachkommen ausschließlich im katholischen Geiste erzogen werden, mit dem der Herr im Laufe der Zeit möglicherweise auch ihn beschenken wird!« Dem stimmten alle begeistert zu, jegliche Gefahr war gebannt, und so nahmen dann alle gern ihre Einladung für den nächsten Tag an.

Mit dem Fahrzeug, das das Hotel für sie angemietet hatte, zeigte man ihr zuerst das alte Stadtzentrum von Taormina und Messina, danach überraschte sie alle mit einem von Rom aus georderten Mittagessen in einem Luxusrestaurant unter dem Gipfel des Ätna. Dort bot sie allen schon im Voraus das verwandtschaftliche Du an, und zwischen den Delikatessen besprachen sie dann die Hochzeit von A bis Z.

»Ihre Tochter und mein Sohn verdienen es, dass dies ihr schönster Tag wird, aber es sollte auch einer der schönsten Tage für Italien werden. Ich will Leo vorschlagen, auch alle Mitglieder beider Nebenzweige des Geschlechts einzuladen, somit könnte sich gerade auf Sizilien erneut die einstige Einheit zugunsten des gesamten Landes vollziehen.«

Diese Möglichkeit begeisterte die Eltern und den Geistlichen. Carlas Mutter meinte dann, ihre Tochter werde nach ihr kommen: »Die Schwangerschaft hat man mir erst im siebten Monat angesehen, und wenn sie schon im fünften heiratet, dann haben wir für die Vorbereitungen noch zwei Monate Zeit.«

Es zeigte sich, dass der Pfarrer Wein trinken konnte und auch einen Sinn für Humor besaß: »Eine Geburt kurz nach der Eheschließung kann man immer als Wunder auslegen, dessen Bedingung jedoch darin besteht, dass sie in meiner Kirche heiratet!«

Giulietta fühlte sich wie eine Regisseurin, als sie während des sonnigen Nachmittags auf dem leicht qualmenden Vulkan, der wie ein sattes Raubtier ruhte, die Choreographie der gesamten Premiere so umriss, dass die Familie gern einwilligte, ihr »Realisationsteam« zu werden. Sie sollten die Aufgaben selbst unter sich verteilen, zu diesen gehörte die Reservierung zweier führender Hotels, der Blumenschmuck für die Kirche, das

Engagieren eines Chores zur Messe und einer Jazzband für das Bankett, die Anmietung des schönsten Saales von Catania, die Zusammenstellung und Bestellung des Mittagsmenüs für dreihundert Personen und des abendlichen Büfetts zur Tanzparty für zweihundert Gäste. Giulietta behielt für sich, dass der Höhepunkt, wie hätte es anders sein können! ein Tango argentino sein sollte, bei dem sie als Mutter ihren Sohn an die Schwiegertochter im wahrsten Sinne des Wortes übergeben würde …

Die Eltern baten auf ihren Wunsch telefonisch den Prokuristen ihrer Bank, freundlicherweise auf sie zu warten, bis sie vom Ätna zurück sei. Er bedauerte es nicht, als sie dann ein Konto mit einem Unterschriftsrecht für Carlas Vater über fünfzigtausend Euro zur Begleichung der notwendigen Vorauszahlungen eröffnete. Sie schaffte es noch rechtzeitig, einen Zug mit Schlafwagen zu erreichen, wo sie unter drei freien Suiten wählen konnte, dann verabschiedete sie sich von allen künftigen Verwandten mit einem herzlichen Kuss, und als sie dem Priester schließlich unerwartet den Ring küsste, dankte er dies mit einer Segnung. An das alles erinnerte sie sich sehr detailliert und hörte in Gedanken schon, wie die Orgel den Hochzeitsmarsch spielte, als sie am Fenster stand, rauchte und aus dem nachgefüllten Flachmann trank. Die Sonne versank dramatisch im Meer, gerade als der Zug die Meerenge passierte, die Sizilien mit der Spitze des italienischen Stiefels verband. Dann streckte sie sich angekleidet auf dem breiten Doppelbett aus und flüsterte glücklich Viktors Lieblingszitat aus dem Schwejk vor sich hin, mit dem er traditionell besonders erfolgreiche Tage zu beschließen pflegte: »Da war ich heute aber wieder nützlich!«

XXIV. Leo

Nach der Rückkehr der »Frau Heiratsmacherin«, wie Clara sie dann bewundernd zu nennen pflegte, nachdem Giulietta grenzenlose Ovationen ihrer Familie einschließlich des sonst so gestrengen Pfarrers gesammelt hatte, erlebte Leo eine Lebensphase, die in allen Bereichen alles Bisherige übertraf. Bei der ersten der Beratungen »à trois«, die die Fürstin auch als »Hochzeitskomitee« bezeichnete, entstand das »Programma dell' azione nozze«, »der Aktionsplan Hochzeit«, das den Plan aus Catania bis ins kleinste Detail präzisierte. Carla bestätigte das Gefühl ihrer Mutter, für eng anliegende Kleidung noch zwei Monate Zeit zu haben, und Giulietta berechnete, dass man die Dauer der Vorbereitungen auf sechs Wochen kürzen könne, um nicht ein überflüssiges Risiko einzugehen. Ausgewählt wurde schließlich ein Donnerstag im Juni, der mit Fronleichnam zusammenfiel, was der Hochzeit einen weiteren festlichen Rahmen verlieh. Da nun sicher war, wie viel Zeit bis dahin verblieb, überraschte Leo beide Frauen mit einem Schneidermaßband und einer Schere. Den größeren Teil schnitt er ab und warf ihn weg und zeigte ihnen den Rest mit fünfundvierzig Zentimeterfeldern.

»Ich gehöre in Tschechien zum ersten Jahrgang«, erklärte er ihnen, »der nicht mehr für ein Jahr zur Armee musste, doch bereits vorher hatte ich mir wie alle jungen Männer zur Musterung dieses Maßband gekauft, um täglich die letzten ein-

hundert Tage abschneiden zu können, die angeblich kaum zu überstehen waren.«
»Das war die Vorfreude auf die Freiheit«, konstatierte Giulietta, »willst du dich jetzt auf das Ehejoch freuen?« Er stand auf, und noch bevor Carla reagieren konnte, hob er sie spielend leicht aus dem Sessel, bückte sich und warf sie geschickt über die Schultern, wie er es bei Jägern gesehen hatte, die erlegte Rehe tragen.
»Steht es mir etwa nicht??«
Seit Capri hatte er Carla so gern, dass er sich keine Steigerung mehr vorstellen konnte, nun kam diese von selbst, indem sich die Beziehung, die bisher keinen festen Rahmen gehabt hatte, zu einem Lebensbund wandelte. Alles, dem der Zustand vergänglichen Vorübergehens an Gewicht nahm, Worte und Taten, Versprechen und Träume, gewann auf einmal mit jedem abgeschnittenen Tag einen Anschein von Dauerhaftigkeit. Ohne sich in irgendeiner Weise besonders darum bemüht zu haben, verband sie eine nie da gewesene Vertrautheit. Und so wie die Liebe gelang ihnen auch das Werk. Carla sollte ab Herbst die Stelle der stellvertretenden Direktorin der Sprachschule übernehmen; ihr Einwand, zu diesem Zeitpunkt werde sie eine andere Hauptaufgabe haben, wurde von der Leitung zurückgewiesen: »Wie wir Sie kennen, schaffen Sie es, mit dem Kind an der Brust zu arbeiten, wir wollen nicht riskieren, dass uns in der Zwischenzeit jemand überbietet.« Leo mietete in Rekordzeit an einer guten Adresse für die zu gründende Firma drei Räume und stattete sie aus, außerdem gelang es ihm, zwei tüchtige Mitarbeiter zu engagieren, weil Lucia ihm diese vorrangig überließ; sie konnte so eine ganze Abteilung auflösen und drei Kräfte einsparen. Marco Osso nahm die fünfzig-

jährige Sekretärin Cabiria mit, deren Taufpate der Filmmagier Fellini gewesen war, sie sprach und schrieb englisch, französisch und deutsch unfehlbar wie ein Computer.
Die Milongas beschränkte Giulietta nun auf zwei pro Monat, »herumtreiben werden wir uns wieder«, entschied sie, »wenn wir das hier geschafft haben«, doch er hatte das Gefühl, dass die Tanzabende sie zunehmend ermüdeten; und bei dem nächsten gelang es ihm, sie vollständig zu rühren.
»Wie wird die Firma heißen?«, warf sie ihm ungewollt das Gesprächsthema hin, »hoffentlich nicht Mortadini, damit wir im Telefonbuch nicht gleich hinter Mortadella stehen!«
»Ich habe sie beim Handelsregister unter der Bezeichnung JULIA angemeldet.«
»Wie bitte?«
»Das ist eine Abkürzung.«
»Wofür??«
»Das weiß ich noch nicht, aber uns fällt bestimmt rechtzeitig etwas ein! Zum Beispiel Joint United Levels Italian Association.«
»Aber das ist doch Quatsch!!«
»Sicher, nur ein Muster ohne Wert, aber nicht dümmer als viele andere Bezeichnungen, wichtig ist der Name selbst, der mit einem Laut beginnt, der im Italienischen selten ist. Allerdings hast du Vetorecht. Bist du dagegen?«
»Ich muss etwas trinken!«
»Schön, dann spülen wir das sofort herunter!« Eine Antwort war bisher noch nicht auf die Einladung eingetroffen, die Leo an den »neuen Cousin« adressiert hatte, wie sich ihm nach der Fernsehsendung Romeo Mortadini vorgestellt hatte. Die belesene Carla hatte am Ende seines Briefes den Schluss jenes

Shakespeare-Dramas hinzugefügt, worin der Fürst von Verona die verfeindeten Familien Capulet und Montague zur Versöhnung auffordert.

»Du hättest ihn eher an Shylock erinnern sollen«, hatte Giulietta dies kommentiert, »aus uns wird man auch nie ein Pfund Fleisch herausschneiden«, doch sie verheimlichte nicht, Leos Aktion zu bewundern und ihr gutes Gelingen zu wünschen.

Sein Leben wurde ihm somit nur von einer einzigen Sorge vergällt. Die recht schwere Wunde, die er »beim Überfall« erlitten hatte, wie es im ärztlichen und im polizeilichen Bericht stand, war nicht folgenlos geblieben, in unregelmäßigen Intervallen spürte er Blutwallungen mit anschließendem Herzrasen. Auch eine Magnetresonanztomografie konnte keine mögliche Hirnschädigung feststellen, Professor Mariniello gelangte schließlich zu der Diagnose »durch einen Schlag ausgelöste vegetative Dystonie mit der Tendenz, sporadisch eine Tachykardie auszulösen«, und er schlug vor, dies medikamentös zu behandeln und durch Kuraufenthalte allmählich zu dämpfen. Dafür war jetzt selbstverständlich keine Zeit, doch Leo versprach beiden Frauen hoch und heilig, die erste Kur werde er mit der Hochzeitsreise verbinden. Giulietta und Carla überließ er die Auswahl der Gäste, denen er nur noch ein paar bewährte und aussichtsreiche Geschäftspartner hinzufügte; mit ihrer Auswahl wollte er akzentuieren, wie er die Firma leiten und von wem er sich verabschieden wollte, wenn die Zusammenarbeit langfristig nicht die erwarteten Ergebnisse brachte.

Ebenso elegant wusste er das Problem zu lösen, wen er aus Prag einladen sollte. Im Brief, in dem er um die Teilnahme seiner Mutter und seines Vaters bat mit dem Versprechen, vor allem sie an seinem D-Day bei sich zu haben, persönlich für sie zu sorgen und es dann ihnen zu überlassen, ob sie bleiben oder gleich zurückfahren wollen, teilte er seinen Schwestern mit, sie wären mit ihren Clans quasi Schiffbrüchige in einem unbekannten Element, weil er es nicht schaffen würde, sich um alle zu kümmern. Er konnte sie mit einem Angebot für weitere drei Wochen in Sperlonga überzeugen, wo sie sich schon auskannten und wo er sie dann auch zusammen mit seiner Frau und der Fürstin besuchen werde, somit würden sie das Fest auch genießen können, sogar besser. Das brachte die Eltern zu der Bitte, die Hochzeit auch nachträglich zusammen mit der ganzen Familie feiern zu können. Schließlich lud er also nur eine einzige Person ein. »Lieber Robert«, beendete er seine E-Mail, »meine Geschichte, die ich dir kurz geschildert habe und um die mich sicher jeder Autor von Kitschromanen beneiden würde, gipfelt voraussichtlich auf dem legendenumwobenen Sizilien in einer großartigen katholischen Zeremonie, für die ich als Prager Römer keinen Paten, sondern einen Zeugen brauche. Dafür habe ich mir dich ausgesucht, natürlich mit einer Begleitung der Wahl deines Herzens. Wenn du dir ein paar Tage Zeit für einen alten Freund nehmen kannst und willst, dann sag mir bitte, wie lange und auf welchen Namen ich das zweite Flugticket ausstellen lassen soll, wenn deine Begleitung wie Carla auch Englisch spricht, dann werden wir das hier alle genießen, aber es ist auch nicht schlimm, wenn sich die Mädels alles nur mit den Händen zeigen! Tschüss, dein Leo. P. S.: Verschwende nicht deinen Urlaub und melde das als Geschäftsreise, ich komme nicht mehr in eure Firma zurück, aber unsere Firma kann für eure ein willkommener strategischer Partner werden.«

Überaus zufrieden war auch Giulietta, die Leo und Carla mit der Mitteilung überwältigte, die Villa umbauen zu lassen, damit sie vor allem ihnen und ihren Kindern dienen würde; sie selbst wolle in das große Arbeitszimmer mit dem notwendigen Umfeld ziehen, das ihr Mann und nach ihm als Gast auch Giorgio Guido bewohnt hatte. Für eine komische Einlage sorgte dann eine Wiege im modernen Design, dem Leo und Carla bei der Wohnungsausstattung den Vorzug gaben, die der Hersteller zuerst lieferte. »Mein Geschmack ist das nicht«, bemerkte Giulietta kritisch, »aber Gott sei's gedankt, dass ich als Großmutter dann wenigstens wiegen kann.« Sie erstarrte, als ihr Carla die Fernbedienung vorführte, mit der sich der Schwankungswinkel und die Geschwindigkeit des Wiegens einstellen ließen. Glücklicherweise zeigten sie ihr noch, dass sich das auch in alter Manier manuell machen ließe, doch sie beruhigte sich erst nach einem ordentlichen Schluck Whisky.
Vom Maßband waren noch zwanzig Zentimeter übrig, als in diese Idylle ein Blitz einschlug. Leo saß in seinem Büro in Rom, wo er auf einen der neuen Abnehmer landwirtschaftlicher Produkte der Mortadini'schen Güter und Gewächshäuser wartete, als ihn eine ungewöhnlich aufgeregte Giulietta anrief.
»Ich bitte dich, hast du Zeit?«
»Wann?«
»Jetzt.«
»In einer Stunde soll Flavio Ricollino kommen, unser künftiger Maestro Verdura. Ist etwas passiert?«
»Ich weiß nicht. Commissario Orlandi hat mich gerade angerufen.«
»Wer ist das?«

»Angeblich habe ich mit ihm in der Villa gesprochen, als man dich überfallen hat.« Diesmal wusste Leo, weshalb es ihn heiß überlief.

»Das war doch Capitano Varella, oder …?«

»Ja, aber dieser Orlandi untersucht den Raub weiter.« Er versuchte, Zeit zu gewinnen.

»Ich verstehe. Betrifft das die Versicherungen?«

»Nein, die Bilder.«

»Das verstehe ich jetzt nicht …«

»Zwei davon sind aufgetaucht.«

»Nein!«

»Doch!«

»Welche?«

»Modigliani und Pissarro.« Er versuchte parallel dazu die richtige Antwort auf ihre eingehende Frage zu finden.

»Und ist er sich sicher, dass das nicht nur andere Kopien sind?«

»Er hat mir gesagt, er ruft mich nach einer doppelten Expertise an.«

Nun trommelte auch sein Herz. »Also haben sie den Verbrecher?«

»Keine Ahnung. Kommst du mit mir?« Er hatte Glück, dies gleich am Anfang in Zweifel zu stellen.

»Ich bin gerade allein hier, und der Gemüsemann ist schon auf dem Weg. Kannst du das nicht auf morgen verschieben?« Er glaubte, dadurch Zeit schinden und eine Lösung finden zu können, auch wenn er sich ins Spital legen müsste. Und er erhielt mehr Zeit, als er erwartet hatte.

»Wahrscheinlich würde ich heute nicht einschlafen können, ich nehme Lucia mit!«

Eine geschlagene Stunde saß er dann da im vergeblichen Bemühen, sich zu konzentrieren und darüber nachzudenken, wie Robert in Krisensituationen zu sagen pflegte, »was jetzt und was dann zu tun sei«. Er erreichte allerdings nur, dass Flavio Ricollino seine totale Unkonzentriertheit als Unmut ob der vorgelegten Vorschläge wertete, weshalb er selbst die Unterredung abbrach und versprach, er käme später mit einer detaillierteren Kalkulation wieder. Auch auf dem Weg in die Villa fiel Leo nichts ein. Giulietta war noch nicht zurück. Erneut trat das Herzrasen auf, und Hitzewallungen wurden von Schüttelfrost abgewechselt. Er nahm seine Tabletten, legte sich ins Bett und musste nichts vortäuschen, er musste nur warten.

Die Katastrophe

Kap. XXV.–XXXIII.

XXV. Giulietta

An Commissario Orlandi erinnerte sie sich sofort, es war der kräftige Mann, den sie damals für den Fahrer des Kranken- oder des Bestattungswagens gehalten hatte. Diesmal trug er eine Uniform und stellte sich als Chef der Abteilung vor, die den Raub von Kunstwerken in Mittelitalien erfasste und untersuchte. Nachträglich sprach er Lucia sein Mitgefühl zum tragischen Tod ihres Vaters aus und fragte beide, ob er ihnen Kaffee oder einen anderen Imbiss bringen lassen solle. Sie waren so angespannt, dass sie dankend ablehnten und ihn baten, gleich zur Sache zu kommen. Er drückte einen Knopf auf seinem Schreibtisch, und einen Moment später betraten zwei Männer in weißen Kitteln das Büro, die zwei kleine Bilder ohne Rahmen in den Händen trugen, das eine waren Pissarros pointillistische Fischer in der Morgendämmerung, das andere Modiglianis Porträt einer jungen Mutter. Die Originale beider Gemälde lagen auch weiterhin im Banksafe, doch ihr Wert hatte sich innerhalb von dreißig Jahren auf ein paar Millionen Euro erhöht. Giulietta erinnerte sich an Leos Zweifel.
»Wie kann man eine Kopie von einer anderen Kopie unterscheiden? Wer hat behauptet, dass diese die ›echten‹ Kopien aus der Villa sind, wenn nicht einmal mehr der ursprüngliche Rahmen vorhanden ist?«
»Ich«, sagte der wesentlich Ältere der beiden, »die Principessa kennt mich nicht, aber Principe Vittorio hat damals gerade

mich damit beauftragt, die Bilder in der Bank zu kopieren. Das heißt, jede Kopie ist sozusagen ein Original, weil es, die Principessa möge mir verzeihen, das klingt überheblich, weil es auch unter den Kopisten neben Handwerkern Meister gibt, die ganz sicher ihr, ja! ihr Werk erkennen!«

»Ich verstehe«, sagte Giulietta, »entschuldigen Sie. Aber wie haben sie diese also gefunden?«, wandte sie sich an den Commissario.

»Dank der Verkehrspolizei. Ja, der Hehler hatte Pech, dass er bei Rot auf eine Kreuzung gefahren ist, und als man ihn angehalten hat, verhielt er sich so verdächtig, dass die Kollegen zu einer Fahrzeugkontrolle übergegangen sind. Rührend war, dass er vor Angst einen Zusammenbruch hatte, die Strafe leitet sich nämlich vom Wert der Beute ab, und er war immer noch überzeugt, die Originale zu befördern.«

»Sie sprechen von einem Hehler, hat er sie zu den wahren Tätern geführt? Waren es Russen oder Ukrainer?«

»Leider hat einer der Kollegen, das gebe ich zu, einen Fehler begangen, als er ihm den Irrtum beim Preis andeutete. Augenblicklich verlor er die Angst und wollte den Verkäufer nicht kennen, er behauptet, nach der Hinterlegung der Anzahlung habe er den Schlüssel eines Gepäckfaches an der Stazione Centrale bekommen, wo er auch den Rest des Geldes gelassen habe. Aber wie ich das so einschätze, wird er sich bald erinnern.«

»Was kann ihn dazu bringen?«

»Gleich zwei Gründe. Zum einen wächst in ihm die Wut auf denjenigen, der ihn ganz gemein betrogen hat, als er ihm das Gestohlene in vorgetäuschter Not günstig für jeweils eine Million Euro verkaufte, und zum anderen wird er sehr bald verstehen, dass der Richter dies als Beihilfe zum Raubmord sehen kann, der Unterschied beträgt bis zu zehn Jahre. Auf jeden Fall möchte ich Sie bitten, beide Kopien vorübergehend scheinbar unaufgefunden in unserer Obhut zu lassen, wir wollen die Gangster nicht umsonst aufscheuchen, sie sollen nicht aufhören, weitere Käufer zu suchen. Ich melde mich, wenn jemand von ihnen in unserem Netz landet, und wir brauchen die Aussage Ihres Sohnes.«

Giulietta wollte dies auf dem Heimweg noch bei einem Kaffee mit Lucia besprechen, vorher aber Leo zumindest informieren. Als er sich per Handy nicht meldete, versuchte sie es über seinen Apparat in der Villa, und die zitternde Stimme, die sie vernahm, erschreckte sie.

»Was ist mit dir, Junge?«

»Nnnichts«, stotterte er, »nnnur wwwieder ssso ein Aaanfall, und heute auch Schhhhüttelfffrost, also bbbin ich iiim Bbbett …«

»Ist Annamaria da??« Langsam verging ihm das Zähneklappern.

»Sie ist gegangen, als ich kam …«

»Soll ich sie anrufen, dass sie zurückkommt?«

»Nnnein, es iiist schon besser …«

»Dann steh nicht auf und bleib liegen, ich komme bald, bin schon unterwegs!« Sie setzte Lucia am nächsten Taxistand ab, und Peppino verletzte auf ihren Wunsch ausnahmsweise einmal die Vorschriften. Es beruhigte sie, als sie Leo ruhig schlafend vorfand, doch das reichte ihr bei Weitem noch nicht. Sie weckte ihn und zwang ihn, T-Shirt und Unterhose auszuziehen, bis sie im Bad das Bettlaken eingeweicht und geschleudert habe. Dann erwachte in ihr nach langer Zeit wieder ihr weiblicher Instinkt, als sie ihn das erste Mal, seit sie ihn kannte, nackt erblickte. Sie sah, welch schöner Mann er war, und für einen Moment wurde sie sogar eifersüchtig, dieser Clara ging es ja gut …! Doch diesen vom Eros erweckten Funken machte augenblicklich sein erbärmlicher Anblick zunichte. Krank reagierte er auch auf den eisigen Schock, als sie mit den Händen seinen ganzen Körper mit dem nassen Bettlaken umhüllte, er legte sich artig hin und ließ sich von den Fußsohlen bis zum Mund in zwei Decken einwickeln, die sie an den Seiten so festzurrte, dass er sich nicht befreien konnte.

»Kennst du das?«

»Nnnein … kkkalt-kkkalt …!«

»Halte aus! Das ist ein Wickel von Muttern, den mein nichtleiblicher und trotzdem einzig echter Vater und Arzt als bestes Heilmittel gegen Fieber und Schüttelfrost angesehen hat. Gleich wird dir warm und dann fast heiß, aber wenn ich dich in einer Stunde auswickle, wirst du dich fühlen wie neu geboren. Nun schlaf weiter!«

Aus dem ehemaligen Apartment von Vittorio und später auch Giorgio, wo sie sich schon ihr neues Zuhause eingerichtet hatte, voller Unruhe rief sie dann Professor Mariniello an. Sie beschrieb, was sie vorerst selbst verordnet hatte, und als er dem zustimmte, fuhr sie fort: »Ich würde nicht stören, wenn das wie immer verlaufen wäre, aber heute hatte er durch den Anfall buchstäblich einen Zusammenbruch. Er ist ein trainierter Sportler und Tänzer, auch nach seiner Verletzung ist er im Krankenhaus so früh aus dem Bett aufgestanden, dass wir alle gestaunt haben. Hat sich etwa die ursprüngliche Diagnose in eine andere Richtung entwickelt?«

»Solche Schwankungen können auch durch Stress bewirkt werden. War er vielleicht übermäßig müde, überspannt?«

»Nein, er steht, wie er richtigerweise sagt, mit der Zeit auf gutem Fuß, er kann hervorragend planen und sollte ein Gespräch führen, auf das er perfekt vorbereitet war … Moment …«

»Ja?«

»Kurz zuvor habe ich ihn angerufen, dass die zwei geraubten Bilder gefunden worden sind …«

»Ach! Welche denn?«

»Pissarro und Modigliani.«

»Da gratuliere ich wirklich!«

»Jetzt erinnere ich mich, dass er sofort gefragt hat, ob auch die Täter gefasst wurden …«

»Und – wurden sie?«

»Leider nicht. Kann das eine verstärkte Reaktion ausgelöst haben?«

»Ja, das ist schon möglich, fast wahrscheinlich. Ich denke, er würde auch eine psychiatrische Untersuchung brauchen.«

»Vor uns liegt die große Hochzeit. Kann man das ganz diskret machen?«

»Ich denke, dass wir eine sehr viel diskretere Situation erlebt haben …« Sie wurde stutzig, dass es fast gekränkt klang.

»Natürlich! Ich entschuldige mich!«

»Keine Ursache, keine Ursache, ich sehe nur ein anderes Problem.«

»Was für eines?«

»Er gehört zu den Männern, die das Selbstbewusstsein zusammenhält. So eine Untersuchung, auch wenn wir sie mit der Person eines Psycho- oder Neurologen maskieren, kann in ihm den Glauben an sich selbst verletzen und ihn wieder voll dem Stress aussetzen. Ich lade ihn lieber zu einer Routineuntersuchung mit Blutabnahme ein und versuche, die medikamentöse Behandlung umzustellen, bis zur Hochzeit stabilisiert ihn das,

und dann hat er doch versprochen, zur Kur zu fahren, wo man viel mehr tun kann, und das ganz unauffällig.«
Das Gespräch mit dem Professor verlängerte die versprochene Stunde auf siebzig Minuten, Leo war schon wach und bat sie ungeduldig, ihn aus dem »Feuerofen« zu befreien. Ehe sie dies tat, stellte sie noch die Druckdusche an und regulierte auf abwechselnd kalte und heiße Güsse, von denen er ihr irgendwann einmal verraten hatte, dies sei seine »postalkoholische Peitsche«, und sie glaubte, die würden auch jetzt wirken. Auf dem Weg in die Kabine musste sie ihn wie ein krankes nacktes Kind stützen, mit dem Wickel hatte er auch all seine Kraft ausgeschwitzt, in diesem Moment war er für sie wieder ihr nichtleiblicher und trotzdem echter Sohn. Danach kochte sie ihm eine starke Ovomaltine, die er sich hier angewöhnt hatte zu trinken, und überlegte schnell, wie sie dann mit ihm reden sollte, um in ihm nicht noch einmal das schreckliche Erlebnis lebendig werden zu lassen. Er überraschte sie, als er in einem langen Bademantel und in Wintersocken in die Küche kam und nicht mehr ins Bett wollte, sondern an den Tisch in der Halle. Wie immer trank er getreu seiner Losung »mein Hals ist aus Blech!« das Getränk fast kochend und begann nach ein paar langen Schlucken zu reden.
»Julia, ich entschuldige mich bei dir, dass ich so ein Weichei war, aber wahrscheinlich sitzt das alles in mir tiefer, als ich dachte. Was allerdings nicht bedeutet, dass das Thema tabu sein sollte, im Gegenteil, je stärker es zurückkommt, desto eher kehrt auch mein Gedächtnis zurück, das durch den Schlag einen Blackout bekam. Also, was gibt es Neues?«
Damit nahm er ihr die Zwangsweste von der Seele, und sie konnte ihm ohne Angst das gesamte Gespräch mit dem Com-

missario erzählen, sie erwähnte nur nicht, dass er eventuell wegen der Identifizierung vorgeladen werden würde. Leo war wieder aufgeblüht, die Farbe war in sein Gesicht zurückgekehrt.

»Du könntest Werbung für Ovomaltine machen«, lachte sie glücklich, »die wirkt so auf dich wie auf Popeye den Seemann Spinat!« Und da er selbst keine Fragen stellte, ging sie schnell zu einem anderen Thema über und wollte wissen, wie die Verhandlungen mit dem Gemüse-Meister ausgegangen seien. Er sagte, diese hätten schon unter dem Einfluss des beginnenden Anfalls gestanden, doch der habe ihm paradoxerweise geholfen.

»Maestro Verdura hat meinen gequälten Gesichtsausdruck als Ärger über das niedrige Angebot ausgelegt, und in der Befürchtung, dass ich möglicherweise parallel noch mit einem Konkurrenten verhandle, hat er versprochen, neu zu kalkulieren!« Dann war ihm schon anzusehen, dass der Wickel, die Dusche und das Getränk ihre Wirkung erreicht hatten und er sich überwinden musste, anstandshalber sitzen zu bleiben. Sie war darüber froh und entließ ihn gern, vom Bett aus rief sie noch Lucia an, um ihr mitzuteilen, dass Leo wieder in Ordnung sei. Sie bestärkten sich gegenseitig in der Hoffnung, dass Giorgios Mörder schon in einer unsichtbaren Schlinge sitze, in der ihn Commissario Orlandi bis vor Gericht zerren würde. Carla rief sie nicht an, nachdem sie zu dem Schluss gekommen war, dass sie es nur sinnlos aufscheuchen würde. Bevor sie einschlief, beschloss sie, keine psychiatrische und ähnliche Untersuchung zuzulassen und Leo so keiner weiteren heimtückischen Rückkehr in die Vergangenheit auszusetzen.

XXVI. Leo

Sein Versagen hatte er zwei Jahre lang systematisch und erfolgreich mit seinem Studium, seiner Arbeit und seiner Liebe verdrängt. Nun, da es vollständig und für immer durch die Hochzeit begraben werden sollte, stieg es wie ein Zombie in einem Horrorfilm schreckeinflößend aus seinem Grab. Er hatte kein Mittel parat, wie er es wieder ins Vergessen drängen könnte. Leos hohe Intelligenz machte ihn außerdem unfähig, sich selbst zu belügen, etwa durch die Hoffnung, bei dem Hehler werde die Spur enden. Rational gesehen musste er mit fünfzigprozentiger Wahrscheinlichkeit damit rechnen, dass dieser Mensch in Not und Bedrängnis reden und die Polizei weiterbringen würde. Dann bot der Verstand wieder nur die halbherzige Hoffnung, dass sie die beiden Italiener nicht finden würden und dadurch die verschwindend geringe Möglichkeit, dass bei ihnen die Spur zu »Kamil« enden werde. Die ehemaligen Kumpels hatten angedeutet, sie würden von einem »Typen aus der Schwesterfirma« begleitet, die geholfen hatte, ihn zu finden, und eben der konnte den Bullen den Weg zu ihm weisen. Doch glücklicherweise ist er der Mörder, erinnerte sich Leo, also wird er wohl kaum Lust haben, gleich drei Zeugen gegen sich zu finden. Er war noch immer nicht so abgebrüht, dass ihm das Morbide dieser einzigen Versicherung entgangen wäre, somit gelangte er nach zwei Jahren, in denen sich sein Leben grundlegend verändert hatte, dahin, wo er schon einmal gewesen war: zu der Frage, ob nicht diese Lösung in einem vollen Geständnis bestand.

Dafür sprachen gleich mehrere Gründe: Diese zwei Jahre konnte er als eine große Buße anführen, zu der er nicht die Gelegenheit gehabt hätte, wenn er sofort ein Geständnis abgelegt hätte, damals wäre er kaum jemanden davon zu überzeugen gewesen, wie er tatsächlich war und was er alles zu erreichen vermochte, hatte doch kein anderer auch nur annähernd die Möglichkeit so nahe gebracht, die zerstrittene Familie wieder zu einen! Innerhalb dieser zwei Jahre hatte er gerade durch sein Schweigen die Gefahr aufgeschoben und sicher auch gesenkt, dass die Wahrheit den Schlag, den Giorgios Tod Julia versetzt hatte, noch um ein Vielfaches verstärken könnte! In dieser Zeit hatte der Fall begonnen, sich von allein zu lösen, und er würde ihm nun persönlich den Durchbruch zur vollen Gerechtigkeit ermöglichen! Und nach den zwei Jahren war auch das Schießpulver aus dem drei Jahre alten Olmützer Geschwätz eines offensichtlich Betrunkenen gewichen! Ja, er würde gestehen!! Doch wie …? Er hatte keine Vorstellung, bei welcher Gelegenheit und wie er beginnen sollte. Er, der in seinem ganzen Leben noch keine Ansprache vorbereitet hatte – denn: wenn er etwas wusste, konnte er dies auch aus dem Schlaf gerissen von Kopf bis Fuß benennen –, kam sich plötzlich vor wie der Darsteller einer Hauptrolle, der seinen Text nicht gelernt hatte.

Von dem Maßband, das in der Küche hing, waren nur noch sieben Teile übrig, Giulietta hatte im dritten Anlauf dem Schneider aus Rom Leos weißen Smoking genehmigt, fertig waren auch das anthrazitfarbene Sakko und der schwarze Frack, zu dem sie angeordnet hatte, einen Filzhut Modell Homburg an-

zufertigen – »damit die Mafiosi sehen, was Adel ist!« –, und Clara war schon eine Woche lang in ähnlicher Form bei ihren Eltern beschäftigt, als alle italienischen Gazetten die Nachricht von der bevorstehenden Hochzeit auf der Titelseite brachten. Der Grund dafür war eine kurze, aber sensationelle Mitteilung, wie sie eine Flut von Kommentaren hervorrufen und mit fetten Lettern auf den ersten Seiten stark die Auflage steigern: dass an der Zeremonie auf Sizilien, bei der der Principe successore, der Erbprinz Leo Mortadini, und Fräulein Carla Castellione getraut werden, persönlich auch Romeo und Riccardo, die ältesten Söhne der kürzlich verstorbenen Patriarchen beider Nebenzweige, Antonio und Alberto, mit ihren Frauen und ihren Familien teilnehmen würden. Das reichte den Medien, um das Ereignis zur Hochzeit des Jahres, wenn nicht gar des Jahrhunderts, hochzustilisieren, denn eine Versöhnung dieser Art hatte sich bisher in Italien niemand vorstellen können, denn alles hatte darauf hingedeutet, dass der Krieg innerhalb der Familie nur weiter eskalieren könnte. Die glückliche Giulietta sagte die nächste geplante Milonga ab – »Da würden uns die Paparazzi auf dem Parkett in Stücke reißen!« – und sie lief persönlich in den Keller mit einem Schlüssel zu dem Gitter, hinter dem die teuersten Flaschen lagerten.
»Diesen einhundert Jahre alten Malt-Whisky hat mir Vittorio zum Fünfzigsten gekauft, trinken sollte ich ihn, wenn ich hundert werde. Leo, ich bin mir sicher, dass er ihn dir heute selbst bringen würde, weil du restlos seinen Lebenstraum erfüllt hast!«
Sie zündete das Feuer im Kamin an, dann erlebten sie zusammen eine ganz außerordentliche Stunde, in der Giulietta nicht rauchte und beide bei gelegentlichem Schlucken des

hochfeinen Tropfens die Sprache der Flammen lasen, ohne sie durch ihre zu stören. Dies ist eine Stunde, so spürte es Leo in seinem gesamten Wesen, wie sie die meisten Menschen ihr ganzes Leben lang nicht erleben, eine Stunde totaler Freude. Die Euphorie bewirkte, dass es ihm eine gute Stunde gelang, an nichts anderes zu denken als an seinen Erfolg bei der Arbeit und das Glück in der Liebe. Bis dann Giulietta unerwarteterweise aufstand, sagte, sie habe genug für heute, gab ihm einen mütterlichen Kuss und wünschte ihm, er solle jetzt in der Nacht und auch sonst von nichts anderem träumen als dem, was er gerade erlebe. Erst nachdem sie gegangen war, kam ihm in den Sinn, dass er, wie damals, als er zu Weihnachten die Möglichkeit verpasst hatte, zum Glauben zu finden, gerade den geeignetsten Moment verpasst hatte, vor ihr eine Beichte abzulegen und von ihr Absolution zu empfangen.

XXVII. Giulietta

Das Telefon weckte sie brutal ein paar Minuten vor acht. Verschlafen begriff sie, dass sie ihr Handy nicht ausgeschaltet hatte und nahm das Gespräch nur an, um den Anrufer zurechtzuweisen, dass anständige Leute erst ab neun Uhr anriefen. Die Stimme am Telefon kam ihr zuvor.

»Commissario Orlandi. Ich entschuldige mich vielmals, dass ich so früh anrufe, aber ich hatte Angst, dass Sie nach Sizilien abreisen könnten.«

»Wir fahren erst in zwei Tagen!«

»Ich bitte also noch einmal um Verzeihung, aber ich habe Ihnen versprochen, dass ich Sie als Erste informiere, wenn der Fall voranschreitet …«

Da saß sie auch schon aufrecht im Bett. »Und, ist er vorangeschritten?«

»Sehr. Wir haben noch einen.«

»Den Mörder??«

»Nein. Aber wir wissen schon, wer das war. Principessa, ich habe mein Versprechen gehalten, aber ich möchte ihnen auch gleich sagen, dass es nicht so schlimm ist, wenn wir uns erst nach Ihrer großen Feier treffen …«

»Nein, nein! Ich komme auf jeden Fall!«

»Ich wiederhole, ein paar Tage Aufschub können nicht schaden …« Die Dringlichkeit, mit der er versuchte, ihr es auszureden, regte sie noch mehr auf.

»Hören Sie, Commissario, wenn Sie mich schon geweckt haben, dann schläfern Sie mich nicht wieder ein, ich würde bei der Hochzeit an nichts anderes denken. Ich mache mich fertig und komme vorbei.« Salute! wollte sie hinzusetzen und das Handy gleich wieder ausschalten, aber er kam ihr zuvor.
»Erlauben Sie mir noch einen sehr wichtigen Rat: kommen Sie diesmal allein. Danke, bis dann.«
Er beendete das Gespräch, ehe sie fragen konnte, was diese abschließende Botschaft bedeuten solle.
Bisher hatte sie nichts auf der Welt gezwungen, ihre Morgentoilette abzukürzen, die normalerweise eine gute Stunde dauerte, heute aber beauftragte sie Peppino, den Wagen bereits eine halbe Stunde später bereitzustellen. Die Versuchung, zumindest Leo zu informieren, verdrängte sie, sie wollte nicht riskieren, dass sich sein Anfall kurz vor seiner endgültigen Genesung wiederholen würde. Alles erst nach der Hochzeit! beschloss sie. Auch der Commissario war diesmal allein. Als er mit dem üblichen Angebot der Getränke kein Glück hatte, kam er zur Sache. Er legte ein Foto vor sie hin, das polizeiliche Dreifachporträt des Gesichts und beider Profile eines älteren Mannes mit einer Künstlermähne.
»Kennen Sie ihn, Principessa?«
»In meinem ganzen Leben habe ich ihn nicht gesehen.«
»Benito Ferace, der Unterwelt und uns bekannt unter dem Spitznamen Maler. Er wurde mehrmals wegen des Fälschens von Gemälden verurteilt, zudem tat er es schlecht. Da er jedoch gut den Preis der Originale schätzen kann, begannen Hehler, ihn anzumieten. Wie erwartet hat der, den wir erwischt haben, sehr schnell das Handtuch geworfen, als er sich die abgrundtiefe Differenz in den Strafen für Beihilfe an einem

Raubmord und für die Beteiligung am Verkauf der geraubten Stücke ausgerechnet hat. Weil der Mord wirklich nicht geplant war, hat der Maler lieber gleich beim ersten Verhör auch gesungen, damit wir ihn nur wegen Mitbeteiligung am Einbruch verklagen. Geschossen hat ein junger Revolverheld aus Neapel, ein gewisser Franco Ricardi, der nach Informationen unseres verdeckten Informanten den Picasso aus Ihrer Villa einem Camorra-Boss verkauft hat. Als der nach seiner ersten Expertise feststellte, dass er für sein vieles Geld nur eine Kopie bekommen hat, ließ er Franco zusammen mit dem Geld auch die Seele ausblasen, man hat ihn in einer Müllverbrennungsanlage gefunden.«

»Von wem also wissen Sie, was in der Villa passiert ist?«

»Na, von unserem Maler.«

»Der war direkt dabei?«

»Ja. Er war es, der damals die Polizei angerufen hat, dass in Ihrer Villa jemand verletzt wurde. Er wollte sich wirklich für Onkel Zufall mildernde Umstände besorgen, was ihm gelungen ist, sonst wäre Ihr Sohn sicher gestorben.«

Nun regte sie sich wirklich auf. »Und was hat er Ihnen alles erzählt?« Er musste es bemerken.

»Kann ich Ihnen wenigstens ein Wasser anbieten?«

»Nein, nein … aber ich würde gern eine rauchen!«

»Rauchen Sie, wie es Ihnen beliebt.«

Er wartete, bis sie sich die Zigarette in die Zigarettenspitze gesetzt hatte, und hielt ihr das Feuerzeug hin. Dann legte er einen kleinen Plan auf die Fotografie des Malers.

»Die Halle Ihrer Villa.« Schnell orientierte sie sich. Alle Zugänge und Möbelstücke waren eingezeichnet; den Raum ergänzten Figürchen, die wie aus einem Mensch-ärgere-dichnicht-Spiel abgemalt schienen: fünf stehend, eine sitzend und eine liegend am Rande der Treppe. Diese war mit dem Buchstaben G versehen, die ihr am nächsten stehende Figur trug ein F, die vier Figuren vor der Wand mit den Bildern waren mit B, A1, A2 und A3 markiert. Die letzte Figur saß am Kopfende des Tisches und trug ein M. Der Commissario fuhr von einer zur anderen.

»Ich erkläre es Ihnen gleich: G – Ihr Anwalt Guido, F – der Mörder Franco, B – Benito alias der Maler, die A's sind der erste, zweite und dritte Ausländer und schließlich M, das ist Signore Mortadini. Dort, wo er gesessen hat, ist doch unter der Tischplatte der Alarmknopf, nicht wahr? Wusste er das?«

Sie nickte automatisch, konterte dann aber sofort.

»Leo wurde doch am Eingang zur Villa verwundet!!«

Der Commissario sprach jetzt langsam wie ein Lehrer, der etwas ganz Wichtiges erklärt: »Seine schwere und schmerzhafte Verwundung hat wahrscheinlich einen partiellen Gedächtnisverlust bewirkt, davon ist auch unser Amtsarzt überzeugt. Signore Mortadini wurde von einer Bande in die Falle gelockt und praktisch schon in Rom zu ihrem Gefangenen.«

»In Rom??«

»Ja, in Rom!« Sie kam sich nun selbst so vor, als verliere sie das Bewusstsein und das Gedächtnis. Ohne Widerrede nahm sie das angebotene Wasser an, das er ihr aus einer Karaffe eingoss, und in diesem seltsamen Zustand des Erstarrens ließ sie ihn weitersprechen.

»Gerade deshalb habe ich Sie gebeten, heute allein zu kommen. Ich habe das mit dem Staatsanwalt und dem Richter so vereinbart, weil niemand unnötig einen Schatten auf Sie und Ihre Familie werfen will. Unnötig in dem Sinne, dass Ihr

Sohn auch nach Aussage des Malers gewaltsam zur Assistenz gezwungen wurde. Also könnte man ihm gegebenenfalls nur eines vorwerfen ... ja, normale menschliche Angst, die an und für sich nicht strafbar ist. Und er muss große Angst gehabt haben, in dem Moment, als Signore Guido aufgetaucht ist, muss er vor Angst direkt gelähmt gewesen sein, wenn er den Knopf nicht einmal von unten mit dem Knie hat betätigen können. Trotzdem ist Ihr Sohn, der nach der glaubwürdigen Aussage des Malers schließlich aufschrie, um den Anwalt zu warnen, wofür er schwer bestraft wurde, möglicherweise mit Spätfolgen, ein ebensolches Opfer wie der signore avvocato. Und da die Beute, wie wir wissen, wertlos war, aber auch mit Rücksicht auf die bevorstehende Hochzeit und die historische Versöhnung der sehr verehrten Familie, haben wir Interpol nicht um Hilfe gebeten, weshalb wir annehmen dürfen, dass die drei ausländischen Banditen, die die beiden Italiener angeheuert haben, nie erwischt werden, damit das nicht unnützerweise beim Prozess ausgeschlachtet wird.«
Endlich war sie in der Lage, etwas zu sagen und sogar eine Frage zu stellen: »Leo hat sie für Russen oder Ukrainer gehalten, hatte er damit Recht?«
»Auch darin hat er sich geirrt. Mit den Italienern redeten sie englisch und mit ihrem Sohn, so schien es dem Maler, in seiner Sprache. Nach dem polizeilichen Kennzeichen des Wagens, mit dem sie nach Rom gekommen sind, waren es Tschechen.«
Sie hatte sich schon wieder in der Gewalt, als sie sich das Protokoll erbat und darin die Personenbeschreibung las, die der ›Maler‹ abgegeben hatte. Und sie musste sich beherrschen, um sich nichts anmerken zu lassen, als sie anhand dieser die drei Taxi-Dancer von der Milonga im Prager Mánes erkannte,

also die Kumpane ihres Adoptivsohnes, dem früher oder später der Titel Principe Mortadini gehören würde.

XXVIII. Sizilien

Am Morgen war Leo froh, dass er in der Stunde am Kamin nicht mit Julia geredet hatte. Als sie am Nachmittag zur abschließenden Anprobe seiner »Schlachtausrüstung« kam, wie sie sie auch vor dem Schneider bezeichnete, erschrak er, nie zuvor hatte er sie so wenig sorgfältig geschminkt gesehen. Das sagte er ihr aber nicht, er fragte sie nur auf Tschechisch, ob sie ja nicht krank werde und nicht selbst die Vorsorge Professor Mariniellos brauche. »Wenn du schlapp machst, Julchen, dann bricht dieses große Hochzeitsspektakel auseinander wie ein Orchester ohne Dirigent.« Sie erklärte ihm, sie habe kaum geschlafen, weil sich in ihrem Apartment nach Vittorio im alten Schrank der Holzwurm eingenistet habe. Leo hatte in Tschechien nie erlebt, dass ein kleiner Wurm so viel Lärm machen konnte wie ein hobelnder Tischler. Die Gästesuite, die er in der Villa bewohnte, war mit modernem Mobiliar ausgestattet, doch die anderen Räume wurden nach Julias Worten – »listig und unerwartet überfallen wie Schiffe von somalischen Piraten«. Jahrzehntelang wurden die Zimmer so saniert, dass nach der Abdichtung der Türen und Fenster Gas hineingeleitet wurde. Es dauerte jedoch Wochen, ehe ein Raum vollständig aufhörte zu riechen, und so begrüßten alle in der Villa den Vorschlag eines jungen Unternehmers aus Rom, der befallene Möbelstücke aus ganz Italien in einen unterirdischen Bunker der Mussolini'schen Armee brachte, wo er ihnen so laut wie möglich Technomusik vorspielte; nach einer Woche waren die Holzwürmer vom Lärm vollständig vernichtet. Als später ein Bauer in der Nähe einen drei Tage dauernden Techno-Zirkus auf seine Wiese ließ, stellte sie ihm schon am zweiten Tag über Giorgio ein Ultimatum, er solle diesen bis zum Abend des Ortes verweisen, wenn er nicht übermorgen seine Pacht verlieren wolle.

»Ich bin glücklich«, fügte sie hinzu, »dass ich nicht die Zeit erleben werde, in der die heutigen Techno-Freaks bestenfalls massenhaft Kopfhörer tragen, wenn sie nicht ganz wie die Holzwürmer verrecken.«

Leo versprach ihr nun, so schnell wie möglich Abhilfe zu schaffen, und noch am Abend holten Mitarbeiter dieser erfinderischen Firma den Schrank ab. Da war er schon definitiv entschlossen, mit seinem Geständnis zu warten, bis der derzeitige Stress vorbei war. Übrigens, so entwickelte er die Logik seiner Überlegungen weiter, je erfolgreicher alles laufen würde, was die private Zeremonie zu einem geschichtlichen Akt mache, desto größer war dann die Chance auf Absolution. Wie jeden Abend unterhielt er sich mit Carla per Skype, die ebenfalls wegen Giulietta in Sorge war, weil sie sich das erste Mal tagsüber weder bei ihr, noch bei ihren Eltern oder Schwestern gemeldet hatte, um den Stand der Vorbereitungen zu kontrollieren; die waren aber von ihr so gut geplant und getimt worden, dass keine Verzögerung drohte. Alle Befürchtungen räumte dann das Ende ihres Gesprächs aus, als Carla in Catania eine seltsame Fotografie vor das Objektiv ihres Laptops hielt.

»Rate mal, was das ist?« Auf seinem Monitor in der Villa tauchte vor einem dunklen Hintergrund eine graue Masse mit

einem feinen schwarzen Strich auf, er wusste sich damit keinen Rat.
»Ich weiß nicht …«
»Streng dich an!«
»Ich habe keine Ahnung, das sieht aus wie ein Bild vom Gehirnröntgen …«
»Ganz kalt …!«
»Dann spann mich doch nicht weiter auf die Folter!«
»Siehst du den Strich?«
»Das sehe ich, da ist doch nichts anderes drauf!«
»Das Etwas wächst erst noch. Was du siehst, ist nämlich das Geschlecht deines Kindes!«
»Figlio!«
»Ja, dein Jonathan!«
»Tschechisch Jonášek …! Willkommen, Jonášek!«
Vor lauter Begeisterung küsste er zuerst diesen Strich und dann auch das Objektiv des eingebauten Fotoapparates.
»Ich danke dir, und ich liebe dich, Karlička!«
Diese Nachricht verwandelte sich beim Frühstück in Medizin, die Giulietta heilte. Noch war ihr Sarkasmus nicht zurück, mit dem sie die Umgebung weniger gewaltsam und viel erfolgreicher mobilisierte, als sie es durch Tadeln vermocht hätte, doch sie dirigierte die Aktion schon mit der üblichen Rasanz. Wie er erwartet hatte, schickte sie am nächsten Morgen Peppino mit dem Gepäck im Ghost einen Tag früher nach Sizilien, doch sie überraschte Leo damit, dass sie statt des eine Stunde dauernden Fluges wieder die Reise im Schlafwagen wählte; er kannte ihre Zweifel, ob Metall in der Luft wie Holz auf dem Wasser schweben könne, und so gelangte er zu dem Schluss, dass sie wahrscheinlich nicht unnötig ihre

Nerven strapazieren wolle. Auf dem Weg zum Zug wollte sie noch bei ihrer Friseurin Halt machen, er fuhr somit allein zum Bahnhof, ließ den neuen Lamborghini in der Tiefgarage stehen, legte das Handgepäck in den Schlafwaggon und stieg dann wieder aus, um vor dem Bahnhof auf sie zu warten. Nachdem er sie in einer Suite erster Klasse untergebracht hatte, fragte er, wann er sie zum Abendessen abholen solle.
»Bestell mir bitte einen Salade du chef und zwei Mineralwasser con gas hierher«, bat sie ihn, »ich möchte mich für diese Dreitagesaktion ordentlich und gesund ausschlafen!«
Er wünschte ihr also gute Nacht und war froh, um eine weitere Stunde herumzukommen, wodurch der Zustand des Versteckspiels nur verlängert wurde.
Dieses lastete immer mehr auf ihm, so wie gleichzeitig seine Dankbarkeit für alles wuchs, was Julia für ihn getan hatte und noch immer tat. Im Speisewagen saßen nur ein paar Reisende, er erledigte die Bestellung für sie, bestellte sich selbst zu einem blutigen Rumpsteak einen Montepulciano Barrique und betrachtete dann in der Dämmerung des Spätfrühlings das italienische Mittelgebirge, das sich dramatisch zum Monte Cassino erhob. Auch dorthin hatte sie ihn vor einem Jahr mitgenommen, damit er mit ihr die Felsszenerie der blutigen Kämpfe um das Kloster auf dem Bergrücken durchwanderte, an denen, noch von der Cholera geschwächt, Vittorios ehemaliger Freund Curzio Malaparte als Kriegskorrespondent teilgenommen hatte. Die Frau, so machte er sich beim Blick aus dem Fenster dankbar klar, befreite ihn außerdem aus dem geistigen Vakuum des tschechischen IT-Freaks, der mittlerweile an die sorglose Schwerelosigkeit einer bis zum Tode abgesicherten Existenz gewöhnt war, die nicht einmal der Aus-

rutscher in die Rolle eines besseren, ja, sicher, Gigolos! bedrohen konnte! Und er würde, sobald er ihr die erzwungene Beteiligung an der schicksalhaften Tragödie gebeichtet hatte, alles dafür tun, dass sie bis zum Ende ihrer Tage nur noch glücklich war. Als die Landschaft vom Vorhang der mondlosen Nacht eingehüllt worden war, trank er die Flasche aus, legte sich angenehm vom Wein benebelt in seinem Coupé nieder und begann, sich auf Clara zu freuen, auf seine Hochzeit, seinen Sohn, seinen Freund Robert, auf alles …

Orlandi begleitete sie vom Präsidium bis auf die Straße zum Wagen, öffnete ihr vor Peppino die Tür und wartete höflich, bis der Ghost um die Ecke gebogen war. Erst als er sie nicht mehr sehen konnte, sagte sie über das Mikrofon zu Peppino, sie wolle aussteigen. Nachdem er ihr aus dem Wagen geholfen hatte, bat sie ihn, er möge sie eine Stunde später an der Spanischen Treppe abholen. Sie lief zu Fuß und per Umweg dahin, um ihre Gedanken zu ordnen. Nun, da sie sich nicht mehr beherrschen musste, stellte sich Traurigkeit ein, die vergleichbar war mit den vorherigen vier Ereignissen, die ihr Leben grundsätzlich verändert hatten: der Tod der Mutter, der Tod von Viktor, der Tod von Vittorio und der Tod von Guido. In gewisser Weise war für sie gerade auch Leo in jener einzigartigen Position eines Kindes, das ihr das Schicksal nie zu gebären gegönnt hatte, so dass sie es finden, erziehen und adoptieren musste, gestorben. Der Commissario hatte versucht, sie davon zu überzeugen, dass Leo ein Opfer war und er nicht am Raub und noch weniger am Mord beteiligt war. Sie selbst glaubte, dass er von den dreien, die er seit seiner Ankunft in Rom nicht mehr erwähnt hatte und die sie daher längst vergessen hatte, ausgespäht, überfallen und gewaltsam gezwungen worden war, sie zur Villa zu führen und sie hineinzulassen. Schließlich wurde er selbst sogar noch schwer verletzt, als er versucht hatte, Giorgio zu warnen. Umso unverständlicher erschien ihr jedoch seine anschließende, nicht enden wollende Lüge. Die Version des Polizeiarztes, wonach er einen partiellen Gedächtnisverlust erlitten hatte, erschien ihr ein gnädiges Entgegenkommen zu sein, mit dem die Untersuchungsorgane die Boulevardpresse an der kurzen Leine halten wollten.

Kurz nach dem Angriff war ihr Leo im Krankenhaus gar nicht so betäubt vorgekommen, und vor allem: er hatte doch allen Grund dazu, die Täter zu beschreiben, damit diese nicht von Kommissar Zufall entdeckt würden. Warum hatte er das nicht getan?? Das musste eine Ursache haben!! Und wie sollte sie ihn zu einem freiwilligen Geständnis zwingen, damit sie ihm wieder glauben konnte?? Schon mit der Fontana di Trevi vor Augen fiel ihr bei der Erinnerung an sein Gästeverzeichnis, in dem von tschechischer Seite nur sein alter Freund Robert vertreten war, die Frage ein, ja! die richtige Frage, die sie ihm stellen würde, sobald sich ihr die erstbeste Gelegenheit bot. Die Frage würde lauten: »Was machen eigentlich deine drei Dancer aus dem Prager Mánes?« Sie würde sie ihm unter vier Augen stellen, Auge in Auge und in einer so vertraulichen Situation, wie sie sie mit ihm gestern am Kamin erlebt hatte, und die folgenden Sekunden würden ein für alle Mal über ihre künftige Beziehung entscheiden. Würde er die Wahrheit zugeben, würde sie ihm seine Feigheit und sein Schweigen, das wahrscheinlich dieselbe Ursache gehabt hatte, gern verzeihen, schon deshalb, weil ihr ein Felsbrocken vom Herzen fallen würde. Und wenn er bei seiner Lüge bleibt? Sie begann zu zittern und bekam Gänsehaut bei dem Gedanken, was dies bedeuten würde. Das Oberhaupt des herrschenden Zweiges eines altehrwürdigen Geschlechts, das sie selbst ausgewählt hatte, mit einer solch furchtbaren Charakterschwäche?

Erst jetzt wurde ihr voll bewusst, was logischerweise und unabwendbar würde geschehen müssen, wenn sie ihm die Frage noch heute stellte und die Antwort eine Lüge wäre. Dann dürfte sie es überhaupt nicht zur Hochzeit kommen lassen!! Doch mit welcher Begründung? Das moralische Versagen eines solchen Kalibers drohte, die politische Schuld der Brüder Vittorios aufzuwiegen und in den Medien sogar noch zu überwiegen!! Wie würde es dann Carla und ihr Kind treffen?? Was sollte sie tun?? Nach Jahrzehnten war sie in einer Situation, in der sie sich überhaupt keinen Rat wusste, gleich jenem verzweifelten Mädchen, das für die Mutter kein Grab hatte. Dann erwachte endlich ihr Gehirn aus seiner Ohnmacht und schrie sie an: Mein Gott, dann tu doch erst einmal nichts!! Danach dachte sie selbst weiter: Würde sie die Hochzeit verbieten, käme die Wahrheit ans Licht, und außerdem würde sie ein Erdbeben auslösen, das auch sie selbst, Carla, das Kind und alle ihnen Nahestehenden unter sich begraben würde. Konnte sie die entsicherte Granate so lange in der Hand festhalten, bis die Hochzeit und die Versöhnung der Familie erfolgt waren, würde sie genug Zeit gewinnen, um zu durchdenken, wie sie ihn unschädlich machen könne, damit er Unschuldigen keinen Schaden zufügen konnte. Ja, diese wenigen Stunden würde sie sich an den klassischen Grundsatz halten: »Das Unausgesprochene existiert nicht!«

In den Ghost stieg am Brunnen wieder eine Primaballerina ein, die wusste, dass sie all ihre Schritte, Sprünge und Pirouetten, alle passé, plié, en dehors, double en dehors, fouetté und double fouetté, entrechat quatre und den extrem riskanten entrechat six, bravourös meistern würde. Für den Rest des Tages wurde sie von Telefonaten und Mails überflutet, die Nacht überstand sie mit einer Tablette, nur am Morgen musste sie an sich halten, um Leo nicht schon jetzt ins Gesicht zu schreien: »Und was machen eigentlich die …« Nun berichtete er ihr jedoch von Jonathan, und ihr wurde in diesem Moment durch eine Eingebung von oben versichert, dass sie das Richtige tue. Eben Jonathan war die rettende Hoffnung, die deshalb nicht bedroht werden durfte! Den Tag über beschäftigte sie sich mit den letzten Details der Vorbereitungen und dem Packen der restlichen Dinge, bestellte sich für den Weg zum Eilzug ein Taxi mit der Ausrede, sie wolle sich noch die Frisur richten lassen. Leo traf sie erst vor dem Bahnhof, wo er wartete, um ihr den Handkoffer und das Beautycase ins Abteil zu tragen. Sie hatte dann das Gefühl, dass sie ihm glaubwürdig erklärt hatte, warum sie nicht mit ihm in den Speisewagen ging, und sie musste sich überwinden, um ihm nicht doch ihre Kampfesaufforderung hinterherzurufen: Und was machen eigentlich …? Nach zwei Tagen konnte sie jedoch das erste Mal wieder mit Appetit essen und erlegte sich zur Stärkung ihres Willens auf, den Flachmann Flachmann sein zu lassen und auch nach einem Mineralwasser einzuschlafen. Ins Reich der Träume begleiteten sie Viktor, Vittorio und Giorgio …

Er kam zum Frühstück, als der Zug die Spitze des italienischen Stiefels verließ und über das Salzwasser nach Sizilien glitt, doch er traf Julia nicht im Restaurantwagen an. Er erblickte sie erst, als sie auf dem Bahnsteig in Catania einfuhren.

Sie war fit, und noch ehe er ihre Sachen aus dem Schlafabteil holen konnte, ging sie zur Waggontür voraus. Er holte sie erst ein, als sie Carla und ihre Eltern küsste. Carla lief gleich zu ihm und umarmte ihn noch mit den umgehängten Gepäckstücken. Er ließ alles los, was er in der Hand hielt, mit Ausnahme des kleinen Koffers mit den teueren Cremes und Wässerchen, die Julia als »Ausstattung zur Verschönerung von Leichen« bezeichnete, und umarmte nun sie. Begleitet wurde dies alles vom Klicken zahlreicher Fotoapparate, dem Surren von Kameras und einem Blitzlichtgewitter, nicht nur die Medien aus der Region hatten ihre Reporter geschickt, sondern auch Tageszeitungen, Magazine und Fernsehsender aus ganz Italien. Das Mikrofonbüschel hatten beide fast an der Nase und bekamen gleichzeitig mehrere Fragen gestellt, ohne auf diese antworten zu können. Glücklicherweise hatte Giulietta auch damit gerechnet, und schon bald wurden sie von Carabinieri befreit, die sie zusammen mit ihr und den Eltern zum wartenden Ghost begleiteten, wo Peppino mit weißen Handschuhen salutierte. Von vorn, von hinten und von beiden Seiten wurden sie von vier Polizeimotorrädern begleitet, die sie durch den Straßenverkehr wie Staatsmänner ins Hotel brachten.

Nachdem sich die Principessa und der Bräutigam einquartiert hatten, folgte eine Pressekonferenz, die schon lange vor Beginn von einem Salon in den Ballsaal verlegt werden musste, in dem die Vorbereitungen für den Abend unterbrochen wurden. Leo hatte schon in der Nacht im Zug alle Probleme verdrängt und war in bester Kondition wie damals vor dem Staatsexamen, die ihm das erste Diplom mit lauter Einsen einbrachte, der Star jedoch war Carla, an die von hiesigen und ausländischen Korrespondenten die meisten Fragen gerichtet wurden. Sie ging fließend von Deutsch zu Französisch und Englisch über, doch Applaus erntete sie, als sie die Frage eines regionalen Reporters in dem hiesigen, kaum verständlichen Dialekt beantwortete. Die Journalisten, die das neue wirtschaftliche Projekt der Familienfirma interessierte, wandten sich auffällig oft an sie, und Leo staunte, was sie alles von ihm allein aus normalen Gesprächen gelernt hatte. Auch Giulietta strahlte, als sie verkündete, die Mitglieder der verzweigten Familie würden sich heute Abend erstmals seit dem Ende des Zweiten Weltkrieges in ebendiesem Saal treffen. Sie wirkte so sympathisch, dass sie die Presseleute sogar davon zu überzeugen vermochte, warum sie nicht dabei sein konnten.

»Meine Herren, wenn Ihre Familie zusammenkommt, um bei der Geburt zu assistieren, dann laden Sie ja auch nicht die Medien dazu ein.« Auch sie wurde für dieses Bonmot, das sie gut zitieren konnten, beklatscht.

Zum Mittagessen lud Giulietta Carlas Familie in ein Apartment ein, das sie nur für diesen Anlass gemietet hatte. Dabei besprach sie noch einmal, was sie in den nächsten achtundvierzig Stunden erwarten würde. Leo brachte alle zum Lachen, als er anmerkte, sie erinnere ihn an seinen ehemaligen Basketball-Trainer, der seiner Mannschaft das System für ein Schlüsselspiel einbläute. Dann entfernten sich Carla und ihre Familie, weil sie das versöhnte Geschlecht des Bräutigams erst auf der Party nach der Trauung mit ihrer Anwesenheit beehren sollten, und ehe sich Leo von ihnen verabschiedet hatte, war Giulietta schon fort. Ein paar Minuten vor acht, bereits im weißen Smoking, wollte er sie aus ihrer Suite abholen, doch auf sein Klopfen antwortete niemand, er fand sie an der Tür zum Ballsaal, in dem ein langer Tisch für ein Abendessen mit vierzig Gästen gedeckt war. Punkt acht war für die ganze Großfamilie Mortadini jener Zeitpunkt, der in Schulbüchern bei historischen Ereignissen als Stunde Null angeführt wird, und da keine Medien anwesend waren, verlief diese wie eine hervorragende Galapremiere. Laut Protokoll, das Lucia Guido mit den Anwälten beider Nebenzweige ausgehandelt hatte, erschien zuerst der älteste Sohn von Vittorios Bruder Antonio, Romeo, der endgültig das Polareis gebrochen hatte, indem er per E-Mail auf Leos Angebot im Fernsehen, die Beziehungen zu erneuern, positiv antwortete. Er küsste der Fürstin die Hand, schüttelte die von Leo und stellte ihnen einem nach dem anderen seine Kinder und Enkel vor. Zwanzig Minuten später tat es ihm Riccardo gleich, der Sohn des jüngsten Bruders Alberto. Beim Aperitif begann der übliche Smalltalk, der nicht über den Rahmen einer Höflichkeitskonversation hinausging, auch nachdem alle ihre Plätze entsprechend der Tischordnung eingenommen hatten, an der Stirnseite des Tisches Riccardos Frau, Riccardo, Giulietta, Romeo, Romeos Frau und Leo.

Die Spannung ließ schon bei Giuliettas kurzer einleitender Rede nach, bevor die Vorspeise serviert wurde.

»Ich bin eine Frau von einem anderen Planeten, die gute Sterne gesandt haben, um zu versuchen zu verbinden, was die irdischen Elemente getrennt haben. Und sie haben mir auch einen Verbündeten geschickt, der denselben Traum hat, den wir mit eurer Hilfe Wirklichkeit werden lassen wollen. Mein Mann und eure Vorfahren sind in einem Europa aufgewachsen, das getrennt war durch Hass und Vorurteile. Eure Nachkommen und mein Sohn sind Bürger eines Europas, das

erstmals in der Geschichte zu einem einheitlichen Kontinent zusammenwächst, wo Demokratie herrscht. Leo hat euch die Hand gereicht, und ihr, Romeo und Riccardo, habt sie angenommen. Die Firma, die er gegründet hat, wird auch euch offen stehen, was dieser Abend und die morgige Hochzeit besiegeln werden. Deshalb seid ihr die Ersten, denen wir mitteilen, dass ein weiteres Mitglied unserer Familie auf dem Weg ins Leben ist, Carlas und Leos Sohn Jonathan.«
Alle Gäste standen auf, die Älteren klatschten gerührt, die Jungen pfiffen begeistert auf den Fingern wie bei einem Popkonzert. Leo beugte sich vor und hob seinen Pokal, um Giulietta zuzutrinken. Sie bemerkte ihn nicht, denn ihre Augen waren voller Tränen, sie stieß nur mit ihren beiden Nachbarn an.

Bisher gelang ihr alles so, wie sie es sich in Rom, zu Hause und im Zug ausgedacht hatte. Es funktionierte das System, bei dem sie ständig mit etwas beschäftigt war, somit musste sie kein Theater spielen, damit Leo und auch die Angehörigen von Carlas Familie nicht bemerkten, dass sie eigentlich nicht mit ihm kommunizierte. Die Aufforderung zur Wahrheit, die ihr ständig auf der Zunge lag, unterdrückte sie wiederholt mit dem Gedanken an einen Satz, den sie oft von Giorgio gehört hatte, wenn er sie bei Familien- oder Geschäftsstreitigkeiten darauf hinwies, dass »jede Schuld erst vom Urteil bestätigt wird; in dubio pro reo, also im Zweifelsfall für den Angeklagten!« Nun nährte dieser Satz in ihr zumindest ab und an die Hoffnung, dass er, wenn sie ihm diese Frage stellen würde, wahrheitsgetreu antworten möge und dann alles wie früher wäre … fast wie früher? Sie war sich nicht sicher und wollte es auch nicht sein, wo doch eine anspruchsvolle Pressekonferenz, eine bahnbrechende Begegnung der kompletten Familie und die stark beachtete Hochzeit auf der Tagesordnung standen. Auf der Pressekonferenz war Carla für sie eine Entdeckung. Wenngleich sie sie schon lange gut kannte und ihr die junge Frau mit ihrer Erscheinung, ihrem Verhalten und ihren Kenntnissen imponierte, hatte sie nicht geahnt, wie brillant sie mit Fragen zurechtzukommen wusste, die ihrer Ausbildung so gar nicht entsprachen. Schon die erste Antwort auf die Frage, die eine lächerliche dumme Gans aus ihr machen sollte – Signorina, werden Sie die Verringerung der Aussaat von Getreide zugunsten des moderneren Rapses unterstützen?« – endete für den Fragenden mit einem Fiasko.

»Das werde ich nicht, und zwar aus drei Gründen, mein Herr: erstens deshalb, weil ich mich nicht in die Kompetenzen der Fürstin und ihres Sohnes einmischen werde, zweitens, weil Raps für moderne Landwirte schon aus der Mode gekommen ist und drittens, weil ich mit Raps niemanden ernähren kann und mit dem Biodiesel, der daraus gewonnen wird, höchstens den Motor meines Wagens ersticke.«

Giulietta wusste, dass sich Carla nur auf gelegentlichen Besprechungen mit Leo und ihr eine Ansicht zu den Problemen des Familienbetriebs gebildet haben konnte, und trotzdem agierte sie heute so, als hätte auch sie einen Master of Business Administration erworben. Die anwesenden Journalisten hatten dies sofort verstanden, und es fiel keine weitere provokative Frage mehr.

Giulietta bereute sehr, dass sie für Carla erst morgen bei der Hochzeit einen weiteren großen Auftritt vorgesehen hatte, sie hatte sich zu spät vorgestellt, welchen Eindruck sie auf Romeo, Riccardo und alle Angehörigen des Clans machen würde.

Beide Cousins waren in dem Alter, in dem Vittorio sie getroffen hatte und glichen ihm sehr, was ihr sofort half, die langjährige Aversion zu überwinden. Es war offensichtlich, dass die Kinder und Enkel ein ähnliches »Trainingslager« absolviert hatten, wie Leo es sportlich bezeichnete, das sie der Familie von Carla verordnet hatte: das stellten vor allem die Jungen unter Beweis, indem sie ihr mit einer tiefen Verbeugung die Hand küssten und die Mädchen perfekte Knickse zeigten, als ständen sie vor Königin Elisabeth von England. Sie wusste, dass der Graben, der über viele Jahrzehnte entstanden war, nicht im Laufe eines Abends zugeschüttet werden konnte, doch sie spürte den allgemeinen Willen beider Flügel der Familie, alles daran zu setzen, dass sich so bald wie möglich alle gemeinsam über die neue Einheit freuen konnten.

Seit dem Beginn des Familientreffens war noch keine Stunde vergangen, doch die Atmosphäre am Tisch war so gut, dass sie beschloss, sofort ihre kurze, aber grundsätzliche Rede zu halten, die sie ursprünglich zum Dessert geplant hatte. Sie wollte keine misslungene Improvisation riskieren, und so hatte sie sie niedergeschrieben, gekürzt und schließlich ab dem Moment auswendig gelernt, in dem Romeo und Riccardo die Einladung angenommen hatten.

»Ich bin eine Frau von einem anderen Planeten, die gute Sterne gesandt haben, um zu versuchen zu verbinden, was die irdischen Elemente getrennt haben …« – den Beginn des einleitenden Satzes sagte sie noch automatisch, doch der zweite Teil traf sie direkt ins Hirn – »… und sie haben mir auch einen Verbündeten geschickt, der denselben Traum hat …« Einen Verbündeten?? protestierte das Gehirn, oder einen Verschwörer?? zum Glück hatte sie den Text so gebüffelt, dass sie ihn längst auswendig konnte, und glücklicherweise machte ein gewisser Grad Aufregung ihn umso glaubwürdiger, somit war sie in der Lage, ohne sichtbaren Kollaps bis zur Textbotschaft zu gelangen : »… dass ein weiteres Mitglied unserer Familie auf dem Weg ins Leben ist, Carlas und Leos Sohn Jonathan.« Als alle aufstanden, klatschten oder begeistert pfiffen, nahm sie durch ihr peripheres Sichtfeld sehr wohl Leos ausgestreckte Hand mit dem Pokal wahr, und war froh, dass sie von Tränen übermannt wurde und beide Nachbarn selbst Probleme hatten, mit ihr anzustoßen, denn das vom gelernten Text befreite Gehirn schrie nun schon ohne Unterlass: Und was machen eigentlich deine drei Dancer aus dem Mánes? Und was machen eigentlich deine …? Und was machen eigentlich …? Und was machen …? Und was …? Und …??

Er strengte sich an, so gut er konnte, um in dieser kurzen Zeit seine Nachbarin, Romeos hochintelligente Frau, in der er die eigentliche Urheberin der Versöhnung entdeckte, für sich zu gewinnen. Sie sagte ihm, sie sei es gewesen, die ihren Mann dazu gebracht habe, Leos Fernsehauftritt anzuschauen, und als sie merkte, wie stark er sich davon angesprochen fühlte, habe sie ihm vorgeschlagen, ihm unmittelbar darauf eine Nachricht zu schicken, die die Wirkung eines Universalschlüssels hatte. Eleonora Mortadini war eigentlich Geschichtslehrerin, und Leo hatte sie in jener Sendung gerade mit der Passage angesprochen, in der er die Berührungspunkte von Tschechen und Italienern herausstellte. Sie zählte ihm sämtliche Häftlinge der Habsburger Monarchie auf der Festung Špilberk in

Brno auf, und er bemühte sich zu verbergen, dass er von ihr zum ersten Mal den Begriff Carbonari hörte. Dieses Detail allerdings, da war er sich sicher, würde den Gesamteindruck, den er bei ihr hinterließ, nicht beeinflussen. Sie versprach ihm, den nächsten Geburtstag werde Giulietta am ersten August auf ihrem Dominium in der Provinz Potenza feiern und nicht nur dies, sie bot ihm auch ihr Privatapartment im Küstenhotel Pianeta Maratea an, von dem er gelesen hatte, dass es das schönste und luxuriöseste in Europa sei, damit er dort mit Carla zusammen die Schwangerschaft verbringen möge. »Nach Rom und zurück bringt euch einmal pro Woche ein Hubschrauber, und den Rest klären Sie per Computer!«
Um halb zwölf dankten beide Cousins der Fürstin und ihm kurz, aber herzlich, und Giulietta entschuldigte sich gleich darauf. Er stand sofort auf, um sie zu begleiten, doch er verstand, dass sie ihn bat, bis zum Ende die Rolle des Gastgebers zu übernehmen. So beschloss er, noch ein paar Worte mit jedem Gast zu wechseln, und nachdem er dies souverän innerhalb einer Stunde geschafft hatte, dachte er, so müsse sich ein Schachgroßmeister bei einer brillant gespielten Simultanpartie gegen vierzig Gegner fühlen. Um ein Uhr gaben die Familienoberhäupter den Befehl zum allgemeinen Aufbruch. Halb zwei war Leo allein und bestellte sich noch einen Schlaftrunk, doch als er die verstohlen gähnenden Ober sah, nahm er die Bestellung zurück und begab sich an die Hotelbar. Doch auch die war leer und sollte um zwei Uhr schließen, und so ging er lieber an die frische Luft. Die Nacht war angenehm lau, an der Ecke gegenüber leuchtete noch eine kleine Pizzeria, in deren Garten sogar ein Gast saß. Er wollte sich an einen anderen Tisch setzen, doch er konnte seinen Schritt nicht beenden

und starrte auf den späten Weintrinker, dem ein ebensolches Erstaunen im Gesicht geschrieben stand. Es war Robert. Nachdem sie sich im Stehen ausreichend auf den Rücken und auf die Schultern geklopft hatten, brachte ihnen der Ober ohne Protest eine Karaffe Rosato della casa, und Robert erzählte, wie er gegen Abend mit dem Flugzeug hergekommen sei und sich genau nach den zugeschickten Flugtickets und Unterlagen einquartiert habe, Leo gestand ihm offenherzig, er habe ihn heute völlig vergessen. Umso dankbarer sei er dem Zufall, dass er sie trotzdem so wohlwollend zusammengeführt habe, und er konnte den Ober leicht mit einem Trinkgeld davon überzeugen, ihnen noch eine deutlich größere Karaffe zu bringen, sie abzukassieren, das Licht zu löschen und sie beide hier sitzen lassen. Die Sterne und der Wein waren es dann auch, die dafür sorgten, dass die Beziehung zurückkehrte, die sie zu »tollkühnen Männern an den verrückten Kisten« zusammengeschweißt hatte, wie sich die beiden IT-Spezialisten vom zweiten Studienjahr bis zur feierlichen Exmatrikulation und weiterhin auch bei Sonnymat bezeichneten, bevor ihn gerade Robert zu jener Milonga gebracht hatte, die sie dann trennte. Diese Episode war hier kein Thema mehr, Leo ging schnell darüber hinweg und unterdrückte es mit erneutem Anstoßen auf ihre Begegnung und mit Erinnerungen an die studentischen Liebschaften. Dabei fragte er, warum Robert das zweite Ticket storniert habe und allein gekommen sei.

»Bist du immer noch Single?«

»Nein, nein, schon lange nicht mehr …«

»Aber warum hast du sie denn dann nicht mitgebracht, Spacko?«, wunderte er sich und stutzte sogleich, dass er zu dem Wortschatz dieser Lumpen abglitt.

»Wir haben ein kleines Mädchen.«
»Und keine Oma fürs Babysitten?«
»Doch, meine Mutter und die Schwiegermutter …«
»Warum also«, er sprach schon wieder kultivierter, »hast du sie denn dann nicht mitgebracht?«
»Sie wollte nicht, weißt du …«
»Weil sie weder Englisch noch Italienisch kann? Ich habe dir doch geschrieben …«
»Nein, nicht deshalb … eher deshalb, weil du sie gut kennst …«
»Wer ist es denn, sag schon!!«
»Na, deine Ex, Adriena!«
Beide bekamen einen Lachanfall, in der leeren nächtlichen Straße hallte er in einem Echo wider. Dann redeten sie jedoch lieber über all die Mädchen vor ihr. Um vier Uhr in der Frühe fühlten sie sich immer noch frisch, doch es war Robert, der sagte: »Gehen wir noch woanders hin oder willst du heiraten?« Sie vereinbarten also, »sich morgen zu verabreden, wie sie sich verabreden«, ins Hotel liefen sie dann fast wie ein Liebespaar um die Schultern gefasst, weshalb der Nachtportier dezent in eine andere Richtung schaute und auch so verharrt hätte, wenn ihn Leo nicht gebeten hätte, ihn wirklich Punkt acht zu wecken; Robert konnte es sich erlauben, erst um neun Uhr geweckt zu werden. Danach umarmten sie sich noch einmal und gingen zusammen bis in den Aufzug. Kaum hatte sich Leo ins Bett gelegt, war er auch schon eingeschlafen.

Giulietta wurde durch einen schrecklichen Traum wach. Leo wartete in der Nacht im Turm der Villa, auf dem drei Fallschirme mit seinen Bekannten aus Prag landeten. Er führte sie dann über die Treppe in die Halle, wo sie mit Giorgio saß. Giorgio stand auf, um Leo zu fragen, was er da für seltsamen Besuch habe, doch da schoss Leo auch schon selbst ... im ersten Moment spürte sie Erleichterung, dass es nur ein böser Traum gewesen war, ehe sie sich daran erinnerte, dass dieser nicht weit von der Wahrheit entfernt lag. Die Uhr zeigte kurz nach sechs, doch sie beschloss aufzustehen, um so viel Zeit wie möglich für die Toilette zu haben. Halb acht war sie gebadet, angezogen, geschminkt und frisiert, sie verortete auf ihrem Hals, den Fingern und Textilien ihren Schmuck und bestellte sich anschließend ein Frühstück aufs Zimmer, das so opulent war wie wohl das letzte Mal in New York mit Vittorio. Joghurt mit Obst und Haferflocken, Speck mit Bohnen, Toasts, die mit Toaster geliefert wurden, drei Eier im Glas, Schinken San Daniele, jungen Parmigiano und Torta di mandorla, dazu Tee, ein Glas Milch, sizilianisches Hefebier und eine Flasche Pommery auf Eis. Sie ging davon aus, dass sie von allem mehr oder weniger nur etwas kosten oder an allem nippen würde, sie brauchte jedoch die Sicherheit, dass ihr heute nichts fehlen würde, worauf sie möglicherweise Appetit bekommen könnte. Sie speiste bis Viertel zehn, die Eier aß sie dann kalt und trank den Champagner lauwarm, doch sie war zufrieden, dass fast nichts mehr übrig geblieben war und dass sie sich recht gut fühlte. Um zehn musste sie die erste schwere Aufgabe meistern: Leo abholen und mit ihm in die Kirche fahren, wo er das Versprechen zur katholischen Erziehung seiner Nachkommen unterzeichnen sollte.

Die Fahrt im Ghost dauerte nicht lange und wurde vollständig durch technische Absprachen ausgefüllt, vor der Kirche wartete auch schon der Pfarrer, der sie mit einer Liebe, als wäre sie sein teuerstes Schäfchen, und mit einer Ehrfurcht, als sei sie Klostervorsteherin, begrüßte. Der Akt dauerte nur wenige Minuten, Leo blieb dann in der Pfarrei, und sie wurde von Peppino zu Carla gebracht. Sie sah wundervoll aus, gefiel ihr ausnehmend gut und bestärkte in ihr das bisher noch unklare Gefühl, dass sie in dem sich abspielenden Drama die von antiken Dramatikern als »deus ex machina« bezeichnete Rolle spielen könnte, einen Gott, den ein ausgeklügelter Apparat auf die Bühne brachte, um der Geschichte eine Katharsis zu verleihen, also Sinn und Läuterung. In den Ghost setzte sie auch Carlas Eltern, die Mutter ließ Carlas Hand nicht los, so als würde sie ihre Tochter für immer verlieren, der Vater erinnerte in seinem Jackett gar nicht an einen Zahnarzt, sondern an einen britischen Lord. Es folgte ein Fahrzeugkonvoi mit den Töchtern und weiteren Mitgliedern der verzweigten Familie, sicher waren auch ein paar Mafiosi dabei! dachte Giulietta, aber sie würde auch einen solchen zum Altar begleiten … Alles lief nach dem von ihr vorgeschlagenen und von allen respektierten »Aktionsplan Hochzeit«, die Clans von Romeo und Riccardo saßen schon in den Bänken, vor dem Eingang zur Kirche stand eine provisorische stufenförmige Tribüne, auf der Fotografen und Kameramänner versuchten, sich nicht gegenseitig hinunterzudrängen. Der Beamte der Diözese, der Leo vorher das Versprechen abgenommen hatte, führte den Bräutigam im schwarzen Frack mit dem Homburg auf dem Kopf herbei, und Giulietta hakte sich in der Rolle der liebenden Mutter bei ihm ein. Das höllische Klappern der Kameras wurde abgelöst von der himmlischen Orgelmusik. Leo langsam führend, als betrete sie die Bühne zum Pas de deux, versuchte sie, nur die Musik wahrzunehmen, und es

gelang ihr wirklich, den Aufschrei des Verstandes zu überhören, der ihr nach dem gestrigen Sieg der Vernunft fast das Bewusstsein geraubt hatte. Als ihnen der sie begleitende Diakon zunickte, damit sie stehenblieben, und das Zeichen zum Eintritt der Braut gab, flüsterte Leo ihr zu, »Julia, ich danke dir aus ganzer Seele für mein besseres Leben!«
»Gern geschehen«, sagte sie ebenso leise, »ich wünsche dir dazu die notwendige Kraft.«

Leo nahm alles, was mit ihm geschah, wie ein Theaterstück wahr, das er ertragen musste, um das zu bekommen, wovon er in Tschechien nicht einmal hatte träumen können, weil sich dies der Ordnung seines alten Lebens vollkommen entzog. Auf der gestrigen Pressekonferenz hatte er Carla zum ersten Mal mit den Augen fremder Menschen gesehen, darüber hinaus noch derer, die anfangs ihr gegenüber die zynische Haltung routinierter Journalisten wie bei einer jungen Frau bezogen, von denen es zwölf in einem Dutzend gibt, jedoch nur sie das Glück hatte, von einem berühmten, aber aussterbenden Geschlecht zur Gebärerin des Erbprinzen auserkoren worden zu sein. Ihre plötzliche Ehrfurcht vor ihr potenzierte auch seine und damit die alte Angst, sie verlieren zu können, deshalb war er langsam dem Ritual dankbar, dessen Pomp den Bund mit Carla besiegeln sollte. Er beschloss, sich ihm voll zu unterwerfen und spürte eigentlich zum ersten Mal in seinem Leben so etwas wie einen Glauben, er war sich plötzlich sicher, an sich selbst die Besserung eines Sünders zu erleben, über die er sein ganzes bisheriges Leben gelacht hatte. Als er den Homburg zog, um umso demütiger den Tempel des Herrn zu betreten, den er noch vor einer Weile mit der Unterschrift über sein Christentum angelogen hatte, wurde ihm jedoch keine Erhebung des Geistes und noch weniger Vergebung zuteil, im Gegenteil, gerade hier lastete spürbar Schuld auf ihm. Urplötzlich kam es ihm vor, dass Giulietta bereits davon wusste, denn ihre Hand berührte seinen Unterarm nicht, wie er es gewohnt war, es schien ihm sogar, als bemühe sie sich, ihn nicht zu berühren. Er versuchte sich damit zu beruhigen, dass ihn immer noch das Gewissen quälte, das er sehr bald durch das reuige Geständnis ruhigstellen würde, und umso mehr konzentrierte er sich auf Carlas Ankunft. Er durfte sich nicht umschauen, doch er konnte sich vorstellen, wie sie näherkam, wie schön sie war und wie sehr sie bewundert wurde, sicher flüsterte das in den Bänken so manch einer dem anderen zu, denn in das Orgelspiel hinein drängte sich ein Geräusch, als schwirre ein Schwarm Vögel durch die Kirche. Endlich war sie bei ihm angekommen und blieb stehen, bei ihrem Vater eingehängt, doch auf ihn blickend. Sie wandte auch beim Gebet ihr Gesicht nicht ab, so als wolle sie bekräftigen, dass sie sich auch weiterhin Gott verspreche, neuerdings jedoch auch ihm. Er war sich sicher, bisher noch nie in irgendwelchen Augen so viel Liebe gesehen zu haben.

Giulietta merkte, dass sie in ein und demselben Augenblick glücklich und verzweifelt zugleich sein konnte. Vor ihren Augen ging ihr lang ersehnter Traum in Erfüllung, und gleichzeitig schreckte sie, dass dies vielleicht ein Trugbild war. Hätte sie auf die wiederholte Warnung Orlandis gehört und wäre sie erst nach der Hochzeit zu ihm gekommen, würde sie nun den glücklichsten Moment ihres Lebens genießen können, vergleichbar mit dem, als sie Viktor geheiratet, Vittorio zum

Mann genommen und ihr Giorgio seine Liebe gestanden hatte. Konnte ein Mensch solche gegensätzlichen Gefühle hegen, so musste er doch wohl eines davon ausschalten können, hoffte sie bei diesem nicht endenden Frühstück, doch als sie es mit all ihrer Willenskraft versuchte, gewann die Verzweiflung die Oberhand. Deshalb ließ sie beides zu, damit es wie Wechselstrom funktionierte, bei dem man die Richtung nicht erkennen konnte. Dann, als Leo und Carla ihr Sì! und Sì! aussprachen, war sie mächtiger Rührung fähig, ungetrübt von dieser Schicksalsfrage. Und gleichzeitig konnte sie sich wie eine durchtriebene Intrigantin freuen, dass auf dem ganzen Planeten nur sie wusste, auch der fast unsichtbare Strich, der in ein paar Monaten Jonathan heißen würde und dessen Eltern sich nun vor dem Altar küssten, den erhabenen Titel »principe« annahm.

Leo blieben von der Zeremonie nur das zweifache – Ja! – Ja! und der lange Kuss in Erinnerung, zu dem der Applaus in der überfüllten Kirche ertönte, als sei es eine besondere Leistung, mit der Kunst des Chores, der Solisten und des Organisten auf der Empore vergleichbar. Als ihn Giulietta zuvor zum Altar geführt hatte, versuchte er, hier nur Gott wahrzunehmen, an den er sich erstmals in dem frisch gelernten Gebet mit der Bitte wendete, ihn nicht für alle Belogenen zu verfluchen, von Giulietta bis zu Ihm selbst, der als Allwissender vielleicht gerade deshalb glauben konnte, dass ihn der so oft übervorteilte Heide als geläuterter Christ nie mehr anlügen würde. Auf dem Weg zurück zum Kirchausgang, als er Carla nun schon selbst führte, schien alles von ihm abzufallen, Spannung, Vorwürfe, Zweifel, Müdigkeit, er kam sich vor wie eine Fliege, von der er in der Grundschule unvergesslich gelernt hatte, dass sie Rundumaugen hatte, denn er nahm gleichzeitig Dutzende parallele Momentaufnahmen in sich auf, die durch die Renaissancefenster von der reflektierenden Sonne erhellt wurden: seinen Freund und Trauzeugen Robert, der ihm mit erhobenem Daumen gratulierte, Carlas Mutter, die traurig war, ihre Tochter verloren und sich gleichzeitig freute, einen Schwiegersohn gewonnen zu haben, Riccardo und Romeo, die etwas verwirrt waren ob des Sieges, der gleichzeitig eine Niederlage war, Romeos Frau, die ihm heimlich mit unverhohlener Sympathie zunickte, das Kaleidoskop wohlwollender Jungen- und Mädchengesichter der Nachkommenschaft der Familie, denen er gestern simultane Aufmerksamkeit geschenkt und sie in dem Wunsch bestärkt hatte, zu seinem Hof gehören zu wollen. Draußen wurden die beiden von einem Hagel aus Reis und Rufen, sie mögen sich noch einmal küssen, begrüßt. Er fand Carlas Lippen und hörte im Blitzlichtgewitter den ersten Satz, nachdem sie sich ihr »Sì« gesagt hatten, »Leošku, Jonášek hat es zusammen mit uns bejaht, in dem Augenblick hat er sich das erste Mal bewegt!«

Sie gab sich große Mühe, die Rolle der »Heiratsvermittlerin« glaubwürdig bis Mitternacht zu spielen. Es war umso einfacher, als sie beim Mittagessen zwar neben Leo saß, doch glücklicherweise auch neben dem Pfarrer, der sie in ein nicht enden wollendes Gespräch »di tutto e di più – über Gott und die Welt« verwickelte. Leo und Carla wurden von den Hochzeitsgästen immer wieder aufgefordert, sich zu küssen, somit gab es für Giulietta auch hier kein sichtbares Problem. Es war dann auch völlig logisch, dass sie sich ausruhen wollte und erst auf der Abendparty mit entsprechender Verspätung erschien, damit Leo und Carla Mittelpunkt des kulinarischen, gesellschaftlichen und tänzerischen Geschehens waren. Kurz nach ihr stellte sich auch der langjährige und angeblich einzige Freund des Bräutigams, Robert ein, und ehe Leo es bemerkte, nahm sie sich seiner an. Sie mit einem Whisky, er mit einem Bier, so gingen sie hinaus in den weitläufigen Garten des mit Lampions geschmückten Grandhotels und liefen weiter, vorbei an den Technikern, die das Feuerwerk vorbereiteten, bis in eine Ecke, in die nur der Mond hineinschien und die heiße Luft von einem kleinen Springbrunnen gekühlt wurde. Auf der Bank unter ihm führte sie mit dem Prager eine Konversation, auf die sie sich noch auf dem Zimmer nach dem System eines Lügendetektors vorbereitet hatte. Sie interessierte sich detailliert für seine Eltern, seine Frau, das Kind und für Roberts Arbeit, um dann plötzlich ebenso unschuldig zu fragen, ob denn zu seinem Bekanntenkreis auch Leos Kumpels zählten, die sie im Prager Mánes getroffen hatte. Nein, sagte er, er habe sie eigentlich nur einmal getroffen und sei damals wütend auf Leo gewesen, weil er die Firma verlassen hatte, deshalb habe er keinen Grund gesehen, sie näher kennenzulernen.

»Ich habe erwartet, dass er sie zur Hochzeit einlädt, also haben sie nicht zusammen mit Ihnen in der Firma gearbeitet?«

»Nein, nein! Soweit ich mich erinnere, waren sie bei einer Sicherheitsfirma beschäftigt, eben solche Berufsrambos …« Als sie erkannte, dass sie damit den Informationsquell bis zum Grund ausgeschöpft hatte, ging sie wieder zu allgemeinen Themen über und führte ihn langsam zurück. Sie wusste, was sie wissen musste; wenn sie irgendwann nach ihnen eine Fahndung auslösen möchte, bestand eine fast hundertprozentige Aussicht darauf, dass Interpol sie finden und der »Maler« sie überführen würde. Sie wusste nur nicht, ob sie das selbst noch wollte. In ihr Gedächtnis hatte sich ein Schlüsselsatz eingegraben, den Commissario Orlandi ausgesprochen hatte: »Mit Rücksicht auf die historische Versöhnung der sehr verehrten Familie haben wir Interpol nicht um Hilfe gebeten, weshalb wir hoffen dürfen, dass die drei ausländischen Banditen, die die beiden Italiener angeheuert haben, nie erwischt werden, damit das nicht unnützerweise beim Prozess ausgeschlachtet wird.«

Als Carla ging, um sich herzurichten und umzuziehen, wollte er sich um Giulietta kümmern, doch er fand sie im engen Kreis mit Romeo, Riccardo und Lucia Guido. Die Männer standen beide, obwohl sie älter waren, auf, Romeo schob für ihn einen Stuhl heran, und sie warteten, bis er sich gesetzt hatte. Nichts konnte besser zum Ausdruck bringen, dass sie die neuen Regeln akzeptiert hatten, um wieder die Chance zu haben, sich am Spiel zu beteiligen. Die Brüder und Lucia hatten ihre Taschenkalender geöffnet, man suchte nach einem Termin für ein erstes Arbeitstreffen. Eleonora Mortadini hatte also nicht gezögert, denn Romeo trug für beide Zweige die Bitte vor, die nächste Begegnung möge auf dem Dominium Potenza stattfinden, und zwar schon am ersten Augusttag dieses Jahres.
»Am ersten August habe ich, denke ich, schon etwas vor …«, sagte Giulietta, und er lachte.
»Ja, Geburtstag, Principessa, und ich lade Sie auch in Riccardos Namen sowie im Namen unserer beiden Gattinnen und

der Kinder und Enkel ein, ihn bei uns zu feiern. Sollen die ekelhaften Paparazzi ein für alle Mal begreifen, dass der Conte sotto il ponte von Solferino und der Duce-Mussolini für immer aus den Erinnerungen getilgt sind – dank ihren Nachkommen, die die Kraft gefunden haben, sich für die Zukunft zusammenzuschließen. Giulietta war gerührt und stimmte ohne zu zögern zu, Lucia bestätigte, sie könne dann im Anschluss an den Verhandlungen zur wirtschaftlichen Zusammenarbeit teilnehmen, und Riccardo bat seinen Erstgeborenen Marco, sich darum zu kümmern, dass die Kapelle ihre Rock-Serie unterbrach und einen klassischen Walzer spielte. Dann forderten er die Fürstin und Romeo Lucia zu einem Solo auf. Gerade als sich die Paare im Kreis abwechselten, kehrte Carla aus ihrem Zimmer zurück, und Leo tanzte mit ihr zu ihnen in den Kreis hinein. Er wusste, dass sich Giulietta mit dem angeborenen Taktgefühl einer Großmeisterin immer ihren Partnern anpasste, tanzten sie auch noch so schlecht, deswegen sahen sie nie lächerlich aus. Auch die beiden Cousins waren keine Parkettlöwen, und Leo bedauerte sie, dass sie sich so zurückhalten musste. Kaum war der Walzer zu Ende, entschuldigte er sich bei Carla, übergab sie dem wartenden Marco, trat zu Giulietta und verbeugte sich tief mit der ausgestreckten Rechten: »Un tango, principessa?«

Er sah aus der Nähe das blasse Gesicht und erschrak über ihren Gesichtsausdruck, den hatte sie vor zwei Jahren gehabt, bevor sie nach Giorgios Tod das Schlimmste überwunden hatte, er konnte damals darin nur Leere lesen, doch wie schwer der Schmerz des zerschlagenen Kopfes und diese Bürde auf seiner Sünderseele lasteten, so litt er bei all dem am meisten unter der Angst, sie könne die Lust am Leben verlieren; sie

hatte sogar einmal angedeutet, sie habe irgendwo eine Art »Tod auf Abruf«, und er hatte darauf mit einem Scherz geantwortet – »Wenn du ihn rufst, bin ich Adoptivwaise!« Schon war er drauf und dran, ihr seine Rechte unterzuschieben und sie an die frische Luft zu begleiten, da kehrte das Blut in ihr Gesicht zurück und in ihre Augen der Scharfblick einer perfekten Tänzerin, die auf den Aufruf ihres Tanzpartners wartete. Dem Frontmann der Band fiel ein Hit ein, der um die Welt gegangen und schon zur dritten Generation Fans des Films »Manche mögen's heiß« gelangt war. Giulietta, die allen anderen gegenüber so souverän war, da sie die Psychologie der berühmten Primaballerina auch auf die Fürstin übertrug, achtete die ungeschriebene Regel und hielt sie ein, dass beim Tango der Mann führt und die Figuren bestimmt. Leo wusste, dass er seinen Eingangserfolg bei ihr in Prag der Neugier und dem Fleiß verdankte, mit dem er schon als beginnender Taxidancer alle bekannten Schrittvariationen einstudiert hatte, er konnte sie ausführen und sogar benennen, das hatte er Giulietta voraus, die wiederum unglaublich biegsam und graziös war, jedoch ein schlechteres Gedächtnis hatte.
»Können wir feierlich das Basisalphabet vortragen?«, fragte er, und ohne eine Antwort abzuwarten, fand er diese wie einst die Ludolf'sche Zahl in seinem Gedächtnis und erfüllte genau seinen Part: immer nach sechzehn Takten kündigte er die Bezeichnung an und änderte mit dem nächsten Takt den Schritt. Wie bei einem Spitzenwettbewerb folgten Schlag auf Schlag Barrida, Boleo, Colgada, Gancho, Giro, Ocho, Planeo, Sacada, Sandwich – Giulietta passte sich jedes Mal perfekt an, und die Zuschauer erkannten bald, dass sie ein einzigartiges Tango-Potpourri verfolgten, bei dem sie in Kürze die mitreißende,

animalische Vielfalt dieses Tanzes erleben konnten, die sie größtenteils nur in der langsamen Fassung aus Cafés kannten. Giulietta hatte ihm schon am Beginn seines Aufenthaltes in Rom erklärt, warum sie ihn engagiert hatte: »Ich bezweifle, dass du das weißt, aber ganz sicher beherrschst du es: Ein ideales Erlebnis bietet der Tango nur dann, wenn das Paar zu einem Körper verfließt, sich aber vor allem beide Seelen durchdrangen!« Später dann war dieser Satz nie mehr gefallen, doch er erinnerte sich immer daran, wenn es ihnen so ging wie heute. Im Unterschied zu den für das klatschende Publikum lauten Ansagen flüsterte er Giulietta zu: »Ich gehöre Carla mit Leib und Seele, doch mit deiner will ich mich auch weiter durchdringen!« Darauf sagte sie ein: »Volcada!«, und er erlebte zum ersten Mal, wie eine Frau ihn führte. Er war begeistert, er war glücklich, auf einmal war er sich wieder sicher, dass sie ihn liebte und ihn deshalb verstehen und ihm vergeben würde.

Auch sie führte zum ersten Mal einen Mann, und zwar so dominant, dass er es sofort mit sich geschehen ließ, sie erkannte, dass sie mehr Energie hatte als dieser junge Mann, dass sie ihn, wenn sie nur wollte, zum Infarkt tanzen konnte, sie drehte mit ihm die letzten Buchstaben des Tangoalphabets, und vor der abschließenden Volta sang sie dazu letztmalig in Gedanken den Satz, der in ihr von Beginn an im skandierten Applaus der Umstehenden rhythmisch tönte, so als wolle er laut ausgestoßen werden: Und – was – ma – chen – deine Kameraden? und – was – ma – chen – deine Kameraden? und was – ma – chen – deine Kameraden? Wie – wirst du mir antworten?? Pam pam!

XXIX. Die Medien

CORRIERE DELLA SERA (unabhängiges Tageblatt): Im sizilianischen Catania fand gestern eine Zeremonie statt, die von der Presse als »Hochzeit des Jahres« bezeichnet wird. Der Principe successore Leo Mortadini ehelichte die Linguistin Carla Miranda Livia Angela Giuseppa Beata Castellione. Gleichzeitig wurde eine Erklärung der Fürstin Giulietta Mortadini, des Erbprinzen Leo und der Stiefneffen der Fürstin, Romeo und Riccardo Mortadini, veröffentlicht, dass der sich seit dem Ende des vorvorigen Jahrhunderts hinziehende Familienstreit beigelegt sei. Dem politischen Hintergrund dieses familiären Konflikts, der die gesamte moderne Geschichte der Republik Italien widerspiegelt, widmen wir die heutige Beilage, die von führenden Historikern zusammengestellt wurde.

L'UNITÀ (linke Tageszeitung): Dutzende Journalisten aus Italien und den anderen europäischen Staaten haben das gestrige Ereignis verfolgt, das die Bezeichnung »Sensation des Jahres« verdient. Eines der führenden italienischen Adelsgeschlechter, das mehr als einhundert Jahre in die Montagues und Capulets der Neuzeit getrennt war, feierte gestern zusammen mit einer Hochzeitszeremonie seine historische Versöhnung. Der nächste Erbfürst Leo Mortadini, der von Fürstin Giulietta Mortadini adoptiert worden war, die, selbst Tschechin, einen jungen Landsmann zu ihrem Sohn erwählte, hat schon ausreichend unter Beweis gestellt, dass er über die Charaktereigenschaften und die fachlichen Fähigkeiten verfügt, die diese Entscheidung rechtfertigen. Unsere einheimischen Pseudopatrioten müssen sich wohl daran gewöhnen, dass wir uns nicht mehr in einem nationalen Käfig drängen, sondern frei und freiheitlich in einem geeinten Europa leben. Um dessen Entstehung hat sich ein anderer italienischer Staatsbürger tschechischer Herkunft, ein Mann des politischen Prager Frühlings 1968, verdient gemacht, der nach der Invasion sowjetischer Panzer vertrieben und dann zweimal für die Lombardei zum Abgeordneten des Europäischen Parlaments gewählt worden war, Jiří Pelikán. Seinem jungen Nachfolger kann zu seiner Gattin, einer studierten Philologin aus einer alten sizilianischen Familie, nur gratuliert werden, ebenso gratulieren wir dazu, dass es ihm gelungen ist, das verfeindete italienische Geschlecht, dessen Nebenzweige dem Faschismus gedient haben, demokratisch zu einen. Die Porträts des Bräutigams, der Braut und weiterer Persönlichkeiten der Familie aus der Feder unserer Kommentatoren finden Sie auf einer Sonderseite.

IL SECOLO D'ITALIA (Blatt der extremen Rechten): Das, was sich gestern im sizilianischen Catania abspielte, kann ohne Umschweife als »Schande des Jahres« bezeichnet werden. Romeo und Riccardo Mortadini, die beiden ältesten Söhne von Antonio und Alberto Mortadini, aufgrund ihrer kompromisslosen Liebe zu den besten Traditionen und Werten des italienischen Volkes »I due grandi patrioti« genannt, haben in abscheulicher Manier vor einem bolschewistischen Zuzügler kapituliert, den die berüchtigte »Rote Fürstin« zu einem virtuellen Italiener, in Wirklichkeit aber zu einem Pfänder italienischen Vermögens gemacht hat. Zynisch klingt die gemeinsame Erklärung, nach der sich das Geschlecht auch wirtschaftlich zu einem Familienunternehmen zusammenschließt, das von ihm, von wem auch sonst, geführt wird als dem Messias aus Böhmen, dem wohl eher der Name Mortafalsa gebührt. Vorwand für diese monströse Transaktion war seine Hochzeit mit einer angeblichen Italienerin, für die eine geborene Sizilianerin ausgegeben wird. Pikante Details über den Verlauf des Deals, für den die Täter nicht zögerten, eine katholische Kirche zu entweihen, wozu sie unter Drohungen ihren geistlichen Verwalter zwangen, bringt die Doppelseite innen aus der Feder und mit den Kameraaugen unserer Sonderreporter.

XXX. Leo

Als Letzter verließ der Gast aus Prag die Hochzeitsgesellschaft. Robert war Carla vom ersten Augenblick an äußerst sympathisch gewesen, und sein hervorragendes Englisch ermöglichte eine angenehme Konversation.

»Ihnen beiden nach zu urteilen, Bob«, sagte sie bei der Verabschiedung, Leo bei der Hand haltend, »sind Tschechen die reizendsten Männer der Welt!« Nun erinnerte sich Leo wieder an »Kamil« und auch daran, dass es zwischen ihm und Giulietta keinen Grund mehr gab, warum er sich ihr nicht anvertrauen sollte. Es war fünf Uhr am Morgen, als er zusammen mit Carla zu ihrer Suite torkelte, so fertig vom Tanzen, dass sie über ihn lachen musste: »Soll nicht ich dich lieber über die Schwelle tragen?«

Er nahm seine letzten Kräfte zusammen und trug sie bis aufs Bett, wo beide sofort in ihren Kleidern einschliefen, ehe sie gegen sieben nebeneinander erwachten, sich duschten und dann nackt wieder in einer Umarmung einschliefen. Das Telefon hatten sie in weiser Voraussicht von der Rezeption abschalten lassen, so schliefen sie gut bis in den Nachmittag hinein. Nur Carla konnte auf einmal nicht sprechen. »In der Hochzeitsnacht verlieren Frauen normalerweise ihre Jungfräulichkeit, ich habe meine Stimme verloren!«, röchelte sie fröhlich, und er lachte, bis er aus der Toilettentasche das Thermometer herausgezogen hatte. Die Quecksilbersäule zeigte siebenunddreißig acht an. Giulietta erreichte er über sein Handy, sie hatte bisher ihr Zimmer noch nicht verlassen, um sich nicht von den Abreisenden verabschieden zu müssen. »Lass sie hier bei ihren Eltern!«, schlug sie ihm zu seiner Überraschung vor. Das lehnte er entschieden ab.

»Ich bleibe mit ihr im Hotel! Einen Tag nach der Hochzeit verlasse ich sie doch nicht!«

»Leo«, ermahnte sie ihn, »sprich nicht wie ein Ehemännchen aus dem Biedermeier, du kannst nicht gerade jetzt die Bühne verlassen, wenn sich die öffentliche Meinung herausbildet, ihre Mutter wird sich bestens kümmern, damit Jonášek keinen Schaden nimmt!« Zum zweiten Mal überraschte ihn Carla, als sie diesem Vorschlag zustimmte.

»Das ist eine Frage von ein paar Tagen, meine Mama wird außer sich vor Freude sein, dass sie mich wieder allein hat, und du ebenso, weil du wieder Mal deine Ruhe hast!«

Er versuchte von Neuem, ihr das auszureden, aber dann dachte er, dass es vielleicht gut so sei, wo der doch vor allem eine ruhige Stunde finden musste, um mit Giulietta zu reden, und so würde sich diese Gelegenheit am besten bieten.

Er verbrachte mit Carla noch eine Nacht im Hotel, begleitete sie am anderen Morgen nach Hause und blieb dort auch zum Mittagessen, während Giulietta mit Lucia und Carlas Vater die »Spuren verwischten«, damit meinten sie die Bezahlung der Rechnungen und die Löschung des Sonderkontos. Peppino war mit dem Ghost und dem Gepäck schon abgereist, um unterwegs Romeo und seine Frau noch nach Potenza zu bringen, auch Lucia wollte mit dem Nachtzug fahren, und Leo sollte beide Frauen wieder rechtzeitig im Hotel abholen. Carlas Vater kehrte jedoch kurz zuvor mit einer Nachricht zurück:

»Alles ist wieder ganz anders.« Giulietta erfuhr, erzählte er, dass ihr Stammpilot zwei freie Plätze nach Rom hatte, und dadurch habe sie sich mit Lucia entschieden zu fliegen, sie hätten ihre Fahrkarten für den Zug bereits storniert und wünschten ihm, dass er sich auf der Fahrt ordentlich ausschlafe. Er ließ sich nicht anmerken, dass ihn das verletzte, denn dieser Comar, die »Mücke« mit den breiten Schultern, hatte ihm deutlich zu verstehen gegeben, was er von ihm halte. Damals hatte ihn Leo in Unkenntnis der eigenen Position für Giuliettas Beglücker gehalten, der in ihm einen Konkurrenten sah, doch war er nicht, so wurde ihm erst jetzt klar, vielmehr ihr Adept auf die Adoption gewesen, daran hatte sie doch, das wusste er von ihr, in den letzten Jahren schon oft gedacht? Dann allerdings musste dieser Schönling enttäuscht bis beleidigt sein, und von ihr war es nett, ihm so ihre Zuneigung zu demonstrieren. Er verdrängte diese Gedanken und ließ sich von Carla überreden, ihn ins Hotel, damit er seine Sachen holen konnte, und dann höchstpersönlich zum Zug zu bringen, erst der Protest der Mutter führte zu einem Kompromiss: den Wagen würde der frischgebackene Schwiegervater fahren, und Leo und Carla konnten sich auf der Rückbank selig umarmen. Offensichtlich war es mit dem Vater abgesprochen, denn auf dem Bahnhof musste er ganz dringend etwas in der Einkaufspassage erledigen, und so ließ er sie im geparkten Auto allein. Sie wollte sprechen, doch ihre Stimme gehorchte ihr überhaupt nicht mehr, und so legte er ihr zärtlich die Hand auf den Mund: »Kein Wort, keines von dir und keines von mir kann ausdrücken, was wir fühlen …« Dann verabschiedete er sich mit einem Kuss und ging, er drehte sich um, solange er sie sehen konnte, glück-

lich, dass er sich von ihr nie auf ewig würde verabschieden müssen.
Die aufgestaute Müdigkeit wurde im Nachtexpress von Hunger übertönt, leicht entschloss er sich, bis zum Frühstück auszuhalten, doch der Zugbegleiter weckte ihn erst, als der Zug bereits in die Stazione Centrale in Rom einfuhr, so hatte er zu tun, dass er es schaffte, rechtzeitig auszusteigen. Er fuhr nicht in die Villa, sondern ins Büro, er wollte zuerst ein geeignetes Umfeld für das Gespräch mit Giulietta finden, das, wusste er schon ganz sicher, sofort stattfinden musste, noch als Fortsetzung der Versöhnung und der Hochzeit, ehe diese beiden bahnbrechenden Ereignisse, die viele positive Emotionen hervorriefen, von der Flut der Alltagsprobleme überlagert würden. Seinem Stellvertreter und der Sekretärin erlaubte er erst einmal nur, dass sie ihm gratulierten, er versicherte sich per Skype, dass es Carla besser ging, und machte sich daran, den Abend zu organisieren, um Giulietta darüber so schnell wie möglich in Kenntnis zu setzen. Er rief im Four Seasons an, von dem er vor Kurzem gehört hatte, dass es dort einen Koch aus Prag gab, der »die Gäste mit der Küche böhmischer Großmütter verzaubere«. Er sprach mit ihm am Telefon, und der junge Mann war von der außerordentlichen Aufgabe begeistert. Er verbürgte sich, perfekt das Menü kochen zu können, das sie sich an ihrem letzten Tag in Prag bestellt hatte.
»Auch Oukrop?«, versicherte sich Leo.
»Auch Oukrop, natürlich.«
»Was ist das eigentlich?«
»Die Italiener würden sagen, zuppa d'aglio con grasso, Knoblauchsuppe mit Schmalz!«

Der Maître d'hôtel schrieb sich dann noch die weiteren Wünsche auf, einen Salon mit leise spielender Barockmusik, einen Kellner, der auf Klingeln hin kommt, und achtzig langstielige Rosen, er bat um die Kreditkartennummer und versprach, alles werde so laufen, dass die Principessa höchst zufrieden sein würde.

Zufrieden war auch Leo, und er wollte die Sekretärin bitten, ihn mit der Villa zu verbinden, als sie selbst anrief.

»Signore, la principessa …«

»Ich wollte sie gerade anrufen, stellen Sie durch!«

»Sie ist persönlich hier.«

»Nein …!« Er legte auf und eilte ihr entgegen: »Julchen, das ist vielleicht eine Überraschung!«

»Ich war bei Lucia, sie hat mit Romeo und Riccardo eine gemeinsame Pressekonferenz in Rom vereinbart, ich wollte wissen, wann du dafür bereit bist.«

»Meinst du, wann ich Zeit habe …?«

»Ich meine, wann du Kraft hast, es liegen harte Tage hinter dir.«

»Das fragst du, die du das mit mir ausgehalten hast??«

»Haben wir uns nicht schon lange darauf geeinigt, dass ich ewig zwanzig bin?«

»Okay, dann leg du das Datum fest.«

»Ich überlasse es den Herrn Cousins. Hattest du eine gute Reise?«

»Wahrscheinlich schon, weil ich nichts davon weiß.«

»Und Carla?«

»Du hattest Recht, die Temperatur sinkt, ihre Stimme kehrt zurück, und sie ist froh, noch einmal bei Mama krank sein zu dürfen.«

»Ihr wie mir hat dein Bob sehr gefallen!«

»Bob ...? Ah! Bob ist Robert! Ja, er war immer ein toller Kerl.«

»Dann lade ihn doch irgendwann zu uns ein!«

»Gern!«

»Und was machen eigentlich deine drei Kameraden?«, fragte sie so unerwartet, dass er völlig aus dem Konzept kam.

»Welche ...?«

»Die Dancer aus dem Mánes?«

Die so ganz nebenbei gestellte Frage bewirkte, dass er ohne nachzudenken in der alten Art reagierte: »Ich habe keine Ahnung ...« und dann setzte er schon logischerweise hinzu, »ich habe sie das letzte Mal mit dir gesehen, weißt du, kurz darauf hast du mich doch nach Mähren, nach Polen und dann hierher entführt!«

»Ach ja«, sagte sie, und glücklicherweise interessierte sie gleich darauf, »schläfst du in Carlas Wohnung oder kommst du in die Villa?«

»Ich komme ganz sicher in die Villa, weil Peppino mir alles dahin gebracht hat, aber dann kehren wir zusammen nach Rom zurück!«

»Wer?«

»Du und ich! Deshalb wollte ich dich gerade anrufen, ich lade dich zu einem festlichen Abendessen ein, und ich verspreche dir, dass es ganz nach deinem Geschmack sein wird!«

»Verrate es mir, damit ich weiß, wie sehr ich mich freuen soll!«

»Erinnerst du dich daran, wozu du mich zuletzt in deinem Hotel in Prag eingeladen hast?«

»Nein ... sag schon!«

»Zu Lendenbraten und zu Erdbeer- und Aprikosenknödeln mit Quark und Zucker!«

»Klar!«
»Und weißt du, was sie dir versprochen und nicht gebracht haben, weil das der Koch nicht konnte?«
»Weiß ich nicht.«
»Dann rate mal.«
»Gib mir einen Tipp.«
»Gut: eine gewisse altböhmische Suppe …«
»Oukrop!«
»Erraten!«
»Na aber! Und hier kann das einer?«
»Zumindest behauptet er das.«
»Na, darauf freue ich mich riesig! Wann?«
»Ich komme nach sechs, reinige mein Gefieder und ziehe einen Anzug an, um acht können wir gehen.«
»Benissimo! Ich fahre mich sofort hübsch machen, damit ich das schaffe. Welche Robe, die große Schlachtuniform?«
»Die große Schlachtuniform!« Sie nickte, schickte ihm ein Kusshändchen und ging. Erst dann hatte er Zeit, sich gewahr zu werden, dass der Plan seinen Sinn verloren hatte, denn seine Lüge hatte gerade die allerletzte Grenze einer möglichen Rückkehr zur Wahrheit überquert, ihm blieb nur die Sicherheit eines Glückskindes, dem bisher bei jedem Vabanque-Spiel die richtige Karte in die Hand gefallen war, und es gab keinen Grund, warum es diesmal anders sein sollte.

XXXI. Giulietta

Wieder befahl sie sich den »Stopp-Stand«. So hatte sie das Sterben Viktors und Vittorios gemeistert, so überstand sie aus der Distanz auch Giorgios Tod. Diesmal hatte diese zynische Lüge die Zeit angehalten, die Lüge, die alle Stufen der Schuld zuließ, und Giulietta handelte wie vielleicht schon tausend Mal in ihrem Leben in der Rolle, die ihr zugedacht war. »Du bist Julia Capulet«, hatte ihr der erste Choreograph im Nationaltheater in Prag gesagt, »und du hast mit ihr als Julia Jandová nur den Vornamen gemeinsam, doch gleichzeitig bist du sowohl die eine als die andere, denn das Glück einer Balletttänzerin und einer Schauspielerin besteht darin, das die Gestalten, denen sie Leben einhauchen, ihnen in Krisenzeiten wiederum mit der durchlebten Erfahrung helfen. Weine nicht, tanze!« Dafür hatte der Lügner nun seine Identität und den Namen verloren, er war jetzt »der Mensch«. Bisher hatte sie nur ein paar Mal vage darüber nachgedacht, »was sie tun würde, wenn«; sie hatte so felsenfest an seine Ehrbarkeit geglaubt, dass sie den Gedanken gleich unterdrückte. Wenn er jetzt so gelogen hatte, ohne mit der Wimper zu zucken, was verriet, dass die Lüge schon Teil seines Ichs war, wusste sie sofort, »was jetzt und was danach zu tun sei«, wie er gern zu sagen pflegte.

Sie bat Peppino, sie zum Friedhof zu bringen, und vom Ghost aus meldete sie sich anschließend telefonisch in der Klinik.

Viktors Grab in Mailand hatte sie nur einmal, höchstens zweimal pro Jahr besucht, häufiger ging sie auch nicht zu ihren Lieben, die hier begraben waren, »damit es ihm nicht leid tut …«, hatte sie einmal »diesem Menschen« anvertraut, und sie meinte das ernst, daran erinnerte sie sich gerade heute, als sie nur zu Giorgio ging. Er war es, der zusammen mit ihr »diesen Menschen« zum Erbe von Vittorios Titel und Vermögen gemacht hatte, und er war es, der dafür am meisten hatte bezahlen müssen, mit ihm wollte sie die Dinge wieder in Ordnung bringen, um sich bei Vittorio mit erleichtertem Gewissen entschuldigen zu können. Lange Zeit stand sie an Giorgios Grab, sie bewegte sich nur einmal, als sie mit der linken Hand das Medaillon an ihrem Hals umschloss. In absoluter Ruhe und emotionslos stellte sie sich nun den Verlauf der nächsten Stunden vor. Er konnte die beginnende Katastrophe nicht aufhalten, doch er sollte eine reinigende Katharsis in sie hineintragen, damit sie die Schande übertönte und der Tragödie einen höheren Sinn verlieh. Nachdem sie zu Ende gedacht hatte, streichelte sie wie immer den dichten Rasen, damit es bis zu ihm gelangte, und ließ sich in die Klinik fahren.

Professor Mariniello erwartete sie in seinem Arbeitszimmer, traditionsgemäß küsste er sie und sagte seiner Sekretärin, sie möge sie keinesfalls stören. Dann duzte er sie wieder: »Du siehst schlecht aus, was hast du?« Sie kannte ihn, seit sie Vittorio geheiratet hatte, doch es war die ganzen Jahre über die klassische Beziehung eines Arztes zu einer Patientin gewesen, die immer gesund war; sie wurde eng, als sie ihren Mann in der bereits fortgeschrittenen Phase seiner Krankheit besuchen kam und Mariniello bei ihm traf.

»Wir warten auf Sie!«, sagte Vittorio, als sie sich geküsst hatten, »wir wollen Ihnen gemeinsam etwas sagen.« Erst jetzt erfuhr sie, was ihr beide bisher verheimlicht hatten, dass nicht einmal Morphium den schrecklichen Schmerz mehr würde lindern können und der Fürst von den medizinischen Geräte abgeschaltet werden wolle.
»Und nicht nur das!«, fügte Vittorio hinzu, »erklärst du es ihr selber, Umberto?« Sie wunderte sich, auch den Professor hatte er noch nie geduzt!
»Principessa!«, schloss sich der Professor an, »ich habe den Fürsten gewarnt, dass er so nur noch ein paar Tage leben kann und dass er sich ohne Geräte noch schlechter fühlen wird.«
»Also werden Sie sie nicht abstellen ...«
Es antwortete wieder ihr Mann: »Also wird er mir jetzt helfen, schön einzuschlafen, mia carissima, und ich will«, zum ersten Mal in seinem Leben siezte er sie nicht, »dass du mir dabei die Hand hältst!«
Er bekam noch eine Spritze gegen die Schmerzen, sie nahm, plötzlich keines Widerstandes fähig, seine Hände in ihre, und sie sprachen zusammen etwa eine Stunde allein sehr intensiv darüber, was sie gemeinsam glücklich erlebt hatten, am meisten über die Hochzeit auf Capri. Als das Morphium aufhörte zu wirken, klingelte Vittorio rechtzeitig, und der Arzt kam zurück. Die Tablette bekam der Fürst mit Champagner, mit dem er ihnen zuprostete. Dann lächelte er sie an und schaute vielmehr in sich selbst hinein, mit diesem Lächeln schlief er auch schon ein und war einige Minuten später nicht mehr da.
Als Gebietscoroner stellte Professor Mariniello den Totenschein mit der Todesursache Kreislaufkollaps infolge eines fortgeschrittenen Karzinoms aus. In dieser Nacht, noch bevor die

Bestatter kamen, hatte auch sie begonnen, ihn zu duzen, aber nur, wenn keine Zeugen dabei waren. Also auch heute.

»Umberto, hilf mir, ich habe ein fürchterliches Problem!!«

XXXII. Leo

Aus der Halle tönte ihm derselbe Tango entgegen, bei dem sie beide am Abend der Hochzeit brilliert hatten. Es überraschte ihn nicht, dass sie auch das Modellkleid trug, das sie sich hatte anfertigen lassen, um ihn darin zum Altar zu führen. Sie freute wiederum sichtlich, dass er seinen Hochzeitssmoking angezogen und dazu den klassischen Homburg gewählt hatte. Also setzte er ihn sich auf den Kopf, reckte sich vor ihr wie ein Stierkämpfer, bot ihr seine Umarmung und mit den Beinen vorerst eine Volcada an, mit der sie in der Nacht nach der Trauung geendet hatte. Sie blieben dabei und genossen jeden Schritt, jede Bewegung. Er bewunderte wieder, zu wie vielen Nuancen und Facetten sie in einer Variation fähig war.

»Julchen, du tanzt bis in den Himmel!«

»Leo, ich habe die Befürchtung, dass ich für die Konkurrenz vorgesehen bin …«

Damit unterbrach sie plötzlich den Tanz und lüftete das Tuch, das in einem Eiskübel eine Flasche mit dem bekannten rosafarbenen Etikett bedeckte.

»Öffnest du uns den Champagner?« Er dachte an die Carabinieri.

»Fährt uns Peppino?«

»Er hat nach Sizilien frei, doch ich habe uns ein Taxi bestellt.«

Behände löste er die Umhüllung des Pfropfens, dann die Sicherungsdrähte und drehte den Korken geschickt heraus, doch weiter ließ sie ihn nicht kommen.

»Gib her! Ich mache das selbst.« Als sie eingoss und wartete, bis sich der Schaum gesenkt hatte, um nachgießen zu können, schaute sie ihm so eindringlich in die Augen, dass er fragen musste.

»Warum schaust du mich so an?«

»Ich will dich auf meiner Netzhaut festhalten.«

»Ich bitte dich, warum denn?«

»Damit ich mich an dich in deiner besten Form erinnere. Berühmte Leute haben meistens das Pech, auf ihren Denkmälern und Porträts alt und hässlich zu sein.«

»Ich bin nicht berühmt!«

»Aber du wirst es sein. Du wirst der Ahnengalerie nicht entgehen, und da solltest du so gut aussehen wie jetzt. Cin-cin!« Er leerte den Pokal, so als trinke er Wasser. Sie wunderte sich.

»Warum bist du so in Eile?«

»Ich bekomme Hunger. Ich habe das Frühstück und das Mittagessen verpasst. Wann kommt das Taxi?« Sie schaute auf die Uhr.

»In fünfzehn Minuten.«

»Klasse!« Er stellte ihr noch einmal den Pokal hin und erklärte: »Ich habe auch Durst und vor allem Appetit.«

Darauf leerte auch sie ihr Glas bis zur Neige und goss sich noch einmal ein, so als wolle sie mit ihm Schritt halten. Sie überraschte ihn, bis auf den Tango hielt sie stets ihren eigenen Rhythmus ein, unabhängig von ihrer Umgebung, aber jetzt forderte sie ihn sogar noch einmal auf.

»Also dann, cin-cin!«

Er folgte ihr gern nach, und so wie ihm der Champagner die Schwere nahm, wollte er mit ihr seine Begeisterung über das Leben teilen, das er vor allem ihr verdankte.
»Julia, bist du auch so glücklich wie ich?«
»Ja ...«, sagte sie, doch die Tränen in ihren Augen sprachen eine andere Sprache. Er erschrak, hatte er sie doch bisher nie weinen gesehen.
»Weine nicht ...!« versuchte er sie hastig zu trösten, »ich werde kein Egoist sein, der vergisst, dass alles, was er ist, du aus ihm gemacht hast! Ich werde dich nie verlassen, du kannst mir glauben, dass ich dein, wie sagst du es von deinem Vater? zwar dein nichtleiblicher Sohn, aber dafür dein einziger nichtleiblicher Sohn bin ... was sage ich da? dein einzig echter ... stimmt das so? ja, einziger echter nichtleiblicher Sohn ...« Er taumelte, hoppla ... was war das ...? Leo, wann hast du vergessen, wie man trinkt? Lieber stützte er sich auf dem Esstisch ab, um sich mit Sicherheit auf den Stuhl zu setzen, und er wunderte sich, dass sie dicht neben ihm etwas unter dem Tisch suchte, der Tisch ... ja, der hatte ein Geheimnis, etwas war mit ihm, aber was ...? wieder schaute sie ihn so seltsam an, aber sie konnte ihn durch die Tränen kaum sehen ... jetzt rannen sie ihr direkt übers Gesicht, mein Gott, warum bist du nicht glücklich!? schrie er auf, doch er hörte sich nicht, war etwas mit seinem Gehör? sie bot ihm noch ein Glas an, doch seine Arme gehorchten ihm nicht, deshalb war er froh, dass sie es ihm an die Lippen setzte, er hatte auch weiter schrecklichen Durst, doch nach dem nächsten Schluck schnürte es ihm seltsam den Hals zusammen, er spürte, wie ihm der Champagner aus dem Mund über die Wangen auf die Brust lief, mein Hemd wird nass, warum schaut sie nur immer so

… und was hat sie da gemacht, als sie eingegossen hat … sie hielt die Flasche mit beiden Händen wie … wann und warum? sie hatte etwas davon erzählt … was ist mir da über die Nase auf den Boden gerutscht … wie sagt man dazu? Hamburg, Humbug … und jetzt noch das Glas, klirrt? … warum die Sirene? kommt ein Dampfer? lauter Wasser, lauter … aber nein, das ist … das Meer, das ich kenne … und was ist dahinter das … nicht dahinter, darunter … Vater schläft, Mutter kocht und … der Soldat guckt nicht, also hopp … aaah … wie leicht kann ich heute tauchen … wie schnell alles still wird und … wie dort … in der Tiefe … hell … wie es naht … stärker wird … wie blen…det der … Horizont … der Hori… der …

XXXIII. Ärztlicher Bericht

Adressat: Autorità municipale e città Mortano, Regione Lazio. Betreff: Unterlagen für die Ausstellung des Totenscheins. Verstorbener: Principe ereditario Leo Mortadini (29)

»In der Anlage übersende ich den Obduktionsbericht, den gestern um 10.00 Uhr, also ca. vierzehn Stunden nach dem Exitus, angefertigt und unterzeichnet von Prof. Emilio Crudo, Chefpathologe des Ospedale generale in Rom. Ich als Arzt, der den Tod festgestellt hat, füge einen kurzen Bericht bei. Principessa Giulietta Mortadini löste gestern um 19.55 Uhr die Alarmanlage aus. Da mein Dienst gerade zu Ende war, kam ich in unserem Erste-Hilfe-Wagen persönlich vorbei, doch nach einer Stunde intensiver Wiederbelebungsversuche konnte ich nur noch einen beginnenden Rigor Mortis feststellen. Der Tote war seit seiner Verletzung bei einem Raubüberfall vor zwei Jahren mein Patient, dem ich dieses Jahr im Frühjahr eine hypertrophe Kardiomyopathie bescheinigt und den Vorschlag unterbreitet habe, eine Behandlung mit Betablockern zu beginnen, event. mit Verapamil, am besten parallel zu einem Kuraufenthalt; der Patient plante diesen leider erst für die Zeit nach der Hochzeit, welche vor drei Tagen stattfand. Der Obduktionsbericht bestätigte meinen Befund; es handelte sich um einen ursprünglich verdeckten Herzfehler, der durch extrem physische und psychische Anspannungen ausgelöst wurde, die zur Entste-

hung einer malignen Arrhythmie und zu Kammerflimmern führte.«
Unterzeichnet: Prof. Umberto Mariniello, Chefarzt, Ospedale di Principe, Mortano, Regione Lazio. Datum. Stempel.

KATHARSIS

ANSA (Italienische Presseagentur):
Heute vor zwanzig Jahren kam es zur »Sizilianischen Versöhnung«, mit der der Streit begraben wurde, der unter drei Generationen eines der ältesten italienischen Geschlechter herrschte. Der junge Principe successore Leo Mortadini aus dem Hauptzweig, dessen Oberhaupt nach Fürst Vittorio Fürstin Giulietta gewesen war, versöhnte – obgleich ausländischen Ursprungs – die zerstrittenen Italiener und legte den Grundstein für das Familienunternehmen JULIA, das heute weltweit erfolgreich agiert. Drei Tage darauf erlag er im Alter von knapp dreißig Jahren einem verdeckten Herzleiden. Der Festakt in Catania soll auch an seine Adoptivmutter, eine ehemalige Primaballerina der Mailänder Scala, erinnern, die im Alter von neunzig Jahren bezeichnenderweise beim Tanz eines argentinischen Tangos verstarb. Ihre letzte Ruhestätte wurde auf dem Familienfriedhof »La tomba ceca«, die Böhmische Gruft, in die sie zuvor die Urnen ihres Adoptivsohnes Leo und ihres ersten Mannes, des tschechischen Dichters Victor Conecny, der im italienischen Exil verstorben war, hatte bringen lassen. Die Festansprache in Catania hält Erbprinz Jonathan Mortadini, der Sohn der Fürstregentin Carla Mortadini, die drei Jahre nach dem Tod ihres Mannes das heutige Oberhaupt des Nebenzweiges, den Sohn des kürzlich verstorbenen Anwalts Romeo, Marco Mortadini, ehelichte. Da Jonathan, der bei seiner Großmutter fließend Tschechisch gelernt hat, sodass er ein Studium an der Philosophischen Fakultät der Karlsuniversität Prag absolvieren konnte, dort eine Freundin gefunden hat, mit der er gerade seinen Urlaub auf Capri verbringt, wird wohl die tschechisch-italienische Mesalliance weitergehen, die nach allen Tragödien zu einer Märchenromanze avancierte.

EXPOSITION

KOLLISION

DIE KRISE

PERIPETIEN

DIE KATASTROPHE

KATHARSIS